一 北大记忆 一

书香五院

（增订本）

温儒敏 著

北京大学出版社

PEKING UNIVERSITY PRESS

图书在版编目（CIP）数据

书香五院／温儒敏著．—2 版（增订本）．—北京：北京大学出版社，2018.5
（北大记忆）

ISBN 978–7–301–29400–0

Ⅰ.①书⋯ Ⅱ.①温⋯ Ⅲ.①散文集—中国—当代 Ⅳ.① I267

中国版本图书馆 CIP 数据核字（2018）第 035620 号

书　　　名	书香五院（增订本）
	SHUXIANG WUYUAN（ZENGDING BEN）
著作责任者	温儒敏　著
责 任 编 辑	邹震　黄敏劼
标 准 书 号	ISBN 978–7–301–29400–0
出 版 发 行	北京大学出版社
地　　　址	北京市海淀区成府路 205 号　100871
网　　　址	http://www.pup.cn　新浪微博：@北京大学出版社 @ 培文图书
电 子 信 箱	pkupw@qq.com
电　　　话	邮购部 62752015　发行部 62750672　编辑部 62750883
印 刷 者	三河市国新印装有限公司
经 销 者	新华书店
	660 毫米 ×960 毫米　16 开本　20.75 印张　268 千字
	2008 年 5 月第 1 版
	2018 年 5 月第 2 版　2018 年 5 月第 1 次印刷
定　　　价	55.00 元

目　录

辑二　五院人物　121

增订本序

这本小书是一些散文、随笔、访谈、杂感之类，大都和北大及北大中文系有些关系，2008年由北大出版社出版。转瞬间又一个十年过去，出版社希望把该书修订再版，献给北大建校120周年。但这会儿增订，变动挺大的，删去原书10篇，新增28篇，几乎等于是一本新书了。我曾犹疑是否仍叫"书香五院"。想来想去，还是舍不得这个书名。

全书分为四辑。第一辑是"书香五院"，主要是对中文系历史的回顾，以及七八十年代作者求学生活的描述。第二辑"五院人物"，包括对北大中文系许多师友的回忆和怀念。第三辑"大学本义"，是有关中文系学科建设以及高等教育的一些探讨议论，也有本人担任北大中文系主任9年的一些感想。第四辑"治学之路"，收有我在中文系任教三十多年的2篇总结性文章。最后有2篇附录，是记者的作品，叙述我的学术道路，带有学术传记性质，也可以当回忆录来读。

不久前我出过另外一本散文随笔《燕园困学记》（新星出版社2017年版），部分忆往写人的篇目和本书略有重复，这是要特别向读者交代的。

我在本书初版前记中说过：从1978年到2013年，有35年时间，燕园的五院一直是北大中文系所在地。许多鼎鼎有名的学问家，以及来自世界各地的诸多大家名流，都在五院留下足迹。五院的书香味浓，文化积淀厚，五院承载着沉甸甸中国文化分量，我们对五院有一种难以割舍的感情。这本小书取名"书香五院"，也是一种纪念吧。

我是 1978 年到北大中文系上研究生的，1981 年留校任教，一晃，三十多年过去了。我生命中非常重要的一段是和北大中文系联结在一起的，其中有那么多的希望、追求、艰辛与欢乐，都融会在五院、融会在燕园中了。但愿这些零碎的篇什能多少呈现我们这一代人问学北大的脚印，同时带去对北大的一份感激，一份祝福。

2017 年 11 月 2 日

辑一　书香五院

书香五院

　　五院是北大中文系所在地。在北大问路找"五院"，人家不一定清楚，得问"静园六院"在哪儿？因为五院只是 6 个院落的其中一个，按顺序分别命名为一院、二院、三院等等。这样简单的名字并不好听，不像朗润、蔚秀、镜春、畅春等那样能引起各种美丽的联想，所以也难叫得起来。不过本系老师同学也都喜欢叫几院几院的。例如要去中文系，一般习惯说"去五院"。静园六院在燕园中部，东侧紧靠图书馆，往西是勺园，南边矗立着第二体育馆，三面包围的中间是北大幸存的大草坪。十多年前这里还不是草坪，是果园，每到秋天我还进园去买新摘的苹果。那时最大的草坪在图书馆东边，图书馆要扩建，把草坪占用了，学生抗议，校方只好派人把静园的果树砍掉，改造为草坪。六院就坐落在静园草坪的东西两侧，每边 3 个院落，一个挨一个。六院中的一至四院建于上世纪 20 年代，原是燕京大学女生宿舍。几年前国民党前主席连战从台湾回大陆访问，特地到一院寻踪，他母亲七十多年前是燕京大学的学生，曾寄宿于一院。燕京大学是教会学校，学生比较贵族化，每间宿舍只住一人，还有保姆侍候。三院和六院是后来加建的，这样东西各 3 座，显得对称完整。如今六个院落都是人文学科院系的所在地，自然和这种传统的风格也比较协调。草坪西侧是历史系、信息管理系（图书馆系）和社科部，东侧是俄语系、哲学系和中文系。六个院落的风格统一，院墙花岗岩垒砌，大门进去，左、右、前各一厢房，成品字形，其间以环廊相通。都是二层，砖木结构，脊筒瓦顶，两卷重檐，青灰砖墙，朱漆门窗。近年北大新建了许多楼，大都是现代新式建筑，尽管也力图往传统风格靠，毕竟难得真味，在众多簇新楼宇中，六院更显出它独特的韵致。

中文系五院居东侧3座院落之中，坐东朝西。进单檐垂花朱漆院门，拾级而上，是个大院子。右边一古松，蟠曲如盖，常年青绿。左边桃树几株，幽篁数丛。门内侧两花架，垂满紫藤，最引人瞩目。到春天，院门被一串串紫藤装点得花团锦簇。盛夏来了，枝繁叶茂的紫藤又把院门遮盖得严严实实，从外往里看，真是庭院深深。还有那院墙和南厢背阴屋墙上满布的"爬山虎"，也是五院的标志物之一。灿烂的时节在深秋，红、黄、绿三色藤叶斑驳交错，满墙挥洒，如同现代派泼墨。盛夏则整扇整扇的绿，是透心凉的肥绿。顶着太阳从外面踏进院门，绿荫满眼，顿生清爽，即便有烦恼也都抛却门外了。

踏过院子的石板小径，便到了正厢门，朝上看是两卷红蓝彩绘重檐，下为连排的朱漆花格门窗，庄重大方。进屋去，上为木雕天花横梁，下为紫红磨石地板，往左或往右都有环廊，再拐弯，是一个个分隔的小房间。二楼结构和一层大致相同。整个楼宇全由砖木构造，没有炫耀的装饰，却有内敛温和之氛围，让人亲切放松，毫无压迫感。

五院南侧还有一小门，出去，又一个园子，是后院，和哲学系所在的六院相通。后院毫无章法地长满了侧柏、加杨、香椿、水杉、石榴等各种植物。哲学系刘华杰教授曾很留心做过调查，这里的植物种类居然达到三四十种，简直就是一个别有洞天的小植物园了。因相对封闭，平日少人问津，园子有些荒芜，却更显幽静。有时看书写字累了，到后院伸伸懒腰，活动活动，容易想起鲁迅笔下那个神奇而又温馨的"百草园"。五院北侧原来也是一个对称的园子，近年变成了停车场。可惜，可惜。

"文革"前北大中文系办公机构不在五院，在文史楼，"文革"中师生"三同"，一度搬到学生宿舍 32 楼。1978 年 10 月我考取中文系的研究生，到学校看榜，还是到 32 楼。我正在门口张贴的复试告示上"欣赏"自己的名字，卢荻老师（当时她还在北大中文系，曾担任过毛主席的古诗"伴读"）从楼梯下来，向我连连"恭喜"。不过等我几天后正式报到，中文系已经搬到五院。算算，一晃，30 年都过去了。

五院虽小，却用得上"谈笑有鸿儒，往来无白丁"一句。平时比较安静，外来联系公务或参观的不算多，来者多为本系师生。遇到学术会议、开学报到，或者研究生报考、复试、答辩等等，就人流不断，甚是热闹。来中文系讲学的国内外学者名人多，讲座完了，都喜欢在五院门口照个相留念。暑期给外国留学生办培训班，世界各地留学生的身影在五院交织，中西合璧，华洋杂处，也是一种别致的风景。

五院两层不到 30 个房间，少部分是教务行政办公室、收发室，大部分是教研室，还有几间大一些的是会议室和报告厅。收发室原在东南角，里外两间，老师和学生来得最多的是此处，等于是中文系的中枢。二十多年前，几乎每天可以看到一位中等身材偏胖的老者，端坐其中，接待师生，他就是冯世澄先生。冯先生负责收发，兼做教务，说话细声慢气，谦和有礼，在系里日子久了，也熏陶得能舞文弄墨。冯先生记性极好，50 年代后毕业的历届学生他几乎全叫得上名字，是中文系的活档案。好几部以北大为题材的小说，都曾把冯先生作为原型。那时老师收信拿报纸都要到冯先生这里。每天下午五点左右就看到王瑶先生骑着单车，叼着烟斗，绕过未名湖来到五院收发室，拿到信件转身就走。谢冕教授大致也是这个时辰来，也是骑单车，却西装革履，颇为正规，见到人就热情洋溢地大声招呼。而岑麒祥、陈贻焮、褚斌杰等许多教授多是步行来的，时间不定准，除了拿信，顺便打听消息，聊天散心。我不止一回看到陈贻焮、黄修己、汪景寿等先生斜靠在收发室椅子上，天马行空地侃大山。那时收发室就是老师们的联络站。这些年为了方便，在五院为每位老师设了一个信箱，还开辟了一间教员休息室，有沙发、电视，香茶招待，可是来系里拿信兼聊天的反而少了。休息室经常都空着，只有一位打扫卫生的阿姨在里边打盹儿。五院一层东头竖立一排老师信箱，分隔成近二百个浅蓝色铝制小柜，每人一个，许多响亮的名字就在那里展现，甚为壮观。这里倒是来人不断，偶尔见到有外来的文学青年、民间学者，甚至是上访者，往信箱里塞些材料，希望能求见名人，或者就某个问题要"打擂台"。他们大都心怀热望，个性执拗，渴求能引起关注，时来运转。

五院的重要组成部分是教研室。中文系有 9 个教研室（还有几个研究所和学术基地），每个教研室在五院都有一个专用房间。其格局多年不变，无非桌子板凳，三五书架，既没有《二十四史》，也不见字画墨宝，很是简陋。20 年前，经常要组织政治学习，比如讨论某个领导的指示，或者报纸社论，起码一个月有一两回，老师都来这里碰碰头，发发议论牢骚什么的。有时也开全系老师大会，百十号人坐不下，就在走廊里凑合。记得有一回，某领导到五院传达上级什么文件精神，点名批判某北大教授的"自由化倾向"，刚说到一半，坐在楼梯旁一位白发老师噌的一下就站起来，激动而大声地发表自己不同的"政见"。那时我刚留校，对此举未免有些吃惊，但众多老师似乎见怪不怪了，觉得这很平常。这些年没有政治学习一类活动了，全系大会一学期也难得一两回，老师们爱来不来，不知何故大家是越来越忙，来五院少了，彼此见面都要电话预约了。

五院学术活动还是多，用时髦说法，是名副其实的学术"平台"。几乎每天都有各种学术讲座，或小班教学，在五院举行。门口有一告示牌，总贴满各种讲座的通告，同学们有事没事会到这里看看，选择有兴趣的听讲。即使是学界"大腕"要出场，告示也就是极普通的一张纸，说明何时何地之类，不会怎样的包装和张扬。也许名人讲座太多，在五院要"制造"所谓"轰动效应"是比较难的。但这不妨碍学术影响。1995 年，美国著名的理论家詹明信（Fredric Jameson）就曾在二楼东北角的现代文学教研室"设坛收徒"。一张油光锃亮的厚木方桌，围坐十多位学生，用英文讲了一个学期，所谓"后现代主义"研究热潮，便从这里汹涌传播开去了。如今在美国当教授的唐小兵、张旭东、黄心村等，名气不小了，当时都还是研究生，在这间房子里拜詹明信这个"洋教头"为师。类似的名流讲座在五院不知有过多少，可惜北大中文系历来大大咧咧的，也没有个记载。

也有些老师不喜欢在教室上课，就把教研室当作教室。袁行霈教授给研究生开的"陶渊明研究"很叫座，得限定人数，好开展讨论，在五院会议室正合适。谢冕教授主持的"批评家周末"，隔一段就邀请一些作家、评论家来讨论热点问题，学生自然也是热心参与者，那是沙龙式的文坛"雅集"。"子民学术论坛"是专为博士生开设的"名家讲坛"，汇集了学界各路顶尖的角色，常可见到各种学术观点在五院的交锋。有些学生社团，包括以创作为主的"五四文学社"或偏爱古风的"北社"，也不时在五院某个角落精心谋划。特别是研究生的 Seminar、开题、资格考试等，如果人数不多，大都在教研室进行。大家对五院都有某种自然的归属感。有些老师住得远，课前课后还是要到五院歇歇脚。王理嘉、陈平原、周先慎等许多老师，好些天才来一次系里，拿到一大摞邮件就到教研室，可以先分拣处理。年轻教师住家一般比较窄小，有时也躲到教研室来，写字、看书或和学生谈话。

五院二层东侧原来有个资料室，藏书不多，是大路货，并没有孤本珍本之类，却是访学进修的学者常去之地。来访学进修的老师很多，而北大居住条件艰苦，有的还被安排到近处的小旅馆里，嘈杂不便，他们纷纷到资料室来看书。资料室青灯棕案，有些暗，可是不像图书馆人多，非常安静，正好可以"躲进小楼成一统"。这里的书越积越多，怕楼板承受不住，早几年就搬到外边去了。空出的房间稍加修整，改成学术报告厅。系里有专用的报告厅方便多了，虽然布置没有什么新奇，只有简朴的讲台，八十多个座位。来访中文系的名家大腕总是络绎不绝，每学期少说也有五六十人，作报告一般就不用借教室了。不过这些年研究生、博士生多了，"考研族""旁听族"蹭课的也不少，报告厅常常坐不下。在外边找教室也不难，提前到教务部预约即可，大概由于五院的风味比较"学术"，老师们还是乐于在这里开讲。也有稍微麻烦的情况。记得有一回我邀请台湾诗人余光中先生来开讲座，80多人的报告厅挤进近150多人，临时换教室来不及，许多人只好站在过道和讲台旁边听。人多热情高，余先生大受感动，更是情怀激越，诗意盎然，妙语连珠，讲座大获成功。和报告厅相对的楼下，还有一间小会议室，主要供开会或者论文答辩。许多从这里毕业的硕士、博士生可能终生忘不了这个地方，因为他们答辩通过后便在这里和老师拍照，从此翻开人生新的一页。

顺着北边楼梯上去二楼，靠西一间稍大的，是会客室，也曾做过"总支会议室"。70年代末我们读研究生时，每隔十天半个月一次的小班讲习，就在这里。每次都由一位研究生围绕某个专题讲读书心得，接着大家"会诊"，最后由王瑶、严家炎、乐黛云、孙玉石等导师总结批评，比较有见地的就指点思路，整理成文。记得钱理群讲"周作人思想研究"，吴福辉讲"海派作家"，赵园讲"俄罗斯文学与中国现代文学关系"，凌宇讲"沈从文小说"等等，我也讲过老舍与郁达夫研究。每人风格各异，但初次"试水"，都非常投入。老钱一讲就是情思洋溢，以至满头冒汗；凌宇则狂放不羁，声响如雷。当初讲习者如今大都成了知名学者，他们学术研究的"入门"，最早入的就是五院的"门"。

如今北侧楼上除了会议室，是几间系行政班子的办公室，面积窄小，好在朝南都有一排大窗户，推窗外望，花木扶疏，小榭掩映，倒也别有韵致。1995年，费振刚教授执掌中文系，拉着我担任副系主任，主管研究生工作。我没有单独的办公室，就和费老师及另外一位副主任三人合用一间。分给我的只有一张桌子，歪歪扭扭的。有时找研究生谈事，没有地方坐，就对站着说上几句，倒是可以节省时间。后来图书馆系（原在西侧地下一排）从五院搬出，中文系宽裕一些了，每位负责行政的老师才有单独的办公室。1999年我担任系主任至今，办公室一直就在西侧楼上紧东的一间（就是刚才说的詹明信教授讲学那一间）。说来我与这个房间有特殊的干系。1986年冬我赶写博士论文，那时家住畅春园55楼，筒子楼，房小挤不开，每晚只能到五院，就在这个房间用功。80年代初北大不像现在热闹，即使周末晚上隔离的"二体"有舞会，十一点钟差不多也就收场。夜深了，窗外皓月当空，树影婆娑，附近果园不时传来几声鸟叫虫鸣，整个五院就我一人在面壁苦读，是那样寂寞而又不无充实。我的第一本书《新文学现实主义的流变》，就杀青于此。想不到十多年过去，这里又做了我的办公室。

办公室十五六平方米，只能摆一张桌子和几个书架、沙发。我每天都要收到好多书刊，几年下来，房间就被图书占去一半，许多书刊上不了架，只好临时堆在地上。我又有个坏习惯，自己的书刊只能自己整理，怕别人代劳找不到，而自己又难得来办公室，结果一摞一摞的书都快把沙发给淹没了。不过，和师友交谈或者会见校内外文人墨客，甚至外宾，我都不太喜欢到会议室或咖啡馆，尽量还是在五院的办公室，尽管书堆得很挤很乱，端杯茶都不知放哪里好，但我知道读书人对书并不反感。

近十多年，北大多数院系都盖了新楼，每个教授有一间专用办公室，硬件大大改善。唯独文史哲等几个"穷系"没钱盖楼，教授也无地"办公"。校方发善心，决定拨款在未名湖畔建一座人文楼，专供几个文科系使用。请人设计了图纸模型，拿到系里征求意见，让大家选择式样，老师们好像不是特别有兴趣。2007年底新楼终于奠基了，很排场的仪式，校领导都来参加，校新闻网还专门发了报道。有"好事者"

竟把报道转贴到学生网页，换了一个标题，叫作"五院的挽歌"，喜事成了"丧事"，有点"无厘头"。不过我能理解，他们是有些舍不得五院。几十年来，一代又一代学者在五院读书、讲学、交往，诸如王力、游国恩、魏建功、杨晦、袁家骅、吴组缃、季镇淮、岑麒祥、朱德熙、王瑶、阴法鲁、周祖谟、林庚、林焘、陈贻焮、褚斌杰、徐通锵等等，这样一批鼎鼎有名的学问家，以及来自世界各地的诸多大家名流，都在五院留下过足迹。五院的书香味浓，文化积淀厚，五院承载着沉甸甸的中国文化分量，每位师生在这里都能勾起许多难忘的记忆，五院已经融入生命中，有一种难以割舍的感情了。

新楼肯定比较现代而又宽敞，每人能有一间办公室也是早在期盼的，但中文系真的从五院迁到新楼了，也许又觉得还不如现在。在传统的优雅的五院自由出入，毕竟可以那样的随性自在。

2008 年 2 月 5 日

难忘的北大研究生三年

人生的路可能很长，要紧处常常只有几步，特别在年轻的时候。也许就那几步，改变或确定了你的生活轨道。1978—1981 年，是我在北大中文系读研究生的三年，就是我一生最要紧、最值得回味的三年。

1977 年 10 月 22 日，电台广播了中央招生工作会议的精神，要恢复研究生培养制度，号召青年报考。我突然意识到可以选择人生的机会来了，很兴奋，决定试一试。当时我从中国人民大学语文系毕业已 7 年，在广东韶关地委机关当秘书，下过工厂、农村，按说也会有升迁的机会，但总还是感到官场不太适合自己。我希望多读点书，能做比较自由的研究工作。我妻子是北京人，当然也极力主张回北京。1978 年 3 月，我着手准备考研究生。我的兴趣本在古典文学，但找不到复习材料，刚好从朋友那里借来了一本王瑶的《中国新文学史稿》（上册），就打算考现代文学了。临考只有两个多月，又经常下乡，只能利用很少的业余时间复习，心里完全没有谱。好在平时读书留下一些心得笔记，顺势就写成了 3 篇论文，一篇是谈论现实主义和浪漫主义"两结合"的，一篇是讨论鲁迅《伤逝》的，还有一篇是对当时正在热火的刘心武《班主任》的评论，分别给社科院唐弢先生和北大中文系的王瑶先生寄去。这有点"投石问路"的意思。想不到很快接到北大严家炎老师的回信，说看了文章，"觉得写得是好的"，他和王瑶先生欢迎我报考。这让我吃了颗"定心丸"，信心倍增。多少年后我还非常感谢严老师，他是我进入北大的第一个引路人。

考后托人打听，才知道光是现代文学就有八百多人报考，最高的平均分也才 70 分左右（据说是凌宇和钱理群得到最高分），我考得不算好，排在第 15 名。原计划招 6 人，后来增加到 8 人（其中 2 人指定学当代文学），让 11 人参加复试。我想自己肯定"没戏"了，不料又接到了复试通知。大概因为看了我的文章，觉得还有些潜力吧，加上考虑我的工作是完全脱离了专业的（其他同学多数都是中学教师，多少接触专业），能考到这个名次也不容易，王瑶先生特别提出破格让我参加复试。这就是北大，考试重要，但不唯考分，教授的意见能受到尊重。破格一事我后来才知道，这真是碰到好老师了，是难得的机遇，让我终生难忘。我自己当老师之后，便也常效法此道，考察学生除了看考分，更看重实际能力。

有了一个多月的准备，我复试的成绩明显上去了。先是笔试，在图书馆，有 4 道题，3 道都是大题，每个考生都不会感到偏的，主要考察理解力和分析力。比如要求谈对现代文学的分期的看法，没有固定答案，但可以尽量发挥。还有面试，在文史楼，王瑶先生和严家炎老师主考，问了 8 个问题，我老老实实，不懂的就说不懂，熟悉的就尽量展开。如问到对于鲁迅研究状况的看法，我恰好有备而来。大学我只上了两年就"停课闹革命"了，不过还是有"逍遥派"的缝隙，有空东冲西撞地"杂览"群书，自然读遍了鲁迅，积蓄了一些思考，此时不妨翻箱倒柜，大胆陈述，说了一通如何"拨乱反正"和实事求是等等。现在想当时回答是幼稚的，两位主考不过是放了我一马。我终于被录取了。

1978 年 10 月 9 日，我到北大中文系报到，住进了 29 楼 203 室。新粉刷的宿舍油漆味很浓，十多平方米，4 人一间，挤得很，但心里是那样敞亮。带上红底白字的北京大学校徽（老师也是这种校徽），走到哪里，仿佛都有人在特别看你。那种充满希望与活力的感觉，是很难重复的。

北大中文系"文革"后第一届研究生一共招收了 19 名，分属七个专业，现代文学专业有 6 位，包括钱理群、吴福辉、凌宇、赵园、陈山和我，另外还有一位来自阿根廷的华侨女生张枚珊（后来成了评论家黄子平夫人）。导师是王瑶先生和严家炎老师，还有乐黛云老师是副导师，负责更具体的联络与指导。当时研究生指导是充分发挥了集体作用的，孙玉石、唐沅、黄修己、孙庆升、袁良骏，以及谢冕、张钟、李思孝等老师，都参与了具体的指导。校外的陈涌、樊骏、叶子铭、黄曼君、陆耀东等名家也请来给我们讲过课。这和现在的状况很不同。现在的研究生读了三年书，可能只认识导师和几位上过课的教员，学生也因导师而分出不同"门派"，彼此缺少交流。而当年的师生关系很融洽，我们和本教专业以及其他专业的许多老师都"混得"很熟。孙玉石、袁良骏老师给 1977 级本科生上现代文学基础课，在老二教阶梯教室，两百多人的大课，抢不到座位就坐在水泥台阶上，我们一节不落都跟着听。吴组缃教授的古代小说史，金开诚老师的文艺心理学，也都是我们经常讨论的话题。语言学家朱德熙、岑麒祥，文字学家裘锡圭等，三天两头来研究生宿舍辅导，有时我们也向他们请教语言学等方面的问题。有一种说法，认为理想的大学学习是"从游"，如同大鱼带小鱼，有那么一些有学问的教授带领一群群小鱼，在学海中自由地游来游去，长成本事。当年就有这种味道。

对我影响最大的是王瑶先生。我们读研究生时王先生才 65 岁，比我现在的年龄大不了多少，但感觉他是"老先生"了，特别敬畏。对不太熟悉的人，先生是不爱主动搭话的。我第一次见王先生，由孙玉石老师引见，那天晚上，他用自行车载着我从北大西门进来，经过未名湖，绕来绕去到了镜春园 76 号。书房里弥漫着淡淡的烟丝香味，挺好闻的，满头银发的王先生就坐在沙发上，我有点紧张，不知道该怎么开场。王先生也只顾抽烟喝水，过了好久才三言两语问了问情况，说我3篇文章有两篇还可以，就那篇论《伤逝》的不好，专业知识不足，可能和多年不接触专业有关。先生给我的第一印象就是不客套，但很真实。有学生后来回顾说见到王先生害怕，屁股只坐半个椅子。这可能是真的。我虽不至于如此，但也有被先生批评得下不来台的时候。记得有一回向先生请教关于30年代左翼文学的问题，我正在侃侃陈述自己的观点，他突然离开话题，"节外生枝"地问我《子夜》是写于哪一年？我一时语塞，支支吾吾说是30年代初。先生非常严厉地说，像这样的基本史实是不可模糊的，因为直接关系到对作品内容的理解。这很难堪，但如同得了禅悟，懂得了文学史是史学的分支之一，材料的掌握和历史感的获得，是至关重要的。有些细节为何记忆那么深？可能因为从中获益了。

王先生其实不那么严厉，和他接触多了，就很放松，话题也活跃起来。那时几乎每十天半个月总到镜春园聆教，先生常常都是一个话题开始，接连转向其他多个话题，引经据典，天马行空，越说越投入，也越兴奋。他拿着烟斗不停地抽，连喘带咳，说话就是停不下来。先生不迂阔，有历经磨难的练达，谈学论道潇洒通脱，诙谐幽默，透露人生的智慧，有时却也能感到一丝寂寞。我总看到先生在读报，大概也是保持生活的敏感吧，辅导学生时也喜欢联系现实，议论时政，品藻人物。先生是有些魏晋风度的，把学问做活了，可以知人论世，连类许多社会现象，可贵的是那种犀利的批判眼光。先生的名言是"不说白不说，说了也白说，白说也要说"，其意是知识分子总要有独特的功能。这种入世的和批判的精神，对我们做人做学问都有潜移默化的影响。

先生的指导表面上很随性自由，其实是讲究因材施教的。他很赞赏赵园的感悟力，却又有意提醒她训练思维与文章的组织；钱理群比较成型了，先生很放手，鼓励他做周作人、胡风等在当时还有些敏感的题目。我上研究生第一年想找到一个切入点，就注意到郁达夫。那时这些领域研究刚刚起步，一切都要从头摸起，我查阅大量资料，把郁达夫所有作品都找来看，居然编写了一本二十多万字的《郁达夫年谱》。这在当时是第一部郁达夫年谱。我的第一篇比较正式的学术论文《论郁达夫的小说创作》，也发表于王瑶先生主编的《中国现代文学研究丛刊》（1980年第二辑）。研究郁达夫这个作家，连带也就熟悉了许多现代文学的史实。王先生对我这种注重第一手材料、注重文学史现象，以及以点带面的治学方式，是肯定的。当《郁达夫年谱》打算在香港出版时，王先生还亲自写了序言。

硕士论文写作那时很看重选题，因为这是一种综合训练，可能预示着学生今后的发展。我对郁达夫比较熟悉了，打算就写郁达夫，可是王先生不同意。他看了我的一些读书笔记，认为我应当选鲁迅为题目。我说鲁迅研究多了，很难进入。王先生就说，鲁迅研究比较重要，而且难的课题只要有一点推进，也就是成绩，总比老是做熟悉又容易的题目要锻炼人。后来我就选择了《鲁迅的前期美学思想与厨川白村》做毕业论文。这个选题的确拓展了我的学术视野，对我后来的发展有开启的作用。研究生几年，我还先后发表过《试评〈怀旧〉》《外国文学对鲁迅〈狂人日记〉的影响》等多篇论文，在当时也算是前沿性的探讨，都和王先生的指导有关。

1981年我留校任教，1984—1987年又继续从王瑶师读博士生。那是北大中文系第一届博士，全系只有我与陈平原两人。我先后当了王瑶先生两届入室弟子，被先生的烟丝香味熏了十多年，真是人生的福气。1989年5月先生七十五岁寿辰，师友镜春园聚会祝寿，我曾写诗一首致贺：

　　吾师七五秩，著书百千章，俊迈有卓识，文史周万象，陶诗味多酌，鲁风更称扬，玉树发清华，惠秀溢四方，耆年尚怀国，拳拳赤子肠，镜园不寂寞，及门长相望，寸草春晖愿，吾师寿且康。

当时先生身体不错，兴致盎然的，万万想不到半年之后就突然过世了。

读研期间给我帮助最大的还有严家炎老师。我上大学时就读过严老师许多著作，特别是关于《创业史》人物典型性的争论，严老师的见解很独特，也更能体现批评的眼光，我是非常敬佩的。他的文章问题意识很强，很扎实，有穿透力，为人也很严谨认真，人们都说他是"严加严"。有一回我有论文要投稿，请严老师指教，他花许多时间非常认真做了批改，教我如何突出问题，甚至连错别字也仔细改过。我把"醇酒"错写为"酗酒"了，他指出这一错意思也拧了。那情节过去快三十年了还历历在目。那时他正和唐弢先生合编那本《中国现代文学史》，任务非常重，经常进城，但仍然花许多精力给研究生上课、改文章。毕业前安排教学实习，每位研究生都要给本科生讲几节课。老钱、老吴、赵园、凌宇和陈山都是中学或者中专教师出身，自然有经验，只有我是头一回上讲台，无从下手。我负责讲授曹禺话剧一课，2个学时，写了2万字的讲稿，想把所有掌握的研究信息都搬运给学生。这肯定讲不完，而且效果不会好。严老师就认真为我删节批改讲稿，让我懂得基础课应当怎样上。后来我当讲师了，还常常去听严老师的课，逐步提高教学水平。

乐黛云老师是王瑶先生的助手，我们研究生班的许多事情都是她在具体操持，我们和乐老师也最亲近。入学不久，乐老师就带着我们搜寻旧书刊，由她主编了一本《茅盾论现代作家作品》，是北大出版社恢复建制后正式出版的第一本书。乐老师五十多岁才开始学英文，居然达到能读能写的程度。她的治学思路非常活跃，当时研究尼采与现代文学关系，以及茅盾小说的原型批评，等等，原先都是给我们做过讲座的，真让我们大开眼界，领悟到研究的视野何等重要。后来乐老师又到美国访学，转向研究比较文学，但根据地还是现代文学，和我们的联系几十年没有断。我非常佩服乐老师，甚至一度还跟着她涉足过比较文学领域。记得北大比较文学学会的成立，大概是在1980年吧，在西校门外文楼一层会议室，有二十多人参加，季羡林、杨周翰等老先生都是第一批会员，乐老师是发起人，她把张隆溪、张文定和我等一些年轻人也拉进去了。我还在乐黛云老师的指导下，与张隆溪合作，编选出版过《比较文学论集》和《中西比较文学论集》，还尝试翻译过一些论文。我的部分研究成果和比较文学有关，跟乐老师的影响分不开。不过我觉得自己的英语会话水平太臭，难以适应这门"交通之学"，后来也就"洗手不干"了。之后也有过赴美留学的机会，我也放弃了，还是主要搞现代文学研究。

那时还没有学分制，不像现在，研究生指定了许多必修课。这在管理上可能不规范，但更有自由度，适合个性化学习。除了政治课，我们只有历史系的《中国现代史专题》是必须上的，其他都是任选。老师要求我们主要就是读书，先熟悉基本材料，对现代文学史轮廓和重要的文学现象有大致的了解。也没有指定书目，现代文学三十年，大部分作家代表作以及相关评论，都要广泛涉猎，寻找历史感。钱理群比我们有经验，他把王瑶文学史的注释中所列举的许多作品和书目抄下来，顺藤摸瓜，一本一本地看。我们觉得这个办法好，如法炮制。我被推为研究生班的班长，主要任务就是到图书馆借书。那时研究生很受优待，可以直接进入书库，一借就是几十本，有时库本也可以拿出来，大家轮着看。研究生阶段我们的读书量非常大，我采取浏览与精读结合，起码看过一千多种书。许多书虽然只是过过眼，有个大致了解，但也并非杂家那种"漫羡而无所归心"，主轴就是感受文学史氛围。看来所谓打基础，读书没有足够的量是不行的。

读书报告制度那时就有了，不过我们更多的是"小班讲习"，有点类似西方大学的 Seminar，每位同学隔一段时间就要准备一次专题读书报告，拿到班上"开讲"。大家围绕所讲内容展开讨论，然后王瑶、严家炎等老师评讲总结。老师看重的是有没有问题意识，以及材料是否足以支持论点等等。如果是比较有见地的论点，就可能得到老师的鼓励与指引，形成论文。这种"集体会诊"办法，教会我们如何寻找课题，写好文章，并逐步发现自己，确定治学的理路。记得当时钱理群讲过周作人、胡风和路翎，吴福辉讲过张天翼与沙汀，凌宇讲过沈从文和抒情小说，赵园讲过俄罗斯文学与中国，陈山讲过新月派，我讲过郁达夫与老舍等等。后来每位报告者都根据讲习写出论文发表，各人的学术发展，可以从当初的"小班讲习"中找到源头。

那是个思想解放的年代，一切都来得那样新鲜，那样让人没法准备。当《今天》的朦胧诗在澡堂门口读报栏贴出时，我们除了惊讶，更受到冲击，议论纷纷开始探讨文学多元共生的可能性；当张洁《爱是不能忘记的》发表后，引起的争论就不只是文学的，更是道德的，政治的。什么真理标准讨论呀，校园选举呀，民主墙呀，行为艺术呀，萨特呀，弗洛伊德呀，"东方女性美"呀，……各种思潮蜂拥而起，极大地活跃着校园精神生活。我们得到了可以充分思考、选择的机会，对于人文学科的研究生来说，这种自由便是最肥沃的成长土壤。我们都受惠于那个年代。

难忘的还有研究生同学和当时的学习生活。我们读研时都已过"而立"之年，有些快到"不惑"，而且都是拖家带小有家庭的，重来学校过集体生活，困难很大。但大家非常珍惜这个机会，都很刻苦。每天一大早到食堂吃完馒头、咸菜和玉米粥，就到图书馆看书，下午、晚上没有课也是到图书馆，一天读书十二三个小时，是常有的。最难的是过外语关。我们大都是三十以上的中年了，学外语肯定要加倍付出。常看到晚上熄灯后还有人在走廊灯下背字典的。和我同住一室的任瑚琏，是语言学研究生，原来学俄语，现在却要过英语关，他采取的"魔鬼训练法"，宿舍各个角落都贴满他的英语生词字条，和女友见面也禁止汉语交谈，据说有一回边走路边背英语还碰到电线杆，幸亏他那厚度近视眼镜没有打碎。果然不到一年他就读写全能。

我们那时大都还是拿工资，钱很少，又两地分居，除了吃饭穿衣，不敢有别的什么消费。可是碰到好书，就顾不得许多，哪怕节衣缩食也得弄到。1981年《鲁迅全集》出版，60元一套，等于我一个月工资了，毫不犹豫就买下了，真是嗜书如命。那时文艺体育活动比较单调。砖头似的盒式录音机刚面世，倒是人手一件的时髦爱物，主要练习外语，有时也听听音乐。舞会开始流行了，我当过一两回看客，就再也没有去过。看电影是大家喜欢的，五道口北京语言学院常放一些"内部片"，我们总想办法弄票，兴高采烈骑自行车去观赏。电视不像如今普及，要看还得到老师家里（后来29楼传达室也有了一台电视）。日本的《望乡》，记得我是到燕东园孙玉石老师家里看的。下午五点之后大家可以伸伸筋骨了，拔河比赛便经常在三角地一带举行，一大群"老童生"那么灰头土脸卖力地鼓捣这种活动，又有那么多啦啦队一旁当"粉丝"喝彩，实在是有趣的图景。

那时的艰苦好像并不太觉得，大家都充实而快乐，用现在的流行语说，"幸福指数"不低。记得吴福辉的表姐从加拿大回来探亲，到过29楼宿舍，一进门就慨叹"你们日子真苦！"可是老吴回应说"不觉得苦，倒是快活"。老吴每到周末就在宿舍放声唱歌，那东北味的男中音煞是好听，也真是快活。"不觉得苦"可能和整体气氛有关，同学关系和谐，不同系的同学常交往，如同大家庭，彼此互相帮忙，很熟悉。后来知名的学者，如数学家张筑生，哲学家陈来，比较文学家张隆溪，外国文学家盛宁，经济学家梁小民、李庆云，历史学家刘文立，文学评论家曾镇南，古文字学家李家浩，书法家曹宝麟，语言学家马庆株等等，都是当时29楼的居民，许多活动也一起参加。张筑生是北大授予学位的第一位博士，非常出色的数学家，可惜英年早逝，我至今还能想起他常来中文系宿舍，蹲在地上煮"小灶"的情形。中文系宿舍紧靠 29 楼东头，老钱、老吴、凌宇和张国风住 202，他们每天晚上熄灯后都躺在床上侃大山，聊读书，谈人生，这也是课堂与图书馆作业的延伸吧。有时为了一个观点他们可以吵得很"凶"，特别是凌宇，有湘西人的豪气，声响如雷，我们在隔壁都受干扰，但是大家从来没有真正伤过和气。几十年来，我们这些同学在各自领域都取得显著成绩，大家的治学理路不同，甚至还可能有些分歧，但彼此又都还保持着北大 29 楼形成的友谊，这是最值得骄傲和珍惜的。

2008 年 1 月 29 日

北大中文系诞生 100 年摭谈

北大的前身京师大学堂是 1898 年建立的，但具体到哪一天算是正式成立，并没有定见。有三件事可供作"成立"的根据。一是当年 2 月 15 日光绪帝诏喻："京师大学堂迭经臣工奏请，准其建立，现在亟须开办。"从程序上看，这就是启动了。第二件事是 8 月 24 日礼部知照大学堂派员领取"钦命管理大学堂事务大臣"孙家鼐的关防。大印都拿到了，似乎也可以说正式开办了。还有第三，就是根据一些回忆，这一年的 12 月 31 日，京师大学堂宣布开学。虽然有学者对"开学"的说法有些怀疑，但对"京师大学堂建立在 1898 年"普遍还是认可的。

那么为何一开头没有中文系呢？因为大学堂创办之初因陋就简，类似"蒙养学堂"，课程仅设《诗》《书》《易》《礼》等几种，学生往往是上午读经，下午学点地理、格致之类常识，还没有分科。稍后办了仕学馆和师范馆，科目分得较细了，因为是速成班，也没有系科之分。1904 年师范馆和预科的课程分为"公共""分类"与"加习"三科，一年级上公共类，包括人伦道德、群经源流、算学、外语之类，还有就是"中国文学"。二年级以上有 4 类课程选学，分别偏重数理化、地矿农、法政或者文史，每一类课程中都有"中国文学"。但这时的"中国文学"只是课程，还不是系科，也无所谓中文系。

一直到 1910 年 3 月 31 日，京师大学堂举行分科大学开学典礼，才意味着"中国文门"作为独立教学建制的诞生。当时全校设 7 个分科大学，也就是 7 个本科教育的相对独立机构，有点类似现今的学院，包括：经、法、文、格致、农、工、商。其中"文科"下设 2 个"学门"，就是"中国文门"与"外国文门"。这"学门"就相当于现在的"系"了。北大中文系的前身就是京师大学堂"中国文门"，诞生于 1910 年 3 月 31 日，从那时到 2010 年 3 月，足足 100 年了。现在北大中文系正在筹备百年系庆，计划在下半年好好庆祝一番。但不应当忘了北大中文系的生日是 3 月 31 日。

北大中文系的出生地与"系址"变迁

说完生日，还要说说出生地。北大中文系诞生何处？不少人可能以为在沙滩红楼。非也。应当是在北京地安门内马神庙。1910 年"中国文门"作为独立的建制成立之时，整个分科大学都设在马神庙，这也是大学堂开办时的校址——原乾隆皇帝四公主府。据说和嘉公主 16 岁下嫁，23 岁就过世了，其府邸到光绪年间还空置着，后来就由皇上拨给京师大学堂暂做校舍之用。占地并不大，但经过几番修葺，设置还齐全。两层过厅做职员办事处，正殿改作讲堂；讲堂两侧有耳房，做教员休息室。往里边大殿原是公主的寝宫，这时却在中庭祀有孔子神位，而寝宫后两排平房则作学生宿舍。再往后的楼房相传是公主梳妆楼，就作为藏书楼。其他一些地方还有博物室、自修室、饭厅、浴室等等。那时学生数量不多，宿室 2 人一间，膏火饭食皆官费。晨起鸣铁钟，上课、就寝摇铜铃，开饭则鼓锣为号。学生宿舍几排平房之间是操场，学生课余在那里踢球或者荡秋千。后来大学堂规模拓展，到老北大时期，陆续增设了两三个校区，包括沙滩附近的汉花园、北河沿，以及城南的国会街等几处，分别称为一、三、四院，马神庙则称二院。北大中文系是在马神庙原四公主府诞生的。但当时"中国文门"坐落院内何处？已很难考索。原北大二院旧址后被人民教育出版社等单位使用，几十年大拆大建，只有原公主府正殿也就是老北大讲堂等几处留存，依稀可见往昔旧迹。

再说红楼。为何说起老北大和中文系很多人总会想到红楼？不奇怪，红楼和"五四运动"联系在一起，太出名了，以至于"掩盖"了原出生地。红楼也在沙滩一带，现在的五四大街，原先叫"汉花园"。红楼建成于1918年8月，在当时北京，就算是一栋标志性大型新式建筑了。那略带西洋近代古典风格的造型，到现在仍然显得相当有气势和特色。之所以称为红楼，是由于通体多用红砖砌筑。红楼初建拟作宿舍，建成后用作文科教室和办公室。于是"五四"以降许多知名人物都曾在此讲学、工作和活动，许多故事传奇也发生于此。红楼从建成到1952年（除了40年代北大南迁的西南联大时期），一直是北大的本部，也是文学院所在地。北大中文系也一直以此为"家"。1937年北京沦陷之后，红楼被日本宪兵部队占用，地下室曾被用作监狱。1945年日本投降后，又成为北大校舍。1952年院校调整，北大迁至海淀燕园，红楼改由国家文物局使用。现红楼改为新文化运动纪念馆，对社会开放。现在到红楼参观，遥想当年陈独秀、胡适、钱玄同、刘半农、周作人、鲁迅、沈尹默、林纾、刘师培、黄侃这些大师级人物都曾在此任教、工作与活动，而这些人物又都和中文系联系密切，我们对北大中文系的历史会顿生敬意。

1952年院校调整，10月中文系随学校迁到原燕京大学旧址燕园，就在现图书馆东侧的文史楼设系办公室。当时用于教学的有8座大楼，有5座是原来燕京大学的，都在北大西门一带，而文史楼和生物楼、教室楼（一教）这3座是当时为北大西迁而新建的，现在进东门就可以看到。新旧建筑整体风格类似，都是挑檐大屋顶，三层灰砖砌墙，但新的几座更朴素一些。文史楼每层中间过道，南北两侧都是按教室设计的房间。最上层是文科阅览室，二层东、西分别属于历史系和中文系。北大文学研究所（即中国社科院文学所的前身）也曾立身于此。院系调整后的北大中文系集合了原北大、清华、燕京（后来又还有中山大学的语言学系）的师资，人才济济，大师云集，文史楼也就称得上是20世纪五六十年代全国一流文史学者的"杏坛"。他们在这里上课、开会、讨论，学生也在这里开展各种文化活动。但50年代后期开始的反右、拔白旗、大批判等政治运动也接二连三在这里上演。前不久我从这栋灰色大楼前经过，有众多家长正簇拥着他们的孩子到这里参加自主招生的面试，煞是热闹。我想到，这栋楼曾有那么多的混乱、消沉、新生与辉煌，现在还有多少人记得？

1963年中文系搬出文史楼，"栖身"静园二院，也就是现在五院的对过。"文革"结束前几年又搬到靠南门的学生宿舍32楼，为的是让师生"三同"。那是动荡的岁月，中文系机构曾被摧毁，造反派组织与"革委会"取代了系行政。中文系搬来搬去，人们大概有一种"居无定所"的焦虑感吧。到1978年秋天，北大中文系进入静园五院，以此作为系址，一直到如今，32年了。关于五院的一些传奇轶闻，我在《书香五院》一文中曾记其详，这里就不展开了。

中文系建立之初的学派之争与学风流转

以上说过中文系的生日、出生地，以及后来系址的变迁，其实也带出来学科体制、人事、学风等方面的变化流转。既然是庆贺中文系的百年诞辰，不妨再说点旧事。

北大中文系诞生之初，是有很多艰难曲折的，并非一开张就灿烂。某些学派之争和人事纠葛也对这个学术新生体造成很大制约。现在看到的许多回忆都是文科出身的人写的，自然格外关注文科，有时说得有些神乎其神，好像整个大学堂就是文人和怪杰的天下。其实不然。大学堂时期的文科包括"中国文"虽然列为主课，但整个大学对传统学术并不像后人说的那样重视。大学堂开办才几年，就已经很"西化"了。特别进入民国时期，"百事务新，大有完全旧弃之概"，主掌校政的几乎全是留洋的"海归"，学校开会都用英语，谁要是会德语，那就更被刮目相看。事实上这时"中学"的研究已经退为"装饰品的地位"。学校本来就向"西学"倾斜，而文科特别是与国学有关的"中国文"又还被一些遗老把持，被冷落也就不足为奇了。严复主理校政之后，还是主张文科之外各科全由西洋留学回来者担纲，可尽讲西学；而文科则让它纯粹研究传统学术，"尽从吾旧，而勿杂于新"。那些年轻的"海归"派断然瞧不起文科中的旧式文人，彼此有冲突，严复希望中学、西学两不相干，各自发展。他便起用桐城派文人姚永概担任文科学长。本来，京师大学堂期间，文科的教席就多为桐城派文人把握，包括吴汝纶（曾任总教习）、姚永朴（姚永概的兄长）、马其昶、张筱甫（曾任副总教习），以及为桐城护法的著名古文家林纾等等，虽然仍多执滞于辞章之学，格局褊狭，却也曾一支独盛。清亡之后，这批效忠清室的文人陆续从北大流散，北大文科的地位更趋下降。这除了北大内部的人事变动，更因为民初学界的风气大变，桐城派原来笼罩北大文科包括"中国文门"的主流位置终于被"章门学派"所取代。

现在看来，"学术政治"好像与"地缘政治"也有些关系。所谓学派往往可能有"某籍某系"的背景。严复1912年离职之后，先后继任校长的何燏、胡仁源，都是浙江人，且都有日本留学背景，他们对文科中旧功名出身的"老先生"不满意，希望北大引进一些留日的年轻学者，来排挤桐城派势力，而章门弟子就成为首选。章太炎继承清代乾嘉朴学正轨，由小学而治经学、史学、诸子学、文学、佛学等，眼界阔大，作风扎实，在民初学界声誉隆盛，影响自非桐城派文人所能比。章太炎因鼓吹革命而避地日本，除了办报传播革命，又设坛讲学，多讲音韵训诂，以及《说文》《尔雅》《庄子》等。听讲者多是浙江籍的学生，包括钱玄同、周树人（鲁迅）、周作人、朱希祖、马裕藻、沈兼士、黄侃、刘师培、刘文典等等，后来各自都卓有建树。这些人多是同门同乡，互相援手推举，大都在1913－1917年间进入北大，形成北大文科和国文门的新兴力量。终于取代了桐城派的主导位置。

不过，在与桐城派的角逐中，章门学派最显示学术实力的是黄侃与刘师培，他们都不是浙江人。黄侃1914年入北大，在国文门讲《文心雕龙》与《文选》。刘师培1917年入北大，在国文门讲"中古文学史"。他们都以研究音韵、《说文》、训诂作为治学根基，讲究综博考据，打通经史，文章则力推六朝，又被称为"文选派"。他们学术上非常自信，自视甚高，力图通过北大讲台打一场"骈散之争"，驱除桐城派的影响。这除了学术理路的差异，更因为黄、刘认为古文家"借文以载道之说，假义理为文章"，其实是浅陋寡学。除黄、刘氏外，在国文系主讲文学史的朱希祖和其他一些教员也加入对桐城派的批评。桐城派文人终于一蹶不振，失去在北大的学术位置。

在1917年蔡元培主政北大之后，陈独秀、胡适等一批新进学人进入北大，提倡文学革命与白话文，鼓吹新文化，影响自然超越国文门与整个北大文科。他们将桐城、文选两派都视为守旧加以攻击，"骈散之争"就被更热烈的"文白之争"所掩盖和终结，传统学术与现代学术在矛盾纠结中日趋交融变通，北大责无旁贷成为全国文科研究和思想启蒙的中心了。

六次变革值得总结

以上回顾北大中文系建立之初的某些史事逸事，好像已经很遥远了。其实，传统的根须伸展到现在，我们一直都在吮吸它的营养，有些"基因"始终决定着后来的命运。北大中文系建立数十年来，道路坎坷，粗略梳理，起码有这么 6 次牵涉人事、学风与课程的大的变革。第一次是 1919 年废门改系（改为国文系），实行选科制。第二次是 1925 年课程调整，出台"分科专修制"，为一年级设定共同必修课，二年级以上"分类选修"，教员也按各自所长归属某一类研究。第三次是抗战西南联大时期，清华与北大两校中文系联合，强化基础性训练，很好地发挥了两校的优势。第四次是 1952 年院系调整后，北大、清华、燕京大学三校中文系（包括新闻）合一，随后中山大学的语言学系又并到北大，新的北大中文系达到鼎盛阶段。第四次是"文革"时期，开门办学，大批判开路，结果大伤元气。第五次是 20 世纪 80 年代学科复兴，进入比较正常的建设阶段，中文系语言、文学、文献三足鼎立的框架日趋完善。第六次是最近十多年来，面对新形势的调整，中文系在人才培养模式、课程设置以及科研方面都在进行艰难的探索。在百年系庆到来时，这些变革都应当好好总结，也值得做专门的研究，因为北大中文系毕竟是全国人文学科的一个高地，也是一个缩影。

为了迎接百年系庆，我和几位同人也正在写一本《北大中文系100年图史》。说来惭愧，北大至今没有一本完整的像样的校史，院系的历史更罕有出现。争论太多，由官方来修史就必然要讲平衡，讲政策，结果容易把历史的棱角都打磨了。所以还是主张个人修史，先写出来，有总比没有好。这次我们采取比较折中的办法，就是专题加年表的写法，图文并用，展示一些主要的事件与人物。类似前面说到的某些历史细部，也会有所表现。效果如何，还得出版后听大家的评价。

做这种学科史很有意思，也很难。对复杂的史事如何选择、过滤、呈现，的确需要眼光和见识。我们多少身在其中，史事牵绕，难免庐山不识。只好期待有更多的同好，能以更为超越的立场来关注这种学科史与学术史的写作了。

北大"三窟"

　　这个标题有些费解，所谓"三窟"，是指我这几十年在北大校园的几个住处。不是同时拥有的所谓"狡兔三窟"，而是先后3个"定居"点。时过境迁，这些地方都变化很大，人事的变异更多，写下来也是一种念旧吧。

　　1981年我从北大中文系研究生毕业，留校任教，起先被安排住到南门内的25楼学生宿舍，说是临时的，和李家浩（后来成了著名的战国文字研究专家）共处一室。李兄人极好，是个"两耳不闻窗外事"的书呆子，除了看书就是睡觉，偶尔用很重的湖北腔说些我不怎么明白的"文字学"。我们倒是相安无事。住25楼的都是"文革"后毕业的第一届研究生，多数拖家带小的，老住单身宿舍不方便。大约住了快一年吧，这些"老童生"就集体到朗润园当时北大党委书记家里"请愿"，要求解决住房问题。果然奏效，不久，就都从25楼搬到教工宿舍。1982年我住进21楼103室。本来两人一间，系里很照顾，安排和我合住的是对外汉语的一位老师，还没有结婚，可以把他"打发"到办公室去住，这样我就"独享"一间，有了在北大的家，妻子带着女儿可以从北京东郊娘家那里搬过来了。

　　这算是我在北大的第一"窟"。

　　21楼位于燕园南边的教工宿舍区，类似的楼有9座，每3座成一品字形院落。东边紧挨着北大的南北主干道，西边是学生宿舍区，往北就是人来人往的三角地。全是筒子楼，灰色，砖木结构，三层，大约六十多个房间。这个宿舍群建于 50 年代，本来是单身教工宿舍，可是单身汉结婚后没有办法搬出去，而我们这些有家室的又陆续搬了进来，实际上就成了家属宿舍了。每家一间房子，12 平方米左右，只能勉强放下一床（一般都是麂架床），一桌，做饭的煤炉或煤气罐就只能放在楼道里，加上煤饼杂物之类，黑压压的。记得 80 年代初有个电影《邻居》，演的那种杂乱情景差不多。每到做饭的时候，楼道烟熏火燎，很热闹，谁家炒萝卜还是焖羊肉，香味飘散全楼，大家都能"分享"。缺个葱少个姜的，彼此也互通有无。自然还可以互相观摩，交流厨艺，我妻子就从隔壁闫云翔（后来是哈佛大学的人类学博士）的太太那里学会熘肝尖的。有时谁家有事外出，孩子也可以交给邻居照看。曹文轩老师（如今是知名作家）住在我对门，他经常不在，钥匙就给我，正好可以"空间利用"，在他屋里看书。21 楼原"定位"是男宿舍，只有男厕所，没有女厕所，女的有需要还得走过院子到对面 19 楼去解决。（19 楼是女教工宿舍，也一家一家的住有许多男士。陈平原与夏晓红结婚后，就曾作为"家属"在 19 楼住过。）水房是共用的，每层一间。夏天夜晚总有一些男士在水房一边洗冷水澡，一边放声歌唱。当时人的物质需求不大，人际关系也好，生活还是充实而不乏乐趣的。那几年我正处于学术的摸索期也是生长期，我和钱理群、吴福辉等合作的《中国现代文学三十年》最早一稿，我那部分就是在 21 楼写成的。

　　不过还是有许多头疼的事。那时一些年轻老师好不容易结束两地分居，家属调进北京了，可是 21 楼是单身宿舍，不是正式的家属楼，公安局不给办理入户。我也碰到这个问题。那时我是集体户口，孩子的户口没法落在北大，要上学了，也不能进附小。又是系里出面周旋，花了很多精力才解决。连煤气供应也要凭本，集体户口没有本，每到应急，只好去借人家的本买气。诸如此类的大小麻烦事真是一桩接一桩，要花很大精力去应对。钱理群和我是研究生同学，同一年留校，又同住在 21 楼，他更惨，和另一老师被安排在一层的一间潮湿的房子（原是水房或者厕所），没法子住，要求换，便一次次向有关机构申请，拖了很久，受尽冷遇，才从一楼搬到二楼。我开玩笑说，老钱文章有时火气大，恐怕就跟这段遭遇有关。有时我也实在觉得太苦，想挪动一下，甚至考虑过是否要回南方去。当时那边正在招兵买马，去了怎么说也有个套间住吧。可是夜深人静，看书写字累了，走出 21 楼，在校园里活动活动，清新的空气吹拂，又会感觉北大这里毕竟那么自由，舍不得离开了。

50 年代以来，北大中文系老师起码三分之一在 19、20 或 21 楼住过。与我几乎同时住 21 楼的也很多，如段宝林（民间文学家）、钱理群（文学史家）、曹文轩（作家）、董学文（文艺学家）、李小凡（方言学家）、张剑福（文艺学家、中文系副主任）、郭锐（语言学家）等等。其他院系的如罗芃（法国文学学者）、李贵连（法学家）、张国有（经济学家、北大副校长）、朱善璐（海淀区委副书记）等等，当初都是 21 楼的居民，彼此"混得"很熟。二十多年过去，其中许多人都成为各个领域的名家或者要人，21 楼的那段生活体验，一定已在大家的人生中沉淀下来了。

我在 21 楼住了 3 年，到 1986 年，搬到畅春园 55 楼 316 室。

这是我在北大的第二"窟"。

畅春园在北大西门对过，东是蔚秀园，西是承泽园，连片都是北大家属宿舍区。畅春园可是个有来历的地方。据说清代这里是皇家园林别墅，有诗称"西岭千重水，流成裂帛湖，分支归御园，随景结蓬壶"（清代吴长元《宸垣识略》），可见此地当时水系发达，秀润富贵。康熙皇帝曾在此接见西洋传教士，听讲数学、天文、地理等现代知识。乾隆、雍正等皇帝也曾在此游玩、休憩。如今这一切都烟消云散，只在北大西门马路边遗存恩佑寺和恩慕寺两座山门，也快要淹没在灯红酒绿与车水马龙之中了。80 年代初北大在畅春园新建了多座宿舍，每套 90 平方米左右，三房一厅，当时算是最好的居室，要有相当资历的教授或者领导才能入住。为了满足部分年轻教工需要，在畅春园南端又建了一座大型的筒子楼，绿色铁皮外墙，五层，一百多间，每间 15 平方米，比 21 楼要大一些。我决定搬去畅春园 55 楼，不因为这里房子稍大，而是因为这里是正式的宿舍，可以入户口，不用再借用煤气本。

　　毕竟都是筒子楼，这里和 21 楼没有多大差别，也是公共厕所，但不用在楼道里做饭了，平均五六家合用一间厨房。房子还是很不够用，女儿要做作业，我就没有地方写字了。那时我正在攻读博士学位，论文写作非常紧张，家里挤不下，每天晚上只好到校内五院中文系教研室用功。55 楼东边新建了北大二附中，当时中学的操场还没有围墙，我常常一个人进去散步，一边构思我的《新文学现实主义的流变》。生活是艰苦的，可是那时"出活"也最多，每年都有不少论作发表，我的学业基础很大程度上就是那几年打下的。55 楼的居民比 21 楼要杂一些，各个院系的都有，不少是刚从国外回来的"海归"。如刘伟（经济学家，现北大经济学院院长）、曾毅（人口学家）都是邻居，我在这里又结识了许多新的朋友。这里还有难忘的风景。我们住房靠南，居然还有一个不小的阳台，往外观望，就是大片稻田，一年四季可看到不同的劳作，和变换的景色。后来，稻田改成了农贸市场，再后来，农贸市场又改成了公园，那时我们已经离开畅春园。偶尔路过 55 楼跟前，想象自己还站在三层的阳台上朝外观望，看到的公园虽然漂亮，可是不会有稻田那样富于生命的变化，也没有那样令人心旷神怡。还是要看心境，稻田之美是和二十多年前的心绪有关吧。

　　后来我又搬到镜春园 82 号，那是 1988 年冬天。

　　这是我在北大的第三"窟"。

　　镜春园在北大校园的北部，东侧是五四操场，西侧是鸣鹤园和赛克勒博物馆，南边紧靠有名的未名湖。这里原为圆明园的附属园子之一，乾隆年间是大学士和珅私家花园的一部分，后来和珅被治罪，园子赐给嘉庆四女庄静公主居住，改名为镜春园。据史料记载，昔日镜春园有多组建筑群，中为大式歇山顶殿堂七楹，前廊后厦，东西附属配殿与别院，复道四通于树石之际，飞楼杰阁，朱舍丹书，甚为壮观。（据焦熊《北京西郊宅园记》）后历沧桑之变，皇家庭院多化为断壁残垣，不过也还可以找到某些遗迹。过去常见到有清华建筑系学生来这里寻觅旧物，写生作画。90 年代初在此修建中国经济研究中心，工人还从残破旧建筑的屋顶发现皇家院落的牌匾。六七十年前，这里是燕京大学教员宿舍，包括孙楷第、唐辟黄等不少名流寓居于此。50 年代之后成为北京大学宿舍区，不过大都是四合院，逐步加盖，成为一个个大杂院。其中比较完整的院落，一处是镜春园 76 号，原王瑶教授寓所（曾为北洋政府黎元洪的公馆，现为北大基金会），另一处就是我搬进的镜春园 82 号。

这个小院坐北朝南，院墙虎皮石垒砌，两进，正北和东、西各有一厢房，院内两棵古柏，一丛青竹，再进去，后院还有几间平房，十分幽静。50 年代这里是著名小说家和红学专家吴组缃先生的寓所，后来让出东厢，住进了古典文学家陈贻焮教授。再后来是"文革"，吴先生被赶出院门，这里的北屋和西屋分别给了一位干部和一位工人。陈贻焮教授年岁大了，嫌这里冬天阴冷，于 1988 年搬到朗润园楼房住，而我则接替陈先生，住进 82 号东屋。虽然面积不大，但有一个厅可以作书房，一条过道连接 2 个小房间，还有独立的厨房与卫生间。这一年我 42 岁，终于熬到有一个"有厕所的家"了。

我对新居很满意，一是院子相对独立，书房被松柏翠竹掩映，非常幽静，是读书的好地方。《中国现代文学批评史》就是在这里磨成的。二是靠近未名湖，我喜欢晚上绕湖一周散步。三是和邻居关系融洽，也很安全，我们的窗门没有任何防盗加固，晚上不锁门也不要紧，从来没有丢失过东西。四是这里离 76 号王瑶先生家只有三四百米，我可以有更多机会向王先生聆教。缺点是没有暖气，冬天要生炉子，买煤也非易事，入冬前就得东奔西跑准备，把蜂窝煤买来摞到屋檐下，得全家总动员。搬来不久就装上了电话，那时电话不普及，装机费很贵，得五六百元，等于我一个多月的工资，确实有点奢侈。我还在院子里开出一块地，用篱笆隔离，种过月季、芍药等许多花木，可是土地太阴，不会侍候，总长不好。唯独有一年我和妻子从圆明园找来菊花种子，第二年秋天就满院出彩，香气袭人，过客都被吸引进来观看。院子里那丛竹子是陈贻焮先生的手栽，我特别费心维护，不时还从厨房里接出水管浇水，春天等候竹笋冒出，是一乐事。陈贻焮先生显然对 82 号有很深的感情，他在这里住了二十多年，《杜甫评传》这本大书，就诞生于此。搬出之后，陈先生常回来看看。还在院墙外边，就开始大声呼叫"老温老温"，推开柴门，进来就座，聊天喝茶。因为离学生宿舍区近，学生来访也很频繁，无须电话预约，一天接待七八人是常有的。我在镜春园一住就是 13 年，这期间经历了中国社会的大变革，也经历了北大的许多变迁，我在这里读书思考，写作研究，接待师友，有艰难、辛苦，也有欢乐。这里留下我许多终生难忘的记忆。

前不久我陪台湾来的龚鹏程先生去过镜春园，82 号已人去楼空，大门紧闭，门口贴了一张纸，写着"拆迁办"。从门缝往里看，我住过的东厢檐下煤炉还在，而窗后那片竹子已经枯萎凋残。据说 82 号以东的大片院落都要拆掉改建，建成"现代数学研究中心"的研究室了。报纸上还有人对此表示不满，呼吁保留燕园老建筑。但最终还是要拆迁的。我一时心里有点空落落的。

我是 2001 年冬天搬出镜春园到蓝旗营小区的。小区在清华南边，是北大、清华共有的教师公寓。这是第四次乔迁，可是已经迁出了北大校园，不能算是北大第四"窟"了。蓝旗营寓所是塔楼，很宽敞，推窗可以饱览颐和园和圆明园的美景，但我似乎总还是很留恋校园里的那"三窟"。我的许多流年碎影，都融汇在"三窟"之中了。

我与北大出版社

1996 年我在北大中文系担任副主任，负责研究生工作，一年多以后，调到北大出版社任总编辑。去出版社之前，我犹疑，舍不得离开教学岗位。当时的常务副校长迟惠生教授就把我找去，好说歹说动员我赴任。我当时莫名其妙说了一个词"诚惶诚恐"。现在分析，这不当的用词可能隐藏着一种潜意识：我怕担负不了总编辑的职责，更怕改变当教授的生活轨道。我要谢绝这一任命。可是我上大学的女儿一句话，又松动了我的意志。女儿说，爸爸，人生多尝试一些不同的生活多好呀！加上妻子也一旁鼓动，我终于又决定接受学校任命，去出版社了。当时和学校说好的条件，是关系不转，不脱离教学。所以任总编辑那几年，我还兼任中文系学术委员会主席，带博士生，给本科生上课。

1997 年 7 月底，我从欧洲访问回来，就被催促去出版社报到。那是一个夏日的晚上，在出版大楼开了一个干部会，校党委副书记岳素兰同志宣布了我的任职。和我搭班子的是社长彭松建，以及社党委书记周月梅。大概考虑当时出版社的实际情况，强调集体领导，岳素兰书记特别提醒说："你们三位都是一把手。"后来我们三人配合还是默契的。彭松建社长负责抓全面，偏重经营管理；周月梅书记管理人事与党务；我主要负责选题和出版。当时出版社班子力量很强。彭社长学经济出身，搞出版多年，在出版界人脉通达，还兼任版协负责人职务，业务很在行，也有威信。还有张文定（副社长）是出版社元老，思想活跃，点子很多；王明舟（当时是副总编，如今是出版社社长）学数学出身，年轻而睿智，曾成功策划过影响极大的畅销书《未来之路》。我和他们关系处得很融洽，他们也给过我很多支持与帮助。出版社人员比教学单位要复杂一些，遇事不决断，是不行的。老彭不止一次说："有人在会上吵闹，甚至拿起烟灰缸就朝你砍过来。"这在院系不可想象。我还真的碰到过这一类事情。照说，我当时已经是博士生导师，博导来当总编辑大家都觉得新鲜（那时博导很少），表面上应当有些威信的吧。可是不见得，我说的话有时没有人听。后来我有意识抓住一个在社里有些跋扈的典型，当面清楚表明自己的处理意见，算是"亮相"。几次全社大会上，我都旗帜鲜明地表扬工作负责的，批评那些拉拉扯扯吊儿郎当的。我还和总编室一起，摸索建立了选题计划论证、专家咨询、稿件匿名外审，以及书号严格管理等制度，抓典型，抑制那些散漫随意、不负责任的行为，虽然阻力重重，但总算做到有章可循了。我是"外派"进去的，没有根，人家不理睬也正常。当时我真是有点"冲"，好像并不符合我的个性，在系里我是不可能这样"强势"的。

　　到出版社碰上第一件大事就是筹备北大百年校庆。那时学校要编一本展现北大历史与现状的大型画册，由宣传部长赵为民、干事张黎明（如今是北大出版社总编辑）、编辑张凤珠、美编林胜利，加上我等几人组成一个班子，负责编写和出版这个画册。虽是一本画册，可是很难着手。这不是个人著作，政策性强，北大又还没有个比较认可的校史，历史怎么评价？哪个人物上哪个不上？哪张照片大些哪张小些？都要反复琢磨讨论，平衡斟酌。我们从校档案馆找来了上千幅图片，翻来覆去，从中挑选一部分，以反映北大百年的历程。而现状的照片，许多就需要补拍。为了给燕园俯拍全景，林胜利还特地托人，向有关部门申请了飞机航拍。许多院系为了上画册，专门照了全体像。其中许多照片的确下了大的功夫，都成为"经典"了，至今常为各种书刊选用。我们在勺园五号楼租了个套间，有一个多月，夜以继日，在那里讨论编写，反复多次，终于把这本中英文对照的大型画册编成，收录 400 余幅珍贵图片，印刷 4 万多本，是校庆赠送贵宾校友的主要礼物。从画册构思、图片选择、文字编写、英文翻译，到发排印刷，我一路盯下来，也算是我到出版社的业务见习了。

　　除了画册，校庆图书有五六十种，都要赶在半年多时间内出版，任务相当艰巨。我和彭社长几次召开大会动员，要求团结奋战，全力以赴。如《北京大学》（画册）《今日北大》《青春的北大》《巍巍上庠　百年星辰：名人与北大》《我与北大》《如歌岁月》（北大研究生访谈录）《北大校长与中国文化》《北大创办史实考源》《北大百年国学文粹》《蔡元培先生年谱》《北京大学史料》《北大百年校庆北大人书画作品集》，以及各院系为校庆专门编辑的学术论集等等，都是在校庆前几个月突击出来的。我自己还亲自主持编辑了书籍多种（有的就是责任编辑），包括《北大中文系简史》（马越的硕士论文，由我指导）、《百年学术：北大中文系名家文存》（我与费振刚主编）、《北大风》（北大历史上学生刊物文选，我与李宪瑜编）、《我爱燕园》（宗璞的散文集）、《北大缤纷一百年》（校庆记盛资料集，由我指导，李宪瑜主编）等等。后来想想，当时既没有加班费，也没有码洋提成之类，就是有一股热情，依靠群策群力，才能干这么多的事情。值得一提的是"北大校庆藏书票"的出版。这套藏书票有 100 枚，收录了有关北大历史的许多极其珍贵的图片资料，由江溶和林胜利设计，校庆时首发，限售 1000套，被誉为最有创意的出版物。在印制第二套时，我亲自参与方案设计，下厂督印，并在三联和西单图书大厦主持发行仪式。这几套藏书票现在已经成为民间收藏的珍品。1998 年 5 月，由迟惠生副校长带队，我们在香港天地图书公司组织了北大校庆图书展销，引起很大轰动。我为展销会设计了主题条幅："学术的尊严，精神的魅力"，后来就成为北大出版社的"社训"。

北大出版社是一个学术出版单位，依靠北大的资源优势，条件是非常好的。我当总编辑那时，北大社的编辑力量相当强。如政经法编辑室的苏勇、张晓秦、李昭时、符丹，语言编辑室的郭力、胡双宝、许耀明，理科编辑室的邱淑清、赵学范、刘勇、王明舟，文史编辑室的乔征胜、江溶、宋祥瑞、张凤珠、马辛民等等，都是学有专攻的编辑行家。我深知当一个编辑相对容易，当学者型的出版家就很难。而当年北大社就有许多学者型的出版家，他们也是北大社的财富，我对他们是非常尊敬的。记得我多次登门向这些专家求教，请他们策划选题，为出版把关。按照规定，我得负责每一书的终审，签字之后就是放行付印了。这个责任很大，都包揽下来得把自己忙死。我就"权力下放"，把一些资深编审发动起来，请他们审阅把关，确保了编辑质量。当时每年出书种数已经七八百，重印率很高，但差错率还是比较低的。

当时市场化大潮正冲击各个出版社，码洋与利润成为衡量出版社地位的主要标准。我在业界一些应酬场合，感觉到了金钱的分量。这和在中文系的感觉完全不一样。那时有民间书商推出一本《学习的革命》，广告做得满天响，据说几个月就推销了 500 万册。大家都很羡慕，连某些出版界的官员也在会上说这是值得提倡的新事物。我找了那本书来看，觉得其实对学习帮助不大，起码不是什么"革命"。我认为一本好书如果推销越多，社会受益会越大，出版者也能赚钱，这是"佳境"；但是如果一本并不怎样的书，包装宣传过分，销售很多，结果读者被你动员买了，不见得看，也不见得受益，就是资源浪费，对社会有害。也许从广告营销角度看，《学习的革命》有成功之处，但从出版的角度看，则是失败的。我在一次全国书展的论坛上，发表了自己的这种看法。但是这声音如同泥牛入海，甚至有人认为是书呆子的"较真"。

　　还有，那时出版界时兴"策划"二字，北京许多大出版社都纷纷"挖角"所谓"策划编辑"。这些编辑确实有两下子，就是能出点子，让学者专家跟着他来做书，等于他们在指挥学者，或者通过某些炒作引起对他们书籍的注意。对此，我又在出版界的杂志上发表不同意见。认为编辑的功能和作者不同，编辑的"策划"应当是有"度"的，不能"过度"。特别是学术类图书，必须建立在正常的学术生长的基础上，先要有扎实的成果，你才好组织出版。学术生产及学术评价，有它自足的规律，学术成果需要沉淀，传媒与出版过度介入，可能会搅乱学术生态。我还认为，在学术图书出版方面，不能拔苗助长，也不宜过分宣传，否则会帮倒忙的。但是，诸如此类"不合群"的意见，几乎不会有人重视。甚至有些记者来采访，听了我的话也觉得"扫兴"，或不以为然。我感到有些寂寞，甚至怀疑自己"入错"了出版这个门。

　　不过，我想既然学校派我担任这个总编辑职务，北大社又有比较好的空气，还是可以做一点事情的。我征求了许多老编辑的意见，认真了解了北大出版的历史，心中有数了，就努力争取班子支持，提出北大出版社必须以学术为本。我认为这不是说说看的，而是立社之本，是我们出版的命根子。我利用许多场合提出，出版社当然要经营赚钱，但不是把赚钱放在第一位，多出好书，又能顺理成章地赢利，才是正道。不能让社里编辑有太大的经济指标压力，有相对自由的心态，才有精力和兴趣去做有品位的好书。北大出版社和"北大"这个名字联系在一起，应当很珍惜，做到既进入市场，又和市场保持一定的距离，处处不忘维护学术品味。我们北大社没有必要和社会上某些赚大钱的出版单位去比拼，不以码洋利润论英雄。我曾经向学校领导进言，不要把出版社作为纯粹的经营单位，也别指望出版社给学校多赚钱进账，应当把出版社和图书馆那样，当作一个重要的学术窗口，展现北大的学术成果。我提出北大社要发展，更要质量，希望能出一些比较大气而且具有标志性的书。我把这种书叫作"大书"。

我首先注意到《全宋诗》。这是大型古籍整理项目，由北大古籍所牵头，已经经营多年。全部共有 72 卷，1997 年我到出版社时，这个项目出书已经拖了三四年了，才出版了 7 卷。由于对这个项目比较熟悉，我对它的学术意义有足够的把握。所以我希望能集中力量打歼灭战，用一年多时间把 72 卷出齐。这得到社里几位社领导支持，但也担心短期内完不成任务，何况投资很大，盈利不多。反对的声音也是很强的。于是我在一次会上说，我们写的一些书，卖得也不错，但 20 年后可能就很少人看了。而《全宋诗》这样的"大书"，即使有百千个差错，也肯定会流传下去，有可能成为与《全唐诗》媲美的双璧。北大社能出这样的书，是一种荣誉，也是责任。可是，能否一年内把 72 卷出齐，许多人都表示怀疑。有一位老编辑好意对我说："您不懂，要一年出齐 72 卷，除非不睡觉。"我也半带夸张地说："不睡觉也要出来。"

决定下来，就全力以赴。除了校庆的书，其他许多选题都停下来，或者往后放。这就惹上了麻烦。其中有一套书规模大，是重点项目，我建议停下来，还给它找了校外一家对口的出版社来接手。该书的主编原也同意的，后来却反悔，对我展开攻击。他甚至印发简报，给北大各位校领导，申斥我把北大出版社变成文学出版社了。做点事情就是这样的不容易。我没有放弃，还是坚持把《全宋诗》放在主要位置，依靠全社力量，终于在一年多时间里出齐了 72 卷，并在 1999 年获得了国家图书奖。这套"大书"至今仍然是北大出版社首屈一指的标志性出版物。

值得一提的还有《十三经注疏整理本》的出版。该书原是民间出版人卢光明先生策划的，邀集了数十位专家投入。我得知此事，感到该选题意义重大，就专门和彭松建社长到动物园门外的宾馆，与卢先生接洽，希望拿到北大来出版。为了慎重，又请古籍编辑马辛民等组织专家论证。专家认为该书系统地总结前人注疏校勘的成果，对注疏进行了全面的整理，是重大的学术建树。这套书共 26 册，分为繁体与简体两种版本，规模之大和投资之大，是北大出版社史上罕见的。我和社长拍板要出这套书。在我调离北大社的第二年，《十三经注疏整理本》问世了，在学界与出版界都影响巨大。这是又一套标志性的北大版"大书"。去年我们原来在人民大学毕业的同学聚会，要给母校送礼物。我就买了一套《十三经注疏整理本》献给人大中文系。在我看来，这比送几本自己的著作更有分量。

最后我还得说说《中国现代文学三十年》。这是一本教材，我和钱理群、吴福辉合著的，1998 年北大社出版，至今已 27 次印刷，印数达 60 多万。说来有点意思，这本教材成稿于 1985 年前后，是王瑶先生建议我们合作编写的，当时参加者还有王超冰。初稿在并不起眼的杂志《陕西教育》上连载，后来修改，准备正式出书。我就代表 4 名作者和北大出版社联系。记得当时在校内 32 楼南边平房，我带着一大摞稿子找到当时的文史编辑黄子平（现在香港，是大名鼎鼎的评论家），他说"没问题，没问题"，但要通过编辑部讨论。过些天回话，说很遗憾没有通过，就给退稿了。想来那时我们几个都还只是讲师，写教材似乎不够资格的，出版教材又是非常慎重的事，也怪不得拒绝。只好另找门路，就找到上海文艺出版社。倒还顺利，上海方面接纳了稿子，出版了，居然还印刷了五六次，颇有些影响。我就任北大出版社总编辑后，打算大力扶持教材，就想到这本《中国现代文学三十年》已经有些基础，不妨修订，拿回北大来出版。文史室的乔征胜和张凤珠很支持。他们安排我和钱理群、吴福辉在香山住了几天，拟订了修订计划，然后用了两个多月时间，对原书做了很大修改，几乎就是重写了。1998 年该书修订本出版。不久这本书被教育部指定为"九五"全国重点教材，影响越来越大，被现代文学界誉为改革开放以来最重大的研究成果之一，还获得行内看好的"王瑶学术奖"。《中国现代文学三十年》在北大出版之后，我更加认定北大社应当把教材出版当作主攻方向，常抓不懈。事实上这些年来北大社一直都是重视教材出版的。我认为这是正路。

1999年7月，学校又决定把我调回北大中文系担任系主任，我在出版社的时间刚好2年。如今离开出版社快10年了，我始终和北大社保持非常密切的关系，也不时帮助出版社策划一些图书。我对北大出版社充满感激，那段生活给了我许多感悟与收获，真的就印证了女儿当初那句话：人生多尝试一些不同的生活多好呀！

《中国现代文学三十年》出版往事

这本书的"由头"，是王瑶先生给的"任务"。

我和钱理群、吴福辉都是 1978 年考入北大中文系读研究生的，王瑶是我们的导师。1981 年毕业后，吴福辉被分配到作协下面的一个机构工作，参与筹建现代文学馆。我和钱理群则留校在中文系任教。当时全国中小学正从"文革"的困境中走出来，恢复了正常的教学秩序，广大教师渴望进修，提高教学水平。有相当一部分中学老师没有上过大学，希望通过在职学习能拿到大专文凭。于是上"刊授中师""电大"和"自修大学"就成为一股热潮。1982 年春，有一份面向中小学老师的刊物《陕西教育》向王瑶先生约稿，邀请他编一套"中国现代文学"，作为刊授"自修大学"中文专业的教材。王瑶先生二话不说就答应了。像他这样大名鼎鼎的学者怎么会为一份"小刊物"供稿？是一种责任心和使命感的驱动。记得同时为该刊编教材的还有其他几位著名学者，包括写《文学概论》的郑国铨先生和写《现代汉语》的张志公先生。

当然，王瑶先生也是想为学生提供一个"练手"的机会。王瑶先生就找我们三位，还有他的女儿王超冰（当时也在现代文学馆工作）讨论，希望能承担编写任务。我们几位都非常乐于参与。查了一下日记："1982 年 5 月 13 日，和钱、吴、王讨论教材的大纲体例，分工落实每人编写的部分。"吴福辉和王超冰负责小说，钱理群负责诗歌与戏剧，我主要负责文学运动、思潮和散文部分，每个人还要再写几个作家的专章。1982 年 10 月，我写完关于"五四"新文学的第一讲。又过了大约半年，写完自己负责的其他 5 讲。

老钱、老吴他们也是边写边拿去《陕西教育》发表，从 1983 年 10 月开始，每月刊出一至二讲，共刊出 17 次，24 讲，约 25 万字，一直连载到 1984 年底。每次刊出的署名都是"王瑶主编，某某执笔"。那时我们还较年轻，总想超越一般教材的写法，放手往"深"和"新"里写，使教材带点专著性质。这部教材的确不太像一般文学史教材那样严谨，但较有生气，反而受到欢迎。那时思想解放刚刚启动，现代文学研究非常活跃，但基础性的研究还不够深入，很多史料都要重新去寻找、核实和梳理，论述的观点也需要拿捏，许多章节等于是写一篇论文，费力不小。但这项任务也促使我们去考虑如何把新的研究转化为文学史教学，等于是把整个现代文学史认真"过"了一遍，对我们后来的研究开展有莫大的帮助。

《陕西教育》的发行量不小，估计有一二十万，但这部教材刊出后，好像泥牛入海，没有什么反应，学界也并不关心。尽管这样，我们几位还是不甘寂寞，希望能把教材修改好，出单行本。几个人商量，叫什么书名好？老钱建议叫《中国现代文学三十年》，以区别于通行的"现代文学史"，这也是受到胡乔木《中国共产党的三十年》的启发吧。原稿 24 讲，成书时以三个十年为"经"，以文体及代表作家为"纬"，交织设计拓展为 3 编 32 章，字数也扩展到 46 万。

书修改完毕，先是想投给北大出版社。那时北大社刚恢复建制不久，在北大南门一座破庙里办公，一年出版不了几本书。因为有熟人黄子平（后来定居香港，成为著名评论家）在那里当编辑，我就去找他。他拍拍胸脯说："老兄，没问题，我包下了。"可是过了些天，他有些沮丧地说，社里讨论没有过，领导说你们只是讲师，写教材还不够权威。我们只好另谋出路。吴福辉说他认识上海文艺出版社的编辑高国平，不妨一试。于是便写信联系高国平。上海文艺社果然思想开放，不论资排辈，很痛快就接纳了这部讲师写的教材，准备出版。当我们把消息告诉王瑶先生时，他边抽烟斗边连连咳嗽，高兴地说他来当"顾问"好了，还要专门写一篇序言。

这篇序言竟然在书正式出版之前一年就写好，发表在《文艺报》上。文中用主要篇幅回顾了自1922年胡适写《五十年来中国之文学》以来新文学研究的历史，认为几经折腾，如今终于进入到"日常的学术建设阶段"。王瑶先生是想从学科史的角度来看几位青年研究者写教材这件事，肯定这是一部"有特色的现代文学史著作"，"这个事实本身就是令人振奋的"。关于这部书的特色，他说得并不多，但肯定了其"打破狭窄格局，扩大研究领域"，"力图真实地写出历史的全貌"。另外，指出这本书重视作品的艺术成就和创作个性，注重文学思潮流派及文体的历史考察，并对一些代表现代最高水平的作家进行专章论述。王瑶先生对这本书也有隐性的批评，认为该书体例框架和研究方法上仍然存在欠缺，对文学发展内部规律缺少细致的探究。导师的序言给了我们很大的鼓励，当时书还没有出来，他就为年轻人"鸣锣开道"了。

王瑶先生的序言写于1985年5月24日，全书的修改完稿，则是1986年5月，正好一年之后。又过了一年多，到1987年8月，《中国现代文学三十年》才由上海文艺出版社出版，初次印刷6200册。现在我手头还保存有初版本，32开本，665页，封面是红蓝条纹的简单构图，定价才3.40元。这本书对我们来说，都不是"处女作"。在它之前，我已经出版了博士论文《新文学现实主义的流变》，还有2本比较文学论集，但《中国现代文学三十年》的面世，仍然让我们"振奋"。每听到一线教学使用这本教材的反馈，无论批评还是表扬，我们都有满足感。

《中国现代文学三十年》在上海文艺出版社10年内印刷4次，估计印数超过 2 万，教学中的使用率不算很高。它真正为广大师生所熟知，是到出版的"第二个十年"之后。

1997 年我就任北大出版社总编辑。当时有一个想法，就是把教材作为出版社的主业，多出好教材。我首先就想到《中国现代文学三十年》，就和老钱、老吴商量，把上海文艺已经到期的版权要过来，交北大社修订出版。1997 年 10 月底至 11 月初，由北大出版社编辑乔征胜和张凤珠安排，我和钱理群、吴福辉在北京香山蒙养园宾馆"闭门蛰居"多日，认真讨论修订方案，然后分头着手写作。王超冰因在国外，没有参加。那时老钱、老吴不到 60 岁，我五十出头，精力都还旺盛，讨论写作之余还一起登鬼见愁呢。那是一段快乐充实的时光。

和十多年前比较，我们三位在学术上开始有些积累了，对教材修订也更有些眼光和把握。老钱这时期除了研究周作人，还和黄子平、陈平原提出"二十世纪中国文学"的概念，对现代文学史的整体评价有了较成型的看法。吴福辉正在开展京派与海派的研究，出版了《沙汀传》《带着枷锁的笑》等著作。而我也已有《新文学现实主义的流变》和《中国现代文学批评史》等论作问世。三人的专长不同，风格各异，但在修订《中国现代文学三十年》时却能取长补短，配合默契。

这次修订改动的幅度很大，框架也有调整。原有的 32 章减少为 29 章，取消了绪论，把原每个十年小说（上、下）两章合为一章，解放区的小说戏剧两章，并到 40 年代小说戏剧两章之中，另外又增加了通俗文学的三章和关于台湾文学的一章。代表性作家的专章除了原来的鲁迅、郭沫若、茅盾、老舍、巴金、曹禺、艾青和赵树理，增加了沈从文。此外像张爱玲、林语堂、冯至、穆旦等一批主要作家，也都增加了论述篇幅，有的改为专节评说。这次修订注意吸收学界新的研究成果和自己的研究心得，每人的论述风格也容许略有不同。求新，但也兼顾到教科书相对的稳定性和可接受性。对于现代文学的性质、范围、分期，以及总体特征的概述，虽然已有许多成果（例如"二十世纪中国文学"概念），但考虑总的还处于探索阶段，修订就没有充分采纳，而对于相对成熟的作家作品和文体研究，则较多吸收并有意突出。修订后的本书更加突出了创作成就的论述，以及对各文体代表性作品的分析、创作演变历史线索的梳理。修订的功夫还放在史述上，一种想法就是文学史重在为教学提供基本的史实与书目，而进一步的理论探究与总结则引而不发，留给教学中去发挥。全书修订稿汇集后，由钱理群统稿，他改得很细，我则最后通读，并做文字润饰和史实审核。清样出来后，又经由严家炎、樊骏、杨义和费振刚等几位权威学者组成专家组审定，封世辉和王信先生做了资料审核。1998 年 7 月，修订本由北大出版社正式出版。

《中国现代文学三十年》修订本面世后，被教育部推荐为"九五"和"十一五"重点教材，又获得首届"王瑶学术奖"的二等奖（一等奖空缺）。需要说明的是，尽管这本书影响很大，我们没有去申请任何奖项，"王瑶学术奖"只是现代文学圈子里认可的奖，评得比较认真，"水分"比较少，评上后我们都很开心。有越来越多的学校中文系采用这本书作为现代文学课程的教材，大多数学校都规定本书为现当代文学研究生考试的参考书。

多年来，出版社希望能重新修订这本教材。我们几个也商量过，感觉该书的出版已有些年头，它的时代过去了，应当有新的更好的教材来取代。可是广大师生也频频提出修订的希望。还有一些认真的学者撰文研究这部书，在肯定其特色与成绩的同时，指出不少史实或者观点方面的错漏。既然书还年年在印刷发行，我们总还得吸取大家的意见做些修改。于是 2007 年在出版社编辑艾英的催促下，《中国现代文学三十年》又做了第二次修订。这次修订部分章节吸收了学界近年来的一些研究成果，根据教学的需要适当调整了内容的写法，改正了一些字句表述和史料运用上的错漏。其中有些章节的改动比较多。如"文学思潮与运动"（一）（二）、"新诗"（一）（三）、"散文"（二）、

"戏剧"（三）、"郭沫若""茅盾""巴金""沈从文""赵树理"。特别是"通俗文学"（一）（二）（三），有的章节几乎是重写。

《中国现代文学三十年》的 30 年，在我们几位撰写者的人生中留下了深深的印痕。我们三位师兄弟著作都不少，但又都格外看重这本教材。该书的问世、修订、传播及反应，亦能从一个侧面看到一门学科的变迁。感谢导师王瑶先生，感谢所有为这本书出过力的朋友，感谢这本书的上百万读者，因为有你们，这本书才拥有它的学术生命。

北大中文系的"系格"①

在庆贺北大中文系建系 90 周年的时候，我想谈一谈对北大中文系"系格"的理解。

凡是比较成熟的有独特品性的学校或院系，都会有其"校格"或"系格"，那是无形的东西，是一种氛围，一种气象，一进去就能感觉出来。北大中文系应当说是有"系格"的，在北大，中文系的某些风气的确有些特别。你可以有批评的意见，比如，认为中文系比较散漫、自由，有时甚至是不讲章法等等，但又不能不承认，中文系的学术思想始终比较活跃，不同的治学理路可以在这里很好地相克相生，空气比较宽松，学术上有包容的气度。全国中文系重点学科共 11 个，北大中文系就占了其中主要的 5 个（又注：2002 年重评全国重点学科，北大中文系评上 6 个重点），仔细琢磨，5 个学科的"性格"与理路不尽相同，但都能在这里各自发挥优势。中文系的学术委员会开会，往往有许多由于学术理路不同而引发的热烈的争论，但彼此不伤和气，很少有"一言堂"或"武大郎开店"的现象。中文系是一个"人和"的系，虽然不见得没有矛盾，有些矛盾可能还比较深，但在学术上又大都能

① 该文写于 2000 年，为北大中文系 90 周年系庆而作，发表于 2000 年 3 月 22 日《中华读书报》。

互相尊重，给自己也给别人发展的空间。这种风气，也许就是我们的"系格"。

这种"系格"的形成是有历史的，是由某种主导性的氛围长期熏陶而成。回想北大中文系建系之初，系里的新派人物领新文化运动风气之先，旧派人物依然在此传经授典，观点对峙，各不相犯，这样就形成了一种宏放的胸襟，形成学术思想自由开放的格局。那时只要学术上有专长或特色，能成一家之言，无论其在思想上是何主张，甚至性格上生活上不无可议，都可以上中文系的讲台。激进的《新潮》社与保守的《国故》社，其成员中都有中文系的，看来非常对立，但也一样并存，而且以今视昔，二者学理上未见得不是一种互补。三四十年代乃至新中国成立后，中文系多经磨难，在特定时空中也出现过荒唐事，但总的来看，始终是人才荟萃，思路活跃，这跟相对宽松自由的学术风气是互为因果的。我认为这种风气或"系格"，是一种极为重要的资源，应好好利用和发扬。办好一个系，尤其是文科系，非得努力营造这种好的氛围不可，这比任何"硬件"都更要紧。

当然，光讲宽松、自由不够，北大中文系还有一种严谨求实的风尚。这里允许多种不同的观点、理路的并存，但必须有真才实学，做学问要严谨认真。否则，在中文系是待不下去的。据前辈学者回忆，在二十年代，学术上的"二把刀"被学生哄下台的事也是有的。我们的一些骨干学科，如文学史、汉语史、文献学等等，接受传统朴学的影响较深，注重材料，析事论事力求准确有据，这一直是主流学风，是相对稳定的学术"游戏规则"。如果有个别教员学风浮泛，乐于"作秀"，即使被外面传媒弄得名气很大，在系里也不见得就有市场。所以要讲传统，讲"系格"，在宏放自由之外还要严谨，两者相辅相成，才蔚成风气。王瑶教授曾对学生有要求"板凳要坐十年冷，文章不写一句空"，在中文系传为美谈。当前，在比较浮躁功利的社会风气之中，做到这一点似乎是越来越难了。唯其如此，严谨的学风更显得宝贵，更要大加彰扬。讲求严谨，也就是讲求学术上的尊严，这方面理应从传统中发掘精神资源。

当然，我认为无论是讲宽松、自由，还是严谨、求实，与政治上强调正确的原则并不矛盾，后者是前提，是保证，是从大局考虑的一种必要的要求。我们努力要做到的，正是在这一前提下，发扬优良的系格系风，保持与发展健全的学术格局。我们的学生很有才气，个性很强，很有精英意识，学问做得可能也不错，但如果脱离实际，甚至与现实格格不入，根本进入不了社会，那么还谈什么改造社会？讲中文系传统学风的彰扬，也有一个如何适应新的现实的问题。

与友人夜论北大 [①]

入冬初雪的夜晚，有友人来未名湖畔镜春园寓所，是多年来未见的老同学，促膝聊天，任意而谈，很是畅快。友人在外地大学任教，其女儿高中将毕业，欲报考北大，父亲全力支持，此次来访也想打听北大招生的行情。三十多年前友人考北大未能被录取，上了另一所大学，以为憾事，所以希望女儿能考上北大，好圆他的北大梦。以下便是友人与我谈论北大的话题，根据日记和回忆整理，抄出来交给本书的编者，也算是对北大建校百年的一种纪念。

☆一进北大就像到了大工地，到处都在盖楼，热气腾腾。图书馆扩建后更漂亮了，看来你们百年校庆真的要"抓住时机，上一个台阶"了。

★北大是应当利用校庆好好整理一下自己。如果你女儿考上了，就会有更好的学习环境，上晚自习也不用提前占座位了。

☆我多么希望她能考上！北大在人们的心目中就是一块圣地，是文化进步的象征。前些日子我和女儿读了张中行的《负暄琐话》。有味

---

① 本文写于 1998 年，为北京大学百年校庆而作，载《青春的北大》，北京大学出版社 1998 年版。

道！你猜我女儿怎么评说这本书给她的"北大印象"？就是"真正有故事的地方"。北大的许多旧人旧事一写出来，总有些超凡脱俗的效果，借用北大九十周年校庆出的那本书的书名来概括，那就是"精神的魅力"！

★二三十年代个性比较解放，北大又是兼容并包的地方，各种人才各种思潮都在此汇聚，故事也就特别多。在日益商品化的今天，人们的精神容易平面化，恐怕就再也不可能有那么多的故事了。不过，张中行先生也是拉开距离来看北大，写北大，他讲的大都是有个性的吸引人的事儿，所以将北大传奇化、审美化了。即使是本来不见得有多奇特的事儿，放到北大那种特殊的历史氛围中，也就容易令人另眼看待，读来别有韵味。

☆北大的氛围是很特别的，你一踏进校园就可以感受到，这是多少年才形成的一种文化性格，开放、自由、民主的"校格"。一个学校有校格，有良好的风气，是很难得的。我虽然不在北大，也能感到北大特有的校格，而且已经作为一种传统，一种承袭久远的校风，这样有校格的学校，在国内还不多。我希望女儿能上北大，也是看中北大有好的校风。

★北大的确是有"校格"，有好传统的学校，所以北大人都比较自信，仿佛有一种强大的精神依持。北大的学生不管对学校生活有多少牢骚不满，出去以后还是以北大为骄傲，而且很依恋母校的。

☆这一点很了不起。可见好的校风又是一种凝聚力。

★你是从外面看北大，可能比较崇仰，因此不会看到细部，忽略了缺点了。而我们常在北大的人，除了看到北大的好传统、好风气之外，还会发现某些令人不愉快、令人担忧的东西。比如说，教育经费严重不足，缺乏现代化的教学管理手段，人才流失等等，这都是众所周知的，就甭多说了。我这里特别要说的是北大人的缺点，那就是太过于迷恋过去，习惯于常常温习光荣的历史，说得难听一些，是老挂着"先前阔"的自足心理。这容易产生盲目性，不能正视现实中存在的问题。事实上呢？北大历来自豪的优势地位已经不是无可争议的了，北大应该有危机感。

☆对此外边也有些议论。我早就听说，北大在国际上发表论文数和被国际引用论文的篇数均落后南大，近又听说你们今年被选为院士的仅有一名，北大的教学是否真的在滑坡？

★这些统计即使不能完全说明北大的实力，起码也说明北大正面临严重的挑战，而且众多学科保持全面的优势已经很难。当然，大家都在谋求发展，在竞争，北大在某些方面被别的学校赶上或超过，是正常的，北大也应该有这种胸怀和准备。问题不在这里，而在于自己跟自己比，是不是有滑坡危险。这可能有不同看法。不过，衡量一所大学的教育是否成功，主要看其对民族、国家和社会的文化贡献，具体一点，则要看所培养的人才是否为社会所欢迎和接受，是否能发挥大的作用。说到这里，我倒想问一问，你们那儿有不少北大毕业生吧？怎么样？

☆北大学生出去后，毕业早的，大都是各单位的顶梁柱了。但近些年毕业的，一般"混得"不一定比当地学校毕业的好。北大学生比较有才气，有个性也有后劲，业务上是可以上去的，但好像有的又心气太高，不那么安心和踏实，或者不大能融入社会，容易被人看作是眼高手低，书生气比较浓。

★你这种印象我已经听别人说过不止一次了。恐怕这也是事实。北大出去的人，自我意识一般比较强，好像精神上总有较多的"贵族气质"，很强调个性，与周围较多地保持距离，或者说不那么"入世"。

☆"圣土"里边出来的人嘛！到社会上很多东西看不惯，甚至拒绝合作。不过，社会上的确有太多的不正之风，太多的势利，保留一些精神上的"贵族气质"，未必就不好，有时我也欣赏这种"不入世"。

★你说的固然有其道理，但从培养人的角度来说，恐怕又要全面地考虑，不能独酌一味。你培养出来的学生进入不了社会，总那么清高，光是当站在圈外的批评家，那总于社会改革无补。有些学校，例如清华的学生，气质就和北大学生不一样，清华学生比较实在，也比较能适应与融入社会。现在清华毕业的政府官员比北大的要多得多，原因有多方面，有一点恐怕不可否认，清华的学生比较能适应社会，能干实事。我并非扬彼抑此，北大人比较有个性，往往能出些思想，都是长处，但就面对实际这一点来说，的确和清华不大一样，这跟学校的学科性质也似乎有关，文理科和工科的素质要求会有些不同。

☆有时我想，中国那么大，有一个北大即使"清高"一些，"贵族气"一些，也未尝不好。你不知道现在什么都讲商品化，人文精神失落，到处都太实际，太讲求金钱和权力。对此保留一点距离，也是好的。北大毕竟应当是张扬人文精神的摇篮，这也是北大的传统。

★有许多人的想法和你的一样。但我觉得在认识北大传统这一点上，应该清醒一点。北大从来就是一个很"入世"的学校。北大往往是走在时代前头的，是超前的，这恰恰表现了北大能融入社会。北大在现代史上影响那么大，正是因为有一批又一批人总是那么关注现实，充当社会改革的前锋。如鲁迅所说，是"常为新的、改进的运动的先锋"。就这一点而言，北大人是很实际的。如果光是"清高"，自以为与社会保持一段距离才好，或者迟迟不能适应和进入社会，那么还讲什么变革社会呢？再说，融入社会并非就是向不良习俗妥协，随大流，而主要是讲要有面对现实的精神，要有求实的行动。这和高远的理想并不矛盾。

☆你说的也有道理。我记得在哪儿看过一篇文章，很有意思，讲北大和清华学生的不同，从80年代两校年轻人提出的口号就可以看出，北大是"振兴中华"，清华是"从我做起"。如果两者结合起来就更好了。

★我是教中文的，也许说的情况比较偏重在人文学科。如文、史、哲等系科，老师有一种职业的习惯，考虑问题总是比较"形而上"，可以和现实保持一段距离。但有时未免脱离实际。我们常常会陷入一个怪圈：一方面，有使命感，特别是中老年教师，很关心国家、民族命运；但另一方面，自觉不自觉地又会表现得清高，满足于可以与现实拉开距离。我们这样做也就罢了，但是如果让我们的学生也那样一味追求"清高"，那样不入世，难于融入社会，那就不好了，而且这也是自相矛盾的。又要讲改造社会的使命感，又不能适应现实的需求，不能进入社会，那怎么行？有些北大的毕业生尤其是文科的，找工作连海淀区也不愿离开，这样的培养不见得是成功的。北大是综合性大学，固然应当培养学者，这些人即使"清高"一些也无妨；也要培养大批更务实的人，包括官员，不能一讲从政，就以为有悖北大教育的宗旨，其实，世界上著名的大学，如哈佛、东大，都培养过许多总统、首相，对他们来说也是很自豪的。

☆大概当老师的，尤其是文科的学者，对"从政"有本能的反感，这也是一种职业的"自卫意识"，可以理解。但像北大这样的学校，的确应当培养各种人才，最好既有得诺贝尔奖的科学家，有文学家，又有出色的官员。

★我刚才说的是存在问题的一方面，当然，另一方面，现在的学生也有过于"实际"的，他们进大学仿佛就是为了职业训练，为了日后找个好工作，理想主义的色彩全没了，这种人毕业后倒是可以很快融入社会了，但如果没有健全的人格素养和高远的目光，没有利用北大这样的条件来全面塑造自己，那也是很可惜的。在某些社会科学和应用科学的院系中，这种情形会更多一些。有些人大学四年几乎就没学到什么，只拼尽全力去考托福或这个证那个证的，这种过分重实利的风气在北大以前也是少见的。

☆看来无论脱离实际或过于实利，都有悖于北大教育的精神。

★所以我刚才说要利用校庆的机会好好"整理"一下，包括正视存在的问题。校庆嘛，展示一下成果也有必要，可以鼓一鼓劲儿，北大的好传统更是要讲。但要清醒，北大绝对不是从来就只有光明的一面，北大这一百年来其实也跌过不少跤，甚至闹过许多大笑话，如1958年"大跃进"和"文革"，许多教授也同样是晕了头的，北大也曾经在全国起过很糟的带头作用。历史上有些事情的起因很复杂，一时也说不清。我的意思是要正确看待北大传统，正视存在的问题。

☆如何解释北大传统，也是大家关心的问题。不过我们更关心的是今日北大是否还保持比较民主自由的风气。

★都说北大民主、自由，若讲学术民主和自由，的确很好，北大人不大信服权威，喜欢"逆向思维"，有时也表现出很有卓识。自由的空气有利于发挥学术个性，推动学术发展。北大这方面比较突出，是好传统。但如果把"民主"理解得泛了，偏了，也有问题。说老实话，在北大要干一件实事并不容易，往往议论太多，贻误时机，批评家太多，实干的人就很艰难。许多精力在互相指责当中内耗掉了。这样的"民主"就变质了。听说连去年拉赞助整修未名湖，也有人出来批评，说不该把钱花在修湖上，修了还不如不修。建图书馆新馆要占去一块草地，又有些人站出来批评一通，他们即使认为新图书馆该建，也还是批评说草地不该占，却又拿不出别的高明的方案来。某个改革措施还没有出台，就可能有人往外捅，先闹个满城风雨。还有一种特别不好的风气，要推举某个年轻的学者，马上又是议论纷纷，给他挑这样那样的毛病，有些莫须有的"罪名"会刮得满天飞。我们北大，最缺乏的就是团队精神，都当"能人"和"批评家"，光有议论纷纷，总干不成事。

☆看来长处和短处有时就连在一块了。"能人"太多，知识分子"成堆"，容易把民主当成目的。

★说北大总是"醒得早，起得迟"，有些根据。很多改革的口号和意图都是由北大提出，最终北大反而拿不出多少"干货"来。

☆你大概是反省心切，看到的问题就多一些。其实北大这些年的成绩还是不小的。

★我也并非否认成绩。说实在的，北大这些年办学的条件很艰苦，但教学和科研还是有显著成果，北大的重要地位是别的大学所不能代替的。我只是觉得北大人，包括我们这些当老师的，不能有盲目性，不应过分陶醉在那种当"北大人"的自我迷恋之中。

☆看来北大精神也应包括有正视自身缺失，永不满足，永远进取的精神。你对北大的批评，加深了我对北大的认识。

★不过也是"书生议论"罢了。别看我说了北大这么一大堆"坏话"，其实还是非常爱北大，对北大有特别的感情的。早些年北大分不上房子，太苦了，我也发牢骚，曾动过心思要到南方的大学去。可是一觉醒来，燕园空气那样宁静，终究还是割舍不了北大情。要讲做学问，北大还真是难得的一个地方。好好支持你女儿考上北大吧。

燕园生活开始的祝福

——在北大 2002 年新生迎新会上的讲话 ①

同学们：

从现在起，你们就正式成为北京大学的学生、成为"北大人"了。这意味着你们的人生旅程进入了一个新的重要的阶段，这一天会永远珍藏在你们的记忆之中。我们当老师的为你们高兴，为你们骄傲，要向你们表示最诚挚最热烈的祝贺。

关于北大，关于北大的文科，同学们一定听到过不少传说，包括许多诱人的校园传奇，对北大也许已经有大致的印象。在全国上千所大学中，北大的确很特别，有她的个性，她的格调，她独特的魅力。谢冕教授曾经用这样一些话来描写他心中的北大：

这真是一块圣地。近百年来，这里成长着中国数代最优秀的学者。丰博的学识，闪光的才智，庄严无畏的独立思想，这一切又与耿介不阿的人格操守以及勇锐的抗争精神相结合，构成了一种特出的精神魅力。科学与民主，已成为这圣地的不朽的魂灵。

---

① 2002 年 9 月初在北大本科生开学典礼上作为教师代表的讲话，曾在北大校刊上发表。

这就是北大精神的魅力。一百多年来，北大经历了风风雨雨，有坎坷，有曲折，甚至难免也有不光彩的负面影响。但应当承认，北大是成功的，北大对民族解放和国家建设做出过巨大的贡献，北大特色已经成为一种品牌，一种传统，一种极其宝贵的教育资源。我认为北大的成功，在于注重严谨的学术训练，也在于"兼容并包，学术自由"的校风。既自由，又严谨，两者辨证的结合，为学术的发展创造良好的氛围，为学生的成长提供丰饶的土壤。还有一点也很重要，那就是北大办学的理念，历来不是急功近利的职业培训，而是力图让学生学会寻找最适合自己的人生之路，打下厚实的学业基础，使整体素质包括人格精神都有健全的发展。同学们进来北大，我建议首先要好好了解北大的传统、学风与理念。当然，对此可能也有些不同的理解，传统所馈赠给我们的那些东西，正在时代的转型中发生变化，出现了各种解释的可能。但是对北大特色的基本认识，我想大多数北大人还是有共同点的。同学们应当在认识和理解北大的基础上，充分利用这里优越的条件与氛围，力争在几年内，使自己的人生追求、理想建树、身心素质、学问根底都得到健康的培育。针对这些年来本科生进入北大容易碰到的一些问题，我想在这里为你们提几点建议：

一是要抓紧时间学习。大家在中学阶段比较紧张，高考把人弄得很累，现在考上大学了，放松一下是情有可原的。但要管得住自己，尽快适应大学学习的特点，学会科学地安排时间。北大很自由，说实在的，管理也不严，有太多的自由空间，如果你是方向明确又有把持力的，这也许就是好处，可以如鱼得水，充实和发展自己；但如果方向不明，缺少毅力，又没有计划，东张西望，随波逐流，三四年转瞬就过去了，可能学不到什么，荒废了青春年华。每年都总是有些同学快要毕业离校了，才觉得在北大的学习生活如此宝贵，后悔没有从头抓紧。所以你们一进大学，就要把握好自己，集中精力，抓紧学习，这是非常重要的。

第二，打好学问根基。北大的学科多，名人多，讲座多，社团多，各种各样时髦的思潮都在这里汇集，应当说这也是得天独厚的条件。你们刚从中学上来，到这里简直是目迷五色，既兴奋又可能不知所措。让各种不同的思潮学说冲击一下，也许对拓展视野，转变中学应试式的学习思维，是有好处的。但大学学习讲求严格的科班训练，毕竟有它的规律和程序，应当重视从基础性的学问做起。专业设置的基础课、主干课，是我们本科学习，尤其是低年级学习的主体，功夫先要在这里下。在基础课的学习中，特别强调要读原著，取得初步的学术体验，培养学术的尊严感，还有，更重要的，是要学会学习，学会寻找和发挥自己的潜能。在北大几年如果能打下厚实的学业基础，真正学会学习，学会发挥自己，那么日后无论朝哪个方面发展，从事哪些工作，都是有后劲、有前景的。这些年北大发展很快，干扰也多了，浮躁的世俗的空气在这里也似乎有越来越大的影响。有些问题正在困扰我们，需要实践中不断探索才能解决。但在坚持北大办学特色这一点上，广大师生还是比较清醒的。无论怎么改，我们都不应当丢掉原有的特色去急功近利，北大是研究型大学，不是职业培训所，也不应当是留学辅导班。现在有些同学可能是太实际了，一进北大就瞄准出国，考 G 考托，或者一门心思拿个热门的第二学位，结果呢，本业和基础反而丢了，成了一无所长的"万金油"，那实在是很可惜的。所以你们刚进北大，就有必要提个醒，不要只管所谓"宽口径"，而放松了"厚基础"。

第三，要有使命感和道德感。我们讲自我设计，讲自我价值的实现，不要脱离了使命感，个人的理想要与国家民族振兴的大目标结合。我们希望上好大学，找好工作，日后个人的生活能富裕舒适一点，这种追求是现实的、正常的，我们的家长也大都朝这些方面为我们着想。但你们踏入燕园，就意味着接受了崇高的使命，要有更大的志向，更强的抱负与事业心。如果真正了解中国的国情，我们就会感到历史责任的重大；如果理解国家为何给北大那么多的投入，广大人民为何对北大有如此高的期望，那种超越个人的使命感就会转化为巨大的学习动力。人的一生总要干几件事，不只是房子、车子、出国之类，最好能有自己的专业和事业，对国家民族做一些贡献。即使在这个越来越物欲化的现实里，这样的要求也不过分，因为这里是北大，你们是北大人，北大本来就是定位要培养民族的精英与希望的。北大学生比一般年轻人应当有更阔大的气度与胸襟。这些年有些社会评价认为北大学生虽然不乏优秀，但容易脱离实际，眼高手低，独来独往，难于合作。这种批评也许有点偏，但多少也反映了北大教育的缺失与问题。使命、责任与道德感是应当完美地融合为一的。在树立远大的理想和抱负的同时，从我做起，从点滴小事做起，学会尊重人尊重生命，学会诚信与感谢，学会团结与协作，我们有理由相信，你们就是能给这个百年名校带来崭新气象的新一代北大人。

上面说的似乎是老生常谈的大道理，但确实也是我们教学中的切身体会，我愿意大家把它看成是一种希望，一种燕园生活开始的祝福。

再次祝贺同学们。谢谢。

这一刻会永远珍藏在你们的记忆中

——在北大中文系研究生入学典礼上的讲话

（2003 年 9 月 5 日）

同学们：

你们现在已经是北京大学中文系的研究生了。无论是由本校推荐或考上的，还是外校考来的，今天这个日子，都标志着你们人生的一个新阶段的开始。我相信这一刻会永远珍藏在你们的记忆中。今天到场的许多著名的教授，你们的导师，还有中文系领导，我们一起代表全系近千名师生，向你们表示热烈诚挚的祝贺。

你们能够成为北大中文系的研究生，是非常幸运的。不止因为北大中文系是块牌子，也因为这里确实有比较适合文科人才成长的空气和土壤。尽管我们也有这样那样的不满，有时还有尖刻的批评，但都承认，北大中文系毕竟有非常可贵的学术传统与自由而又严谨的学习氛围，是一个有根基、有品格、有特色的系。你们能够在这里学习，会感到自豪。我希望大家多了解和认识北大中文系的传统、系格与办学特色，充分利用这里的学术条件与氛围，使自己的人格学业都得到熏陶充实。

这里我要给同学们提示一些可能容易出现的问题。研究生的学习与本科生不同，是更加自主性和个性化的学习，导师主要给予专业方向与研究方法上的指导，以及在关键问题上（比如论文）的点拨，但主要还是靠学生自己把握，学会学习，初步具备独立从事研究的能力。博士生则还要集中做好一篇论文，最好能够初步形成自己的学术格局。所以除了必要的上课，大量的精力应该用于读书、思考和讨论。北大中文系学科比较多，老师们的治学理路风格各异，这正是一个优越的条件，你们应当充分利用。现在的问题是，博士生的课很少，但有些缺少学习的计划，老师指定的基本的书读得不多不细，还有的又与老师接触少，与同学讨论也少，外语关一过，就一个人写论文了。有些外校来的，读了三年，毕业了，本教研室老师还认不全。这是没有学会学习，没有利用北大的优势，也真是可惜。所以我主张同学们多交流，多请教，多讨论。硕士生的课多一点，但也不能以为上课攒学分就是一切。每个同学都应当考虑自己在北大中文系这样的条件下如何最大效益地充实自己，发现自己，完善自己。导师最好也注意因材施教，发掘学生的主动性与个性。我主张做一点改革，让同学们多一些讨论，上课也采取讨论的形式，不要满堂灌。不要太讲究"门派"，不同导师的学生之间，甚至不同学科之间都要加强讨论。这可以拓展眼界思路，学习更主动活跃。"孑民学术论坛"要继续办好。提倡和支持学生的讨论会与学术沙龙。各个学科的研究生、博士生每次资格考试、开题论证和答辩，都要求同学参加，这办法也好。

特别讲一讲导师与学生关系问题。总的比较好。老师很负责。但是有些老师学生多了，有点顾不过来。学生如果不主动，一个学期见不了一两次面。应当加强师生之间的联系，其中一个举措，就是把读书笔记写作讨论制度化。不要拿课堂作业来替代。导师应当根据学生不同的情况提出必读书目，学生定时提交读书报告。不一定很成型，但要有思考，能发现一些问题，能记录一些不一定成熟的想法。导师可以通过读书笔记了解掌握学生的学习情况，指导更有针对性。有些小论文可能就在读书报告基础上形成。老先生们不大主张研究生期间发表很多文章，是考虑让学生多读书，多积累。但还是要动笔。动笔可以帮助思索，形成思路，学会表达。特别是硕士生，有些不会写文章，更应当动笔。最近我们对本科生的教学也在改革，其中一点很重要，就是加强写作训练。中文系不一定把目标定位在培养作家，但可以注重培养"写家"。我们这里出去的研究生，写作应当完全过关。

现在处于社会转型期，人们考虑问题变得非常现实，从历史发展的脉络来看，可能是个过程，有些必然性与合理性。包括对当前人文学科的相对衰落，我们都应当有清醒的认识，有平常心。但是，我们既然选择了学术的道路，要有几年在北大中文系接受学术的科班训练，我想就不能太现实，不能"唯用是图"。这几年有些同学的确太现实了。一进来就打好算盘，考G考托，其他都是应付应付，只要能出国就什么都行。有些同学打听哪个老师在国外的关系多，就选他的课，缠着老师推荐出去。还有些同学纯粹把研究生学历作为跳板，能留京找到好工作就行。甚至有些同学学了几年连老师都不认识几个，多数时间在外面兼职打工赚钱。太实际了，不可能真正进入学习的状态，不会对学术有尊严感，也不能通过学术体验得到人格的气质的熏陶。作为人生道路的选择，我们不能对这些同学说什么，人各有志嘛；但是我们做老师的会为这些"唯用是图"的做法觉得可惜。即使要出国、日后要在学术之外的方面发展，我认为也还是先打好学业基础，通过比较严格的训练，使自己的整体素质得到提高。我相信一个人的底子打好了，学会学习，学会如何挖掘和发挥自己的潜力，日后发展的前景就比较大。我们当然不可能不考虑日后工作与去向的问题，但不必在这方面花过多的精力。尽可能提高你自己的学问与素质，这是为你终生的发展准备条件，恐怕比某些太实际的作为更重要。学生时代是比较单纯、也比较艰苦的。一个月三四百元，还要接受家里的资助，的确是艰苦。我们都是过来人，理解这一点。但这一段物质生活最为艰苦的时期，很可能又是人生中最充实的时期。所以我主张同学们要珍惜在北大的研究生学习阶段，这是你们今后生活中不可能重复的，是真正比较自觉可以发挥自己的时机，要静下心来，排除干扰，集中精力学习，打好学业的根底。

同样与目前大环境的影响有关的，就是学风浮泛问题。有些我们是无能为力的，但起码可以在我们这个范围尽可能抵制，克服，维护与创造比较好的风气。有些学校研究生招得非常多，导师管不过来，就"放羊"，论文答辩也是走形式主义，批量生产，质量没有保证。有些外校的博士生通过答辩了，博士帽也戴了，觉得不过就是那么回事，根本看不起自己的论文，甚至看不起导师。学术的感觉没有找到，学术的尊严完全丢弃了，学会了什么都"就那么回事"，这实在可悲。北大中文系这几年在努力坚持好的传统，整顿学风，做了一些事情，还是有效果的。我们在全国率先实行博士论文匿名评审与答辩导师回避制，如今北大已经在全校推行，国内有些大学也开始试行。从效果看，是有利于提高论文质量，有利于形成严谨的学风的。有些同学可能担心这样会"吃亏"。其实，这是维护北大中文系牌子的措施，我们相信以后还是要讲质量、讲牌子的。同学们进来就一定要注意学风问题。据说哈佛大学新生一进校就有一段格言或校训，告诫不能抄袭。看来是个具体规定，其实也是提倡一种求实的精神，一种道德意识。等一下主管研究生工作的卢老师对于学风和学业管理还有具体的说明。希望大家一起支持抓学风这件工作。

还有一点，提醒大家加强纪律意识和道德意识。我们从事的是人文学科，是研究人的精神发展、人与社会、人与自然等等，是要在人性的健全培养方面起作用的学科，化育人的学科。今后的工作也大都与这些方面相关。所以，要更加注意自我的人文品位与道德修养。这是大处说，从比较实际方面讲，我们都是学生，在北大求学，彼此有缘分，应当团结合作，互相关心，有一个"人和"的比较顺心的学习环境。学会尊重人，尊重生命，了解人性；学会诚恳、负责任；学会与人为善，学会协作。这也是有针对性的。

最后，有一点愿望，就是同学们有主人翁精神，关心支持北大中文系的工作。中文系这些年坚持"守正创新"，取得突出成绩，拥有6个全国重点学科，科研教学都有一些新的举措。但是困难也大。目前正在对课程设置改革，师资队伍建设问题也比较大，需要加大改革的力度。你们的到来，可以说为中文系的改革增加了生力军。希望大家多为中文系的建设出主意，关心中文系，因为这已经是你们的大家庭。

再次祝贺大家。

这一刻会永远珍藏在你们的记忆中——在北大中文系研究生入学典礼上的讲话

保留一块自己的精神园地

——致 2007 届毕业生一封信

（2007 年 6 月 24 日）

北大中文系 2007 届本科、硕士与博士毕业生全体同学：

　　你们就要毕业了，请容许我代表北大中文全系师生，热烈祝贺你们顺利完成学业，走向社会，祝福你们都能拥有一个美好幸福的未来。

　　昨天，同学们邀请我和系党委书记蒋朗朗以及一些老师参加大家的"散伙饭"，"散伙"这个词有些伤感，又有些调侃，确实，大家相聚几年，现在要各奔前程了，心里会有些不是滋味。燕园的一草一木此刻都会勾起大家的回忆，你们的青春、生命中最美好的一些部分，已经和北大、和中文系融会在一起了。时间过得很快，我们在这块自由而神奇的土地上学习知识，探求人生的方向，收获了那么多的成就感与欢乐，包括那真挚的友谊和美丽的爱情，当然也有挫折与郁闷，这一切都会让你们毕生难忘。燕园的青春历程，给大家留下的将不只是美好的回忆，而且能成为不断滋润我们人生的精神甘泉。北大已经在你们身上打下深深的烙印，"北大人"这个身份会跟随大家一辈子，北大和北大中文系永远是大家的精神家园。从这个意义上说，我们并没有"散伙"，我们永远是以北大为骄傲的精神共同体。

你们当中的一部分同学还要继续读研究生或博士生，而大部分同学就要进入社会了。和学校生活相比，那完全是另外一种人生，不管从事什么职业，就此改变了学生的角色，更要对自己对社会负一份责任了。好在你们已经打下比较坚实的学业基础，又有北大精神作为底子，相信在各个工作岗位上可以施展各自的才华，发挥北大毕业生的优势。在临别之际，我想给诸位一些赠言，有些也许是"老话"，但这就算是出于做老师的本能，希望自己学生能更加成功，更加完美吧。

现在社会发生巨大的变革，市场经济推动下物质生产力飞速增长，但价值标准有些混乱，社会上污浊的损人心智的东西很多。作为北大毕业生，对此要有一份清醒，要有批判的思维和眼光，有理想主义的坚守。北大毕业生不平庸，是因为追求精神自由而又有向社会国家负责的使命感。我们的国家和民族在重新崛起，问题也不少，对问题的解决每个公民都要有信心又有责任，面对社会上某些腐败的现象，不能大家都抱怨但大家又都参与。北大的毕业生更应当有改造社会的志向，目光放远，从长计议，不尚空谈，从自己做起，一点一滴来改造和建设中国社会。

北大的学生优点很突出，一般比较崇尚个性发展，心气高，善于独立思考，这些都是非常好的素质。我们讲要有理想坚守，自然包括对这些好的品格的坚守。然而北大学生往往因为有独立精神而在社会上显得"怪异"，与众不同，如同老校长胡适之先生在题为"知识的准备"演讲中所说的，"这些特征可能会使你们不孚众望和不受欢迎，甚至为你们社会里大多数人所畏避和摒弃"。我接触到一些北大毕业生，到了社会上很清高，把普天之下看得一无是处，和什么人都难于相处，那样的清高和任性，如胡适先生所说是会被人所"畏避和摒弃"的，结果连生计都可能成问题。即使为个人的发展考虑，改变学生的身份之后，也不能再有当学生时那样的"任性"。我们最终的目标还是要改造社会，并让社会理解，因此刚进入社会恐怕要有一些角色转换所必要的"收敛"，要了解社会，要带着温情与悲悯去了解历史与国情，理解各种不同类型的人和生活方式，这样，我们才有可能进入状态，也才谈得上如何改造社会。如果我们不满足于当一个"愤青"式的批评家，那一定要善于团结人，理解人，有合作精神。任何社会的存在都可能有其"合理性"，改造社会是十分艰难的工作，有时还要学会必要的妥协，退一步，进两步。当然，这种"妥协"是有原则的，绝不是放逐理想、与世无争。

大学生活结束了，你们已经有了一些专业背景，但即使是研究生、博士生，也还只是打下了基础，养成吸取知识的习惯，至于那种精稔、自由、沉静的思考力，还有待今后的人生历练中逐步培养。到了任何岗位，都不要忘记不断学习。因为接触了社会，我们可能会发现任何社会与政治问题都不如学生时代想象的那样简单，会调整不切实际的思维方式，远离当下那种颠覆一切的虚无主义，以及困扰人性的拜金主义，我们会不再满足于逞心意气的批评，会更加看重在思考和探索中形成的建设性意见。不断地学习才能保持我们思考的活力。工作再忙，生活再烦琐，也要保留一块自己的精神园地。

谈到虚无主义和拜金主义，也许还有由此生发游戏人生的庸俗空气，如今在部分青年学生中盛行。当前的学校教育的确存在太多问题，北大也不是那么"干净"的，我们当老师的也有责任。你们都是校园生活的"过来人"，北大这些年来受到许多庸俗的势利的风气侵扰，某些不健康的东西也可能给你们影响。通常都说学校受到社会影响，其实学校也会影响社会，但愿你们走出校园时既能带去北大优良传统的影响，也能清醒地告别那些不良的影响。因为你们就要成为独立的负责任的社会中坚了。

最后，让我代表系里感谢同学们多年来对北大中文系工作的支持。

中文系在比较艰难的条件下"守正创新"，能在改革和发展方面有所建树，离不开同学们的参与。希望你们毕业后，能与系里保持密切的联系，如果有需要，系里也会尽力给大家帮助和支持。北大中文系永远是你们的精神家园。

再一次祝福同学们永远乐观上进，拥有健康的身心、成功的事业、美好的人生。

在北大中文系建系 95 周年庆祝大会上的讲话

（2005 年 12 月 20 日）

今天我们召开大会，隆重庆祝北京大学中文系建系 95 周年。首先让我们对各位领导、校友与来宾莅临大会，表示最热烈的欢迎和衷心的感谢。

风雨砥砺，岁月如歌。北大中文系已经走过 95 年的历程。1898年京师大学堂创办，就已经有"中文""文学"等科目。1910 年 3 月31 日京师大学堂分科大学成立，把"中国文学门"作为一个独立的教学建制，这是我国最早的中文系。其建立标志着中国语言文学开始形成现代的独立的学科。其后，北大中文系历经 1919 年废门改系（改为国文系），1925 年的"分科专修制"（分为文学、语言文字和整理国故三大学科），抗战西南联大时期，1952 年院系调整（清华、燕京国文系、新闻系与北大国文系合并，成为北大中文系，分设中国语言文学和新闻两个专业；1954 年中山大学语言学系并入，设立语言学专业）；1964 年增设古典文献专业，形成文学、汉语、文献三个专业鼎足而立的格局。2001 年试验增设本科中文信息处理专业。此外，与中文系相关的单位有 1953 年组建的北大文学研究所（即现在社科院文学所前身），1983 年教育部所属高校古籍整理工作委员会秘书处机构挂靠中文系。1984 年和 1985 年先后成立北大古典文献研究所和比较文学研究所，1998 年这两个所归入中文系建制。2001 年汉语语言学和古典文献学两个教育部科研基地挂靠中文系。以上我们简单回顾了中文系的历史沿革。

95 载筚路蓝缕，95 载几度辉煌。北大中文系和所属的北大一起，历经风雨坎坷，始终关怀民生，关注现实，和祖国民族同呼吸共命运。在"五四"新文化运动中，在各个历史转折关头和革命大潮中，北大中文系师生常常站在时代前沿，肩负先锋的使命，倾情奉献她的心血、智慧乃至生命，建树卓越的功勋。中文系光荣的革命传统，是我们极其宝贵的精神资源。

作为一个教学和学术单位，学术为本，育人为本，始终是北大中文系坚持不懈的方向。中文系的每一代师生，都努力适应时代的需求，协调西方学术方法与中国传统固有学术的关系，建立和遵循现代学术规范，在中文学科教学体制、课程设置以及研究方法的建立与完善等方面，在探求文科人才培养的规律方面，不断取得卓越的成绩，对全国同一学科乃至整个人文学科的建设产生辐射性的良好的影响。北大中文系是现代中国学术建立和发展的一个缩影，每个阶段都吸纳和涌现出许多在学界领衔的著名学者，有的属于大师级人物，他们之中就有林纾、严复、陈独秀、沈尹默、鲁迅、刘师培、吴梅、马叙伦、周作人、钱玄同、杨振声、刘半农、胡适、孙楷第、朱自清、杨晦、罗常培、游国恩、王力、冯沅君、俞平伯、唐兰、魏建功、废名、沈从文、袁家骅、岑麒祥、浦江清、吴组缃、杨伯峻、高名凯、季镇淮、周祖谟、王瑶、朱德熙等等。一个又一个世代过去了，仰望北大中文系近百年的历史星空，我们为她的璀璨辉煌而感到骄傲。此时此刻，怀念与感激正在聚拢，为了我们的前辈师长，为了许许多多为北大中文系的建立发展做出巨大贡献的校友，为了那所有在这片园地辛勤耕耘过的人们，我们要献上无比诚挚的敬意。

据不完全统计，95 年来，北大中文系培养了大约 6500 名本科生，1300 多名硕士和 500 多名博士，2100 多名外国留学生和进修生。科研成果卓著，出版专著、教材，发表论文以及获得各项奖励的数量，在北大文科院系历年来均居首位，一批能代表学科水准的标志性的成果，推进了学术发展，赢得学界的赞誉。目前北大中文系拥有 4 个专业，3 个研究所，5 个研究中心，3 个国家级科研基地和人才培养基地，6 个全国重点学科和 7 个博士点，是全国规模最大、实力最强的中文系，也是全国文科中举足轻重的学术重镇。

2000 年，我们曾经庆祝中文系 90 周年，配合北大创建世界一流大学的要求，具体提出了"守正创新"的办学思路。"守正"，就是坚持和发扬优良的学术传统，充分发挥原有的学科优势，保持特色；在这个前提下，再努力"创新"，更新观念，适应形势，谋求更大的发展。6 年来，这个思路逐步得到全系师生的认同。按照"守正创新"的思路，我们积极探索传统的人文学科和基础学科如何适应时代需求，切实闯出可以持续发展的新路，又对那种丢掉特色的赶潮追风保持警惕，决不为"改革"而"改革"，不去做那些好看而无根的所谓"创新"。中文系的步子显得比较持重，但也比较踏实，步步为营，不断有所推进。总的来看，我们这些年重点抓了几方面工作，取得比较突出的成绩：

一是中国语言文学学科群的建设。2001 年我们有 6 个学科被评为全国重点学科，2002 年获得批准 2 个教育部全国科研基地，2004 年学科总评全国第一。

第二，下力气抓了师资队伍建设，这几年退休高峰过去之后，基本上没有出现人才断层现象，一批中青年学术骨干站到全国本学科的学术前沿。

第三，建立和完善研究生培养制度，率先实行博士论文匿名评审等制度，在全国产生影响；控制招生规模，努力提高培养质量，先后有 5 篇论文入选全国优秀博士论文，约占全国同一学科入选总数的四分之一。

第四，创造自由活跃而又严谨的学术氛围，产生了《全宋诗》等一批标志性的科研成果，国家级科研获奖数量居全校的前列。

第五，坚持把课程建设放在重要位置，不断适应时代要求，培养高质量的本科生和研究生。几天前，北大举行颁奖大会，中文系一举获得 2 个国家级优秀教学成果奖、7 个北京市市级优秀教学成果奖，约占北大整个文科获奖数量的四分之一。

第六，服务社会，拓宽办学渠道，加强与国内外学界的学术交流，中文系事实上已经成为北大人文学科面向全国和国外的最重要的窗口与平台。此外，在留学生教学、学生工作、教学管理等方面，都取得了比较好的成绩。

特别值得提到的是，中文系党委和行政班子非常团结，前任系党委书记李小凡和现任书记蒋朗朗，以及其他几位参与系里工作的副主任、副书记，都配合默契，已经形成一套比较稳定合理的教学科研运转的机制；中文系有非常好的传统，是"人和"的系，老师有很高的素质和敬业精神，他们始终是中文系不断健康发展的有力保证。作为系主任，请容许我借这个机会，向多年辛苦工作的中文系全体教职工表示最大的敬意和衷心的慰问。

前面大致回顾了北大中文系 95 年的历程，包括最近几年教学科研的进展，我们感受和体味着中文系特有的系风系格，她总是给我们底气与信心。但同时也清醒意识到，作为一个以基础学科和传统学科为主的教学单位，北大中文系正在面对前所未有的严峻的挑战。信息社会以及商品社会大潮带来各方面的巨大变动，完全按照旧有的格局与思路来办中文系显然是不现实的。事实上，中文系的教学规模比十年前扩大了，特别是研究生博士生培养任务大大增加，但是我们某些教学质量也在下降。比如，有些本科生出现厌学情绪，读书普遍比以前少了，写作能力也在下降。有些课程老化，老师在教学上的力量投入不足，有的学风浮躁，学术泡沫化，这些现象都不同程度存在，正引起我们高度重视。如何既保持我们95年来形成的优良的学术传统，发扬我们的学科优势，同时又使我们的人才培养和学术发展都能更好地适应与满足时代的需求，让北大中文系能继续站在学术的前沿，这是我们要勇敢面对、认真思考、切实探求的问题。总结历史经验，展望今后的发展，我们认为还是要强调"守正创新"。具体而言，在今后一段时间，准备做好如下工作。

首先，最重要的是，重新强调育人为本，教学为先。教学应当放在第一位，投入更多的精力、更大的成本。这些年来我们大家都比较看重科研，在这方面取得突出的成绩，应当加以肯定；但比较而言，教学上投放的精力是不足的。我们的老师开会太多，出国出差太多，也影响到教学，特别是本科教学。今后我们将加强教学管理，采取措施，让老师们有更多的时间和精力投放给教学。教学态度、内容、方法和效果，将纳入评价体系作为衡量教师业绩与水平的重要尺度。为了健全中文系本科的课程体系，从这一学期开始，我们对全系本科所有课程做了梳理和整合，重新设置了一些主要面向低年级本科生的选修课，打破因人设课的局限，改变研究生和本科生课程混同的状况，使课程结构更加合理。这将是建系以来比较大的一次课程调整与设置。

强调育人为本，必须重视研究当代大学生的特点，使我们的教学更好地链接时代变革和社会需求，更有成效，也更受学生欢迎。应当正视当今大学生的群体特征，有针对性地开展教学，把知识的灌输和启蒙学生的自我认识、自我发现结合起来，使学生在学习知识的同时，逐步明确自己的理想及在未来社会中可能的角色地位，培养独立思考能力，培养社会责任感和健全的人格。几年前我在北大中文系的网页上曾经写下这样一段话："北大中文系魅力何在？在传统深厚，在名家云集，在学风纯正，在思想活跃，更在其办学理念：不搞急功近利的职业培训，而是力图让学生学会寻找最适合自己的人生之路，打下厚实的学业基础，使整体素质包括人格精神都有健全的发展。"我想这并不只是我本人的认识，也是对中文系办系特色的概括，可以继续作为我们教学的目标与追求。我们应当在培养人格健全的毕业生这点上有更加清醒的意识，下更大的力气。

第二，调整和充实学科结构，拓展中文系的发展空间。中文系历来以传统的文科和基础学科为主，这个特色和基点不会变。特别是有关民族文化传承的学科方向，如古代文学、古典文献、古代汉语，等等，都是我们的名牌学科方向，一定要悉心维护和加大投入。现有的三个专业三足鼎立的状况和 7 个教研室 2 个实体所的架构不会改变。但除了这些"拿手好戏"，还应当不断有所拓展。几年前试验设立的中文信息处理专业就可能是一个学科生长点，虽然困难很多，还是要试验下去，最终看它应当在中文系占有什么位置。与此相关的应用语言学特别是对外汉语方向的研究生培养应当加大发展力度。其他如文化研究、包括古代文化与现当代文化研究，文化资源利用研究，以及语文教育、中学语文改革研究，等等，都应当也可以作为中文系学科发展的生长点。一方面这是为了满足时代的需求，另一方面，也可以拓宽视野，为中文系预留更多的发展空间。我这里特别要讲到对语文教育的关注和投入问题。前年以中文系为依托，成立了北大语文教育研究所，主要是组合本系和校外的相关研究资源，承担一些有关语文教学改革的课题。在北大影响下，全国有多所大学相继也成立了同类的研究所或研究中心。我们和人民教育出版社合作，编写出版了新课标《高中语文》教材，现在 5 个省区试用，每年还要再推广 4 个省，影响是非常大的。

第三，进一步加强师资队伍建设。历史上北大中文系的实力一直很强，特别是 50 年代院系调整之后，是最为鼎盛的黄金时期。随后集中培养了一批学术后继人才，如 1955、1956 级，成为"文革"后学术重建的主力军。现在这批教员大都已经退休，"文革"后最初几年留校的研究生，也都接近退休，或者已经退休。现在中文系的学术主力主要是80年代毕业的一代。加上90年代以后陆续加盟的年轻教员，师资队伍的构成有了很大的变化。现在可能不再有当年那种大师名师林立的极盛场面，但现在师资队伍的知识结构和学科结构也有新的特色和优势。各校之间的竞争非常激烈，北大中文系要想保持学术优势地位，就必须采取切实措施，为年轻教师的成长创造条件，把更多有实力的教师推向学术前沿。

作为教师，除了学术精良，还要提倡奉献精神，敬业的精神，踏实的学风。在这一点上，这里要特别提到，我们应当向孟二冬教授学习，他是我们身边的英雄，是中文系的骄傲。他在平凡的教学研究工作中表现出勤勉踏实、恪尽职守、为人师表，以及热爱生活、顽强拼搏的精神，代表了北大的风格，中文系的风格。中央领导得知孟二冬老师的事迹后，做了批示，这些天来各大传媒都在宣传孟老师的事迹。我们应当利用这个机会，通过对孟二冬老师的学习，增进对北大优良传统的体认，加强师德建设，抵制浮泛、空疏的学风，创造卓越的教学科研成果。

还有其他一些工作，如完善学术评价的"代表作"制度，营造宏放自由、锐意创新，而又严谨求实的学术环境；加强学术规范和教学管理；关注学生心理健康，加大学生工作的投入；拓宽办学渠道，满足时代需求，等等，我们也都要继续努力。也希望等一下能听到校领导的指示。

最后，我特别要提到，今天出席我们这个大会的贵宾中有来自重庆天下图书有限公司和《课堂内外》杂志社的社长刘信中先生和总编辑徐永恒先生（他是咱们系1983级校友）。在中文系95华诞之际，他们所属单位最近捐资80万元，在北大语文教育研究所设立研究基金，资助有关语文教育的研究项目。这些项目将面向本系和全国招标。请容许我代表中文系，向重庆天下图书公司和《课堂内外》杂志，向刘信中先生和徐永恒先生表示最衷心的感谢。

各位领导，老师和同学们，95 岁对一个人来说就是高寿了，而一个 95 岁的中文系，可能还刚刚是步入饱满成熟的年代。每个人的工作都是有限的，然而融入北大中文系这样的学术群体，就能生生不息，获得巨大的成就感。面前的挑战和困难，也是新的机缘，在学校的正确领导下，有全系师生的协力同心，有许多校友和朋友们的大力支持，我们一定能守正创新，继往开来，创造出无愧于前辈光荣历史的新境界、新局面。北大中文系必定能以更加青春而又雄健的姿态，领衔学界，冠冕芳林，谱写更加绚丽夺目的新篇章。

"守正创新"与"文脉"的延续 [1]

今年是北大中文系建立95周年，本来应该好好庆祝一番的，但看到现在北大各种庆典实在太多、太热闹了，老师们认为还不如低调务实一点，比如举办一些学术讲座，回顾老北大中文系的学术传统，等等，也许这样更好。

最近，中文系一举获得四五个国家级教学成果奖，在全校乃至全国都显得很突出，这当然可以看作是对中文系95诞辰的祝贺。但我这里想提到一件事，就是不久前一位本科生给我写信，反映学生中存在浮躁的情绪，一些同学很少主动读书，他们甚至厌学。学生的这些问题其实就是我们教学的问题。实事求是讲，我们虽然取得一些成绩，各项"指标"也都不错，但有些教学质量在下滑，学术氛围正在受到恶俗风气的侵扰。对此必须有清醒的认识。我把这封信转发给全系所有老师，让大家都重视同学反映的问题，用更多的精力关注本科教学。这个学年中文系决定采取措施，花力气优化课程结构，使之更适应时代需求，更能切实提升学生的能力，也更能吸引学生。这项决定是那位同学的来信促成的。我愿意把那位同学的来信和批评，也看作是95

[1] 此文应北大中文系学生刊物《启明星》之约，为系庆95周年而作。

年系庆的特殊礼物。这礼物虽然不华丽，却让人清醒，提醒我们把忙乱的脚步放缓，利用系庆这个机会好好想想平时很少细想的一些问题，比如北大中文系的传统与现状问题。

我想到的是，除了优化课程结构以及提高教学质量，还有更重要更根本性的事情，非得大家都重视都协力同心来做的，那就是保持与维护良好的学术氛围。对一个教学科研单位来说，学术氛围就是教学研究赖以生存的空气，特别是人文学科人才的培养，氛围的熏陶至关重要。学生厌学自然有他们自身的问题，但一定和浮躁风气的影响有关。这些年有些大学院系盖了许多大楼，所谓"硬件"都很超前，但进去总觉得更像个机关或者公司，并没有多少做学问的"感觉"，教师和学生都变得很功利化，那种氛围不对。这可能因为没有形成学术传统，或者曾经有过的传统现在断了。相比之下，北大中文系虽然存在问题，但这里学术氛围仍然浓一些，毕竟是"老系"，较少"追风"，近百年来逐渐形成的"文脉"还在延续。现今全国大多数中文系都"翻牌"叫某某"学院"了，这当然可以说是发展的需要，按说北大中文系现有的规模，也是一个不小的学院格局了，但我们至今还没有"翻牌"，北大中文系还是中文系，因为我们很看重与"北大中文系"这个名字连在一起的"文脉"，也觉得没有必要做表面文章。我们讲"文脉"，讲学统，为了什么？不是"摆先前阔"，就是要让"文脉"来滋养当前的教学研究，保持一种良好的学术氛围，维护学术尊严，让北大中文系有自由宽松的环境，尽量减少各种对于学术的束缚，同时又讲求严谨治学，保持现实关怀与批判的精神。

在 95 年系庆的时候，反顾北大中文系的传统和"文脉"，我们自然会增加一份自豪感，同时也应当多一份责任感。应当思考一下，为什么同学们会对教学不满？我们的治学氛围是否越来越"世俗化"？中文系是否正日益失去她的个性与魅力？

我愿意在这里重新强调中文系 90 周年系庆时提出的"守正创新"。

看来，我们这个有近百年"文脉"的中文系，如何做到既保持和发挥自己的学术传统优势，也就是"守正"，同时又适应社会需求，在学术和教育上不断有所推进，是艰难而必要的。现在一般谈"创新"很多，为何在"创新"前面要特别加上"守正"呢？其实对于像北大中文系这样有传统优势的教学单位，能在当前这种浮躁的环境中"守住"自己良好的学统，也就是属于"正"的那些优势，这本身就是保值和增值，也需要创新才能保得住。或者说，"守正"是"创新"的前提，"守正"过程也需要"创新"。现在"守正"可能比"创新"更难，需要更多关注，下更大力气。这些年人文学科越来越受到挤压，北大中文系还能取得一些成绩，在全国同一学科仍能居于整体领先地位，我想主要也是靠"老本钱"，是在"守正"方面多下了一些功夫，如果说我们有"创新"，那也是在"守正"基础上实施的"创新"，断不是甩开传统去盲目跟进那些好看而无根的"新潮"。所以我又愿意把"守正"的意义理解为继续保持严谨而又宽松自由的学术氛围，让中文系的"文脉"生生不息，每一位师生都能从中获益。在这样功利的浮躁的时代，"守"的难度往往比"创"更大，但这最难的也就是更可宝贵的。我们的前任系主任费振刚教授提出过"以不变应万变"。如果不把这想象为拒绝任何改革，而是理解为对于中文系"文脉"的尊重，以及对人文学科讲求积累这种特性的了解，那么我认为费老师的提醒现在也还很有针对性。这也可以帮助我们深入理解"守正创新"的含义和必要性。

同学们筹划的这本专刊，是献给中文系 95 岁生日的一份珍贵的礼物。本来我应当说些更贴近文学并且更有喜庆意味的话，却"不合时宜"发了这样一通感慨，说了一些"老话"，但愿大家能谅解我的本意。

大学的文学教育与全球化背景下的本土人文教育

——答纽约大学学生访谈 [①]

按：2005 年 8 月 14 日上午，在深圳明华会议中心，前来参加中国比较文学学会第八届大会的美国纽约大学博士生代表团（由张旭东教授带领）部分成员，包括蒋晖（纽约大学比较文学系博士候选人）、何翔（比较文学系博士生）、Philip Kaffen（东亚系博士生）、刘卓（东亚系博士生）等等，曾就大学的文学教育及全球化背景下的本土人文教育等问题，采访了北京大学中文系主任温儒敏教授。其中论及目前中文学科教学和研究中存在的问题以及改革的现状，对其他人文学科和大学的改革也可能有启发。

问：北京大学中文系是如何开展文学教育的？

温：一般印象北大中文系就是搞文学的，其实除了文学，还有语言和古典文献两个专业。过去本科专业分工很专，学生一进入大学就分专业，喜欢文学的比较多，古文献就很少有人愿意报名来学。本科主要是基础教育，专业分得太细会限制视野，不利于打好基础。因此这几年有意淡化专业，一、二年级都要上共同的基础性课程，包括古

① 载《北京大学学报》2007 年第 2 期。

代文学史、现当代文学史、古代汉语、现代汉语、文学理论、语言学概论、文化典籍选读等等，所有中文系学生都必修。文学教育不能只是学习文学方面课程，一开始还是要拓宽一些，所以语言类和古典文献课程，包括版本、目录、训诂之类基础性、工具性课程，也要有所接触。以前文学史、概论之类课程占的比重大，这些年有所减少，突出作家作品，突出原典阅读。系里每年都有老师开一些经典导读的课，比如《左传》《论语》《孟子》等等，一学期就读一两种，可以磨磨性子，把书读透，让学生多少受到传统文化的浸润。如果认真读懂一两种古代典籍，古汉语也就基本过关了。这种改革其实是适度恢复老北大文科的教学方法。老北大中文系学生读书是比较多的，他们的基本功也在这里，不像现在，许多学生毕业了，也没有读过多少书，顶多是读过一些节选、梗概之类的书和时兴的理论。

问：就文学教育而言，您觉得目前中文系教学中存在哪些问题？

温：比较突出的是理论和史讲得多，上文学课实际上是跟着文学史读作品，容易造成观念先行，难得培养起文学感觉和想象力，压抑了创造性思维。这样教出来的学生可能"操作性"比较强，写起文章来理论一套一套的，真正属于自己的东西不多，很难谈得上有什么独特的感觉与个性。有些学生刚上大学时还挺有灵气，有悟性，可是训练了几年下来，似乎占有了一些理论，但文学的想象力和悟性反而减少了，离文学也远了。如果要问，中文系出去的学生和哲学、历史或其他文科院系学生相比，有什么特色？应当就是"文气"，对文字的感觉较好，审美的能力较强，当然，也要有一定的理论眼光和分析能力。过去受"苏联模式"影响，教学上偏于以论带史，文学史、概论一类课程很重；这些年又受美国影响，学生非常热衷于"热门"理论的介入，重视的是理论生产的操作性，没有多少精力去读原著。这又是另一偏向。

问：对此你们采取了哪些应对措施？效果如何？

温：我们这几年注意到上述偏向，调整了一些课程，适当减少概论、文学史的课时，增加专书选读之类课程，即使讲文学史，也强调作家作品阅读。我们希望尽量通过一种文学（文化）的熏陶浸染，来提高学生的文字能力和审美能力，这是文学教育的最重要途径。注重基础训练打好底子，读的多是经典的文本，但学生发现问题、分析问题能力加强了，他们以后再接触诸如文化研究、"阅读"分析社会文化现象等"大文本"，也就比较顺理成章。

问：理论与阅读积累问题好像不是那么容易处理好的。

温：的确有难度。强调原典阅读训练并不意味着放弃理论，要写出有分量有创新的文章，还是离不开理论训练的。在高年级和研究生、博士生阶段，我们偏重理论培养，开出各种各样研究型理论性的课；但本科阶段，强调读原典读作品可能更加重要。本科生一般不太愿意沉下心来读原典，他们和原典有距离，倒是很喜欢马上能"操练"各种新鲜的理论"把式"，对现下的各种文化现象进行读解剖析。文化研究一类课程对他们的吸引力，要远远大于原典导读课。但我们认为基本训练还是不能"一步到位"，所以并不主张把那些比较时兴的理论课都列为主课。这些课最好还是放到研究生阶段去学。

张旭东：我插几句。我曾经任职的 Rutgers University 有一个很大、很强的英文系，在传统英美文学研究和前沿理论、文化研究方面都很活跃。我参加过他们一个长达一年的教授讨论小组，其中一个问题就是当前美国文学教育的重新定位。Rutgers 的同事们提出了一个核心概念，叫 advanced literacy，翻译过来应该叫"高级读识"。这个概念的意思是说，英文系（相当于我们的中文系）并不只是教教文学史、读读作品，培养几个文学研究的专门家就完事了，而是要以训练和提高学生高层次的、全面的阅读和分析能力为己任。当代社会是一个错综复杂的总体，在文学和文化研究内部，新现象、新问题、新学科、新的流行话语和学科话语层出不穷，在文学研究的所谓"外部关系"上，文化和经济、政治、社会、思想、宗教、种族和性别问题等缠绕在一起。对此，很多学者，更不要说一般的公众，其实是缺乏阅读能力，甚至可以说是"不识字"的。我们朋友间有时候开玩笑会说某某是"电脑盲""外语盲"，对流行文化或经济学基本问题一窍不通，"毫无感觉"，就是说这些人在某些方面其实是"文盲"。这个阅读能力是广义上的，不光是怎么读文学作品，还要阅读当代社会的各种符号体系，比如影像、广告、城市空间、社会组织系统、意识形态编码等等。也就是说，这种"高级读识"是培养学生对社会运作的各种形式，大的小的，抽象的或具体的，都要有特别的感受能力和分析能力，知道怎么透过表象去理解本质。这种阅读能力是现代人才素质的基本条件，而文学阅读和文学作品分析则是培养和提高这种综合能力，是把这种知识和能力系统化、理论化的最基本的模式。古代中国人认为会读诗书的人也大致具备治人或管理社会的能力，这种人文教育的理念放在今天看并不落后，只是要同当代发达资本主义社会条件下的种种复杂性和更高的技术要求结合起来。单纯地强调现代专业技术教育，或单纯地固守古典人文传统，都无法应付我们目前面对的局面。美国的英文系和中国的中文系都是"国文系"，又都在当今全球化的时代超出了传统国文系的格局，不得不面对超越民族国家边界的力量思考和发言。

问：能否谈谈北大中文系的教育和研究在目前中国的人文教育中的位置、现在的处境以及它所承担的功能？

温：北大在中国的位置都很特殊，也很重要，特别是中文系，在北大文科中被称为"老大哥"，在全国文科中的影响也很大。这当然也是历史上形成的位置，现在即使已经不再是"文史中心"的时代，但

"死骆驼比马大"，架子还在，影响还是很大。何况中学的基础教育都有"语文"这门主课，而北大中文系被认为是语文教育的"制高点"，也特别引人注目。我们心里清楚，北大中文系尽管在全国中文学科领域还出于整体领先地位，但和老北大中文系比，甚至和50年代（院系调整后集合了全国的一批著名学者）相比，现在都大不如前了。不过一代有一代的学术，有时也难于比较。现在北大的生源仍然居全国文理科之冠，每年高考大部分省市"状元"都会报考北大，但主要是到热门的应用性院系，如经济、法律等等，第一志愿报考文史哲的很少了。这就是"边缘化"了。在人文学科"低迷"状况中，北大中文系情况还算是比较好的，第一志愿报考中文系的还是不少。现在北大搞所谓"元培班"，大学生一年级不分专业，跨系任意选课。学生听了一年课后，被中文系的魅力吸引，要求进入中文系的也不少。每年都有一些特别喜欢文学的学生从其他院系转来中文系。可能因为中文系对全校的教学有辐射性影响。我们的老师为全校本科生开设一些关于中国文化的通选课，就很受欢迎。中文系对于一个大学文化氛围的形成，能起到至关重要的作用。中文系的课程（包括研究生课程）覆盖性很广，不只是文学、语言、文献，也包括哲学、思想、历史、文化，不但关注古代，也渗透到当代社会文化，具有一定的独立批判性，对社会现实的文化现象发言。中文系教师思想比较活跃。张旭东老师讲的美国的文学系办学经验有些值得我们借鉴。中文系也要参与社会精神生活，如果说大学是"思想库"，我想中文系肯定是不可或缺的重要部分。

问：看来中国的大学中文系和欧美大学的国文系（比如英文系）还是很不一样。您能否谈谈中国大学中文学科的教学结构？

温：欧美有单独的语言学系，我们则是语言和文学（还有文献）合成一个教学院系。语言、文学不分，这是历史上形成的学科格局，也是我们中文教育的一个特色。全国中文系都是语言文学合一，从教学考虑，这样也有好处。但这些年来语言专业和文学专业有要"分家"的趋势。原因是语言研究在不断往自然科学方面靠拢，人文的成分越来越少，方法也接近注重定量和实验的理科。我们系有一个"语言实验室"，另外还新建立了招收理科生为主的"中文信息处理专业"，也就是面向计算机的专业，他们做的题目、上的课程大部分都是理科的。因为语言专业偏重应用，这些年发展很快，学生毕业后很容易找到工作。这是一大变化。在五年十年前，汉语专业学生出路比较窄，毕业后找工作还往往要打着文学专业的招牌。现在许多热门行业，如中文信息处理，都乐于要语言专业毕业生。这些原因使得中文系的语言和文学越来越分家了。不久前许多语言学专家开会，就极力主张把语言专业独立出去，另外成立一个语言学系。但我考虑较多的是如何培养人才，认为把语言和文学分开，并不利于教学，因为语言和文学的人文性特点，决定了这两者还是不分为好。起码教学单位目前还是应当维持原状。至于科研单位，那另当别论，学者的研究往不同学科领域发展那都是可以的，但也不一定要把学科界线搞得壁垒森严。

问：面对目前中国教育改革大的趋势，像北大中文系这样比较传统的院系，有什么新的举措？

温：这些年来，全国的本科生教育发生了很大的变化，"花样"挺多，但北大中文系有些"我行我素"，基本的教学格局不变，还是强调打基础，强调教学为本，特别是要抓好本科教学。许多别的大学的老师当上了教授，就主要带研究生，很少教本科的课了。但在北大中文系，本科低年级的基础课是要求资深的教授来上的，这是多少年的传统了。比如我就每隔一年都要上一轮本科的现代文学基础课。现在忽视本科教学的现象在全国都比较普遍，扩招后，更是顾不上怎样抓本科教学质量了，大家的精力都放在科研呀、申报博士点和项目呀上面。

最近一个比较有意思的情况是，由于国家一直在倡导建立综合性大学和研究型大学，所以出现了很多"跟风"。有些大学干脆将原有的教研室改为研究所，以促进研究，教学本身倒成了"附带"的，被忽视了。我们对此是不以为然的。北大中文系还是比较重视基础性的本科教学。当然，就研究生博士生培养以及学术研究来说，北大中文系也有很大发展，拓展了一些新的领域，比如"汉语语言学研究中心""古典文献学研究中心""二十世纪中国文化研究中心""语文教育研究所""诗歌中心"，还有最近成立的"文化资源研究中心"等等，都是以中文系作为平台，汇集了一批有实力的学者，在做一些有学术含量或有现实意义的课题。这些研究对于中文系的教学也起到促进作用。

问：这些年中国社会发生巨大变革，在全球化背景下，也面临许多新的问题。您觉得人文学者应当如何面对？知识分子在社会变动中应当发挥怎样的功能？

温：前面谈得较多的是教学和科研。其实，中文系所承担的功能不止这两方面，还有非常重要的功能，就是对社会现实的关注，是人文知识分子的批判功能。就目前的情况来说，知识分子的批判力量是逐渐减弱的。一是因为知识分子的批判功能在体制上并没有一个明确的要求与定位，或者是满足于表达出批判立场，至于这种批判的实际后果如何，有没有"可操作性"，是否脱离实际，那是不管的，而且富于建设性的批判较少。这样的批判"说了也白说"，往往如一箭之入大海，起不到什么作用。有些人就自我解嘲说起到"观照"作用了，似乎"使命"也就完成了。另外，我们有些人文知识分子本身的素质不高，他们的学术理想和生活追求可能是分裂的。比如最近的郑家栋事件就是一个例子。从精神层面说，今天的知识分子生活在异常艰难的时刻，表面上思想自由多了，多元化了，但也被相对主义搅乱了基本的信仰与标准。我很怀疑传统的儒家思想是否可最终为我们现代社会提供一个有力的信仰系统。我们这代知识分子抱负太大，总觉得自己可以改变社会，实际的情况恰恰是我们对于现状很无奈。如果知识分子太不了解社会，和社会脱节，他们充其量也就只是在报刊传媒上发表某些批评，很难有什么切实的建设性的意见能真正为社会接受。

张旭东：您主持北大中文系工作这些年，提出"守正创新"的观点作为教学和研究的基调，我觉得很有意思，能不能就此再多说几句？

温：我的这个观点容易被误解。有些人期待中文系承担起挽救国学，改变人文失落的情况，这是做不到的。我们能做的不过是要坚守最基本的人文道德精神，并且将之付诸积极的建设。作为知识分子，应该关注社会，并且用历史的批判的眼光来研究。我们应该看到，市场化的潮流对学术研究的伤害是很大的，甚至在"文革"中也未见得被抛弃的某些底线，现在有的也被突破了。期望通过职业化训练来促进学术繁荣、培养真正的有作为的学者似乎很难。当然，提出"守正创新"，也是针对现在那种浮躁的学风。北大有许多好的传统需要守成，不要动不动就改变它，也不要急于创新，天天改革。在许多情况下，改良比改革更切实。办教育和办工厂不一样，教育需要积累，不宜变动太过频繁。现在北大也有浮躁心态，有些干部想"出新"较多，而考虑好的传统的"坚守"不够。我们把"守正"放在"创新"前面，是想说明继承优良学术传统的重要性，基础性，不赞成浮躁的教育"大跃进"。影响我们今天的思想和生活主要有两个传统：一个是广义的中国文化的传统，另一个则是距离我们很近的近百年来的"小传统"，这个"小传统"的影响一直弥漫在我们生活的周围，应当重视。我们需用批判的眼光研究传统，必须也同时意识到传统中的有些东西是不能转化了的，它的巅峰时刻已经过去了。

张：在您提到的这个近百年来的"小传统"中，有一个很重要的无法越过的环节是如何处理中国的马克思主义思想资源和实践经验。如果说落实到现代文学的研究中，则是很具体的问题，如何面对30年代左翼思想的问题，您在指导研究生的时候比较注意梳理这个左翼的传统。今后随着你们一代教授的退休，这个研究传统会不会中断或式微？我还特别关心北大师生如何看待现代文学研究中的鲁迅—王瑶传统与胡适—夏志清传统之间的竞争关系。由于在80年代教学的管制比较严，很少看到夏志清一路的研究。90年代以后，是否又出现了矫枉过正的问题？

温：其实左翼思想和艺术在20世纪30年代是一种非常先锋的、新潮的东西，而不是像今天我们理解的这样"守旧"。对于左翼传统有很多人都在关注，包括许多新一代学者，传统是不应该断也不会断的。这里谈谈夏志清先生，我早在1980年就通过内部刊物介绍过他的《中国现代小说史》。但我觉得对夏先生不必过于仰视。夏先生的研究路子是在美国特定的学术文化背景以及所谓"中国研究"的谱系中形成的，可能有某些锋利的创建，但也明显有"隔"，有偏见。他的某些观点对于20世纪80年代的现代文学学科复兴有过刺激与推进，在今天也还有很大的影响。他在东南沿海的学术圈里影响尤大，他们对于文学作品的解读最先受到了新批评的影响，也可以作为现代文学研究的一派，但是这一派在北大受到某些质疑。这些年上海等地许多学者又受美国的"中国学"影响，发展到城市研究、文化研究，的确拓宽了研究视野，也取得了一些新的成果。这种研究比较看重新的理论介入，而且有的已经远离了文学。相对而言，北大这里多数学者更侧重史料，捕捉历史的现场感并从中提炼真正的问题。提到现代文学研究的两个传统，其实今天我们的思考在很大程度上仍然是被鲁迅、胡适等人的问题所规约的。在当时无论是鲁迅和胡适的分歧，还是陈独秀与胡适的论战，他们的基本命题仍然是今天中国的问题。另外一点比较重要的是，我们应该意识到，中国近代这百年形成的思想资源搭配得很不错，

大学的文学教育与全球化背景下的本土人文教育——答纽约大学学生访谈

我们有"五四"传统、左翼传统、有胡适的实证和自由主义，也有鲁迅的对现代性核心问题批判的立场，有国家哲学也有市民日常生活意识形态，等等，持有不同观点的各个思想力量总在竞争中谋求平衡。近百年来的历程和文学积淀，虽然不成熟，但是仍然在不同时期形成了有效的对话，有的对话至今仍然在进行。

问：当前国内中国文学研究领域有哪些热点问题？

温：当前现代文学的研究主要向城市研究、文化研究和传媒研究三个方向拓展。这一类跨学科的研究很热，很容易写出很漂亮的文章，但是随之而来也出现了很多问题：第一是在跨学科研究中专业训练的缺乏，比如现代文学专业的人对于社会学专业的方法的生疏。目前学科分类的细密和专业的区分，很难有研究者做到真正的贯通，因此跨学科研究往往无法落到实处。即使是在文学研究内部，古典文学和现代文学的研究就各自有自己的规则，彼此很难发生大的影响。问题最大的是比较文学，作为一个学科目前还不算成熟。中国的电影到今年是 100 年，但是电影的研究，特别是电影理论的研究总体上来说还很薄弱。第二，如何保持文学研究自身的优势，同时又吸收其他学科的优点？我还是赞同跨学科交流和对话的必要性。学术生产需要有一定的量，有一个在各自专注和彼此交流中发展的过程。比如说，中文系的"外国文学"课是否可以由"比较文学"的老师来讲授、而不是完全请外语系的老师来讲？比如语言学的各个专业分得很细，是否可以打通？都可以尝试。

问：就最近几年来比较热的都市研究来说，这是一个典型的跨学科的研究，那么如何在研究中来保持着文学研究的独立性？

温：跨学科的研究是由多个学科共同支撑完成的，而它的研究对象也不再仅仅停留在传统意义上的文本阅读。由于相关的学科训练没能跟得上，也导致很多博士论文在处理这类跨学科的问题时遇到了很大的风险，即题目看起来很有趣也很有价值，但是操作起来可行性比较差。对此北大采取了比较宽容的态度，比如说对文化研究和城市研究，可能还在起步阶段，并不能真正得到"承认"，但也有存在的必要。然而现在乱套理论、观点加例子的文章也不少。还有一种常见的文化研究就是简单地抓住某种"象征性"的事物，加于过度阐释，衍生为某种趋向。这和基于社会学的文化研究就很不一样，社会学的文化研究是讲求数据调查和量化分析的。其实，那种把文学（文化）现象、精神现象用理论剖析得非常清晰、非常痛快的文章，不见得就是实事求是的好文章，重要的是不断地深入到问题本身，不要急于简单的套用理论解决问题，哪怕是只把问题本身提出来也可以是很有价值的。比较文学作为学科其设置可能不够清晰，但我觉得它的跨学科性和边缘性本身就为突破旧有学术规范提供了体制可能性。比如一些搞古典文学的，如果想借鉴新的观念和方法，或许愿意在比较文学系而不是古典文学系工作。所以我是很支持比较文学研究的。

问：北京大学中文系总体上要代表中文世界的文学研究的水准。但如果只是在具体的细化的研究领域拔头筹，是否也能够同时在相应的历史时代中在思想上做出更大的贡献。如果从这个层面上来说，那么文学研究应该如何确立自己的位置？

温：你说的这个目标是我们正在努力做到的一个境界，这个境界不是一蹴而就，而是自然生成的。眼前能够做的最重要也是最有意义的事情即是构筑一个开放的平台，促进思想的真正交流，从而会影响到学生、学者。有两类的学者，一类是本专业的学识很好，能够对学科自身的研究发展产生推进的，这当然很好；第二类是在本学科的基础上，能够有更开阔的视野，并产生思想上的影响。现在能够具有专业功底，又具有思想穿透力的学者越来越少了，而越来越多的是浮躁的学风，和职业式的阅读和研究。以前发文章是自己有观点要表达，现在要考虑到发表的数量要求，考虑到"行外"（比如管理机构）的评价。这样继续做下去的话，是很难有超越的。现在北大的青年教师很苦，来自各方面的要求，比如教学任务、职称以及"市场竞争"等压力，形成了某个合力束缚着他们，制约了他们的发展。如果不能为他们这一代学者维持一种比较自由宽松的学术环境，那所谓思想上的贡献是很难实现的。

问：除了作为北大中文系的系主任，作为现代文学研究的学者，您的另外一个身份是作为研究生的导师，您是如何培养博士生，指导他们做研究的？

温：我主张研究生不一定要照老师的路子走，我指导的博士生做的题目是各式各样的，如文体研究、批评理论、思潮、文学传播与接受、传统与现代，乃至中学的文学教育等等，都有选作，而且大致都能发掘他们的兴趣和优势。作为导师应该注意激发学生多方面的兴趣，打好基础，点拨学生朝最能发挥他们潜力的路数发展。博士生集中学习四五年，当然最终要写出论文，但我更看重的是养成读书、思考与写作的良好的习惯，初步形成治学的格局。博士生的培养也应该更自由一些，不一定要求每个人未来都要从事学术，还是看个人的志向和能力。有的博士生受自己导师的管束很多，或者就是跟着老师做课题，当"劳动力"，这样对学生的发展并没有好处。

（纽约大学博士生访问团根据记录整理，经过温儒敏教授审阅修改）

北大也应该为中小学语文教育做点事
——就北大语文教育研究所成立答记者问 ①

问：据悉，北京大学最近成立语文教育研究所，要涉足中小学语文教学。这项工作过去主要是师范院校做的，北大是综合性大学，为什么也要关心这个领域？

答：语文教育是各个层次教学系统中最重要的组成部分之一。面对社会转型与时代的需求，中小学语文教学正围绕新的课程标准推行变革，特别是语文高考内容方式的改革正在引起全社会的关注，大学语文和成人教育语文的改革也势在必行。北京大学是现代语文教育的发祥地之一，历来在语文教育方面发挥领军的作用。北大中文系有许多老师直接参与大学、中学的语文教学活动，如参加每年高考语文试卷的命题和阅卷，参加大学和中小学语文教材的编写，等等；系里每年有十多位教师主讲全校性必修课"大学语文"。中文系还曾经为北京市教育部门举办过中学教师本科班。最近，由温儒敏主编、全国十多

---

① 北京大学语文教育研究所于 2004 年 12 月成立，笔者受聘为所长。此为成立会后接受记者采访的记录稿。《光明日报》2004 年 12 月曾就北大语文所成立发表报道。

所大学合作编写的新型大学语文教科书《高等语文》已经出版；另有一套新课标"高中语文"（袁行霈主编，北大中文系与人民教育出版社合作）和一套中小学语文（蒋绍愚主编，与北京出版社合作）正在编写。钱理群参加主编的《新语文读本》也已经出版。这几年有些老师用比较多的精力做语文教育方面的研究，他们指导的有些硕士论文和博士论文也涉及语文教育的课题。北大中文系早就介入了各种层次的语文教学，中文系的教学科研始终有一部分是直接和语文教学的改革紧密相连的，社会上许多语文教育单位也希望北京大学能够有相应的机构，投入语文教育改革。所以现在成立北大语文教育研究所，应当说是顺理成章，是题中应有之义。

问：北大介入中小学语文教育，有什么优势和不足？

答：北京大学语文教育研究所的建立，将使北大的语文教育研究提升到一个更自觉、更有实力、也更有影响的阶段。我们利用研究所这个平台，可以更有效地组合校内外相关的研究力量，充分发挥综合性大学在语文教学改革方面的作用。研究所的成立，也将进一步加强北大人文学科与社会的联系，为社会服务，同时为北大传统文科注入更多的活力，拓展学科的生长点。北大是综合性大学，有多学科的优势，而且中文系各学科本来就与语文教育密切相关，我们可以在大学和中学语文教育方面发挥应有的作用。语文教育研究所挂靠在北大中文系，中文系也打算和研究所结合，增设语文教育研究的课程与研究生、博士生培养方向。语文教育改革是一个大工程，需要更多的学者和第一线的中小学语文教师合作。成立北大语文教育研究所的一个设想，就是打破大学与中学、教育界的隔绝状态，推进在语文教育改革方面多学科的通力合作。在语文教育界内部，也要加强一线教师与语文专业研究学者的合作。说实在的，我们也意识到北大中文系有不足，在语文教育的学科理论上，我们显然比不上北京师范大学、上海师范大学等学校那样专业，在教学实践上，又可能比不上一线教师的经验丰富。所以研究所的成立也是想争取更多向兄弟院校学习的机会。研究所的体制应当是开放式的，既是北大的研究所，也是所有关心大学与中学语文教育的学者的研究所，大家都可以利用这样一个平台，各种关于语文教学的不同的学术研究观点，都可以在这里探讨、试验与发表。研究所真切希望能够加强与兄弟院校特别是师范院校的学术交流协作。

问：前一段社会上包括传媒对中学语文教学和高考有许多批评，引发了不同观点的讨论。您能谈谈对当前中学语文教学改革的意见吗？

答：这正是研究所今后要探讨的问题。语文教育，特别是中小学语文教学的改革，其极端重要性正在被多数人所认识，从教育部领导到普通教师，从学校到社会，前一段都在关心和议论这方面的改革。中学语文"新课标"的出台，将改革思路具体化了，语文教学改革推进到实质性阶段。但语文教学改革的复杂与艰难的程度，可能远远大于其他学科和课程的改革。最近我集中看了一些关于中学语文和高考问题的讨论，包括"新课标"出来后报刊上发表的某些讨论文章，更是意识到这场教改的难度。应当说，在必须改革这一点上，大家意见是统一的，但具体到怎么改，各种看法就可能很不一样，甚至总是针锋相对，各有各的道理，可以互相颠覆。所以我想重要的迫切的不是再去争论，而是让一部分学者和一线的教师专家坐下来，认真做一些调查研究，真正是在科学研究的基础上，而不只是在印象的、情绪的层面提出批评与设想。我总感到多年来，在我们教育界、学术界，破坏性、批判性、颠覆性的思维比较行时，建设性的补台的前瞻性的思维缺少。比如高考的确有问题，痛快的批判和颠覆都容易，但如果充分考虑到国情，考虑到应试教育问题存在的复杂性，考虑到高考在目前还不可能废除，我们必须还在这种状态下逐步推进改革，那就会比较审慎从事，就会注意如何在研究的层面而不是批判性的层面细腻地做积累性的工作。在当下浮躁的风气里，尤其应当提倡建设性的实事求是的思维。正是在这个意义上，我们主张成立这样一个研究所，坐下来认真研究一些问题，做点细致的调查，充当语文教育改革负责任的智囊团。

问：除了中小学语文，大学语文是否也在研究所关心的范围。

答：当然也应当关心和研究。目前各个大学开设这门课的情况不尽相同，但都有共同的困扰，那就是这门课的定位不够明确，教学方式与教材还不能很好适应目前大学本科教育格局的调整变化，如何使大学生对大学语文课程有兴趣，能够引起同学们对中国语言文学的兴趣，如何使大学语文与中学语文衔接，又能够融入大学的素质教育，这都是我们需要解决的课题。北大语文教育研究所也希望能在这一方面有所作为。

问：北大语文所成立后打算做哪些事？

答：设想主要做好这几个方面工作，包括组合校内外研究力量申报和承担语文教育的研究课题，组织编写大学和中学语文教材，邀请语文教育专家和中学特级教师带课题来所研究，培训大学和中学语文的骨干教师，拓展语文教育学科领域，培养语文教育方向的硕士生与博士生。

问：我想许多中学教师对北大语文教育研究所会有期望。如果他们也有机会到北大进修或者研究，就太好了。

答：研究所应当是开放的，除了本校的教师，也欢迎校外的人员进来研究。我们打算邀请那些在中学教学一线、确实对语文教学有研究的特级教师，带着课题到研究所来合作研究。研究所有幸能聘请林焘先生、袁行霈先生、徐中玉先生和刘中树先生为学术顾问，还有王宁、巢宗祺、蒋绍愚、钱理群等有名的学者加盟，他们中不少就是校外的专家。我们采取比较灵活的开放式办所方式，争取把这个所建成一个语文教育研究的平台，和中小学语文教学改革的学术中心与决策咨询中心。

中文系应当讲求"文气"①

　　我想借这个机会说说文学教育的问题，重点是本科。现在的大学中文系，普遍规定有七八门基础课，其中的中国文学史（古代）、现当代文学和文学理论都是重头课，所占比重比较大。我有个设想，就是对这些课程进行改革。基本方向是减少"史"的分量，加强作品的阅读，强化写作训练。为什么？一是现在中文学科在整个学术界结构已经变化，社会发展对中文系人才培养需求也与以往有所不同；二是学生的知识结构也变化，真正喜欢并立志中文专业的人（作为"志业"的）很少，而且多数不像以前的学生中学阶段就已经读过不少文学作品；三是上课的时间实际上也减少，学生课外阅读也减少。必须面对这些新的情况。

　　以前讲《诗经》，要求学生必须背诵，现在能背几首？有的连四大名著都没有看过，只看过电视。不读作品，就没有文学感受，谈不上审美，文学史讲再多，也是干巴巴的框架，对提升学生的文学审美能力起不到很大作用。

　　现在的情况是，学生读了几年中文系，知道一些文学史知识，也

---

① 根据 2006 年 8 月在北大小说文体讨论会上的发言改写。

学会用一些理论套式分析文学，但没有文学的感悟力，甚至没有文学的爱好。从每年报考研究生的生员情况可以看出，"文气"不足。如果我们办的中文系没有"文气"，培养学生也没有"文气"，甚至写作都不过关，那就满足不了社会的需求。

与哲学系、历史系、社会学系等系科相比，中文系出来的学生应当有什么特色？我想，文艺审美能力，对语言文字的感悟力和表达能力，可能就是他们的强项。而文艺审美能力要靠长期对文艺的接触体验，包括对作品的大量阅读才能培养起来，光是理论的训练不能造就真正有文艺素养的专门人才。我建议文学史除了基本的"史"的线索的交代，指定某些知识点，要用主要精力引导学生阅读作品，感悟作品，也就是加强文学阅读能力的培养。要把审美放在重要位置，把对中国文化、文学的感悟放到重要位置。

应当引起注意的是，现在中文系学生已经不太读作品，他们用很多精力模仿那些新异而又容易上手的理论方法，本来就逐步在"走出文学"，而文化研究的引导又使大家更多关注日常，关注大众文化之类"大文本"，甚至还要避开经典作品，那不读作品的风气就更是火上添油。虽然不能说都是文化研究带来的"错"，但文化研究"热"起来之后，文学教育受挫就可能是个问题。原有的学科结构的确存在诸多不合理，分工太细也限制了人的才华发挥，文化研究的"入侵"有可能冲击和改变某些不合理的结构，但无论如何，文化研究也不能取代文学研究，中文系不宜改为文化研究系。我赞成文化研究能够以"语言文学"为基点去开拓新路，学者们也完全可以大展身手，做各自感兴趣的学问，同时我对文化研究给目前中文学科冲击造成的得失，仍然保持比较谨慎的态度。

文学史研究很有必要，文学理论训练也有价值，但作为教学来讲，学生文学能力、爱好的培育更重要，也更基础。

事实上，近百年来大学的文学教育不见得很成功，原因在于过分的专业化、职业化。现代学术当然要有分工，要往专深与科学化发展，这是必然趋势，但有利也有弊。对人文学科来说，对讲求个性化和精神性的学科来说，过分的学科分隔以及科学化处理，不见得是好事。现在中文系文学教育用心最多的就是文学研究，学会如何分析处理问题，以及如何写出像样的规范的文章。但"文学"的味道似乎越来越淡了。概论、文学史和各种理论展示的课程太多，作家作品与专书选读太少，结果呢，学生刚上大学可能还挺有灵气，学了几年后，理论条条有了，文章也会操作了，但悟性与感受力反而差了。的确有不少文学专业的学生，书越读审美感觉就越是弱化。翻阅这些年各个大学的本科生、研究生的论文，有多少是着眼于文本分析与审美研究的？大家一窝蜂都在做"思想史研究"与"文化研究"。其实，术业有专攻，要进入文化史研究领域，总要有些社会学等相关学科的训练，然而中文系出身的人在这些方面又是弱项，结果就难免邯郸学步，"文学"不见了，"文化"又不到位，未能真正进入研究的境界。我们担心现在的文学教育不能改变文学审美失落的趋向。

这和我们老师的知识状况也有关系。我们许多教授终生从事文学，研究著作可能也不少，但很可能是一种"职业"，而不是"志业"。难怪有些学生批评我们有些文学教授没有多少文学色彩。

这些情况可能与学术生产有关系。就文学史研究而言，也就是八九十年的事情。当初为什么要研究文学史？主要为了开课。文学史这个学科是现代大学教育的产物。就古代文学史而言，多数专著都是教材。讲到小说史研究，鲁迅是开山鼻祖，他1923年出版的《中国小说史略》也是教材。不过那时学生读古书比较多，喜欢文学的也多，鲁迅面对的是底子比较好的学生。而且鲁迅的文学史中还是很多感悟，很多"文气"的，他在课堂上也注意这方面的引导，不是空头理论。根据回忆，鲁迅上课还是要求读许多作品的。

八十多年前鲁迅《中国小说史略》打下基础，有辐射性影响，这几十年来大致都是在鲁迅的影响下展开研究。二三十年代之后大概有半个多世纪，那种注重社会学角度、进化论角度的分析研究，发展了鲁迅小说史研究的一个重要方面：注重社会、文化变迁来解释小说现象。不过有的过了头，成了庸俗社会学。近二十多年来学术发展，小说研究又转了个头，变得偏重形式，如叙事角度、文体等等，都是常见的角度。最初的文学史大都是通史，后来断代史、类型史、题材史、个案研究比较多。总的趋势是越来越细化，越来越追求系统性、科学性。这跟学术生产机制有关。这种趋向不只是古代文学，其他学科也大致如此。

鲁迅的《中国小说史略》带有现代治学特点，有一定系统性，有自己的概念形成，有时间向度，有处理的模式。不过鲁迅运用得比较自然，与传统思维方式有较多也较紧密的联结，新、旧文人都能接受，大家读了可能感觉都好。阅读过程常常会有被"点亮"的效果，我指的是那些属于鲁迅的概念，同时又有传统的评点味。这种结合非常难得，需要大功力。但不要忘了，鲁迅的研究也是现代大学教育的产物。所以，我们看到鲁迅如何创立新的文学史思维模式，如何建立小说史研究的基本范式，还必须注意这一切的生成，都跟讲课有关。教学必须有系统、有概念、有可以操作的模式。教学过程是知识化的过程，是信息处理的过程，文学史教学肩负着传播与教育的功能。或者说，教育的生产机制要求老师与学者必须这样来研究、表述和传播。好处是系统、明晰、便于模仿，也便于传播。但日积月累，形成相对定型的研究与教学的程序，大家也就逐步接受并形成了文学史思维模式。比如进化观念、形式与社会文化互动观念等等。这种文学教育朝现代转化，有必然性，但是否成功？有没有弊病，或者说，在这种受制于教育的学术生产过程，可能会遮蔽了什么？我们实在还没有认真想一想。这肯定值得反思。

从这些年文学研究状况来看，跳出来看，一方面，确实有大的发展。研究规模、量、包括资料整理收集，都大有成绩，也涌现了许多扎实的著作。但回到问题起点：知识多了，系统性突出了，操作性强了，文学的感悟、审美的感觉、那种个性化的真正文学性的东西是否少了？

文学研究越来越细化、科学化，是否意识到这本身是由教学需求的文学史生产所支配？可能会丧失什么？

现今我们许多文学史都写得非常严密、清晰、系统，可以自圆其说，而且不断在这种方位发展下去。但是否与文学越来越远？

作为个人研究，侧重点当然可以不同。我这里担心的只是文学教育的功能与效果问题。

在座都是老师，也许会有同感。我们能否思考一下：中文系的文学教育是在加强还是削弱？文学史现在的讲法对于学生审美能力的提高到底有多少好处？

本来这个会议是工作论坛，我却提出文学教学以及研究中存在的某些现象。我希望不至于唐突。本心是向大家请教。希望我们大家的研究能够在现代学术生产这样一种大的背景下，获得某些自觉，能和大学的文学教育加强互动。

文科博士生培养质量如何把关？

——答《科学时报》记者问

记者：温教授，听说您最近在一次会上有过一个发言，分析了当前某些文科博士生培养质量下降的问题，并介绍了北大中文系为提高教学质量所采取的某些措施。我们很想听听您的意见。

温：现在其实大家都看到了问题，都对博士生培养质量担忧，但又都很无奈，一边抱怨，一边还要参与。看来还是有深层次问题需要引起注意。这些年有些专业特别是人文学科、传统学科的博士点发展很快，虽然不太平衡，但培养规模已经很大了。摊子一下子铺开这样大，师资等教学条件难于跟上，当然不能保证培养质量。就如同前些年许多地方官员盲目追求GDP、追求发展速度一样，不少大学都是把申报博士点以及扩大博士生的数量作为"政绩"。所谓"申博"几乎成了某些大学发展的标志，有条件要上，没有条件"创造条件"也要上。怎么"创造"呢，常见的就是不惜重金从外校"挖角"，再把本单位所有相关学科的师资全都集中到申报点上，排列组合形成强大"阵容"，甚至有的还弄虚作假。某些知名教授今年在这个学校申报成功，明年又"移师"另一学校，重新当申报的牵头人，都快成了"申博专业户"

了。大家都把劲头用到挖人呀、填表呀、攻关呀上面了，到底有多少精力真正放到教学上？即使博士点申报成功了，还要再攻"一级学科"，然后还有"重点学科""基地"什么的，尽是没完没了的竞争了。都在讲所谓"跨越式"发展，但办教育毕竟和开工厂不一样，还是需要按照教育规律，需要有些积累。现在这种只顾铺摊子争门面的风气实在不好，把人心搞坏了，把学风搞坏了。

记者：您说大家又无奈，都在抱怨，又都在参与。这是为什么？

温：这就是风气嘛。对某些学校来说，博士点呀、一级学科呀已经是衡量级别高下的指标，尽管也说大学应当分层次，但谁愿意"低层次"呀？于是全都朝研究型大学奔了。有些大学本来在本科教学或者师范教育等方面很有特色，现在宁可把特色丢掉，也要往"研究型"靠拢。对大学办学特色的漠视以及盲目的趋同化，是个大问题。推波助澜的其实是实际利益。因为上了层次，就能得到更多的投入，什么重点呀、基地呀、平台呀、"211"呀，本来是上面的支持，是好事，现在都可能成了"指挥棒"了。当教员的也免不了受利益驱动。有了博士点就有钱，当上博导就等于上了一个身份的级别，可以加津贴，还可以延缓退休，所以"申博"才有那么大的吸引力，大家都明明不满，可是又都那么投入。这些都不是个人行为，而是一种风气，把许多人卷进去了。对此也要有些理解与同情，不能站着说话不腰痛。试想我本人如果不在北大，而是在地方上某些大学，很可能也要这样去做的。所以，还是要解决体制和"指挥棒"等深层次的问题。

记者：有人批评说现在博士生招生太多、甚至有点滥了。这也可能会影响质量？

温：如果光是着眼"发展"，和我国人口基数来比，我国博士生数量不能算多。社会也的确需要更多高级专门人才。但如果考虑到培养的条件，如师资、各种硬件以及学术氛围等等，不少大学的确博士生招得多了。各个学科情况不完全相同。我这里主要说的是人文学科。据说有的博导一年就招六七个博士生，三四年下来，就是二三十个，等于一个小班了，怎么带？只能是"放羊"了。其实这里也有利益驱动，多带一位学生就多拿一份钱。但更主要原因还是办学指导思想有问题，学校只顾扩招，不问条件。据说有的大学本来博士生的生源就不理想，理科根本招不满，就把名额硬是转给文科，让文科尽量多招，或者干脆就多招在职生。大概有些学校为了保证博士生和研究生达到所谓"研究型大学"的比重要求，免得"浪费"了指标，就尽量多招；更糟糕的是认为文科比较"软性"，好糊弄，多招也无所谓。这也是这几年某些文科博士生招得比较滥的一个原因。

记者： 那么依您看，像文史哲这样的学科，每位导师每年平均指导几位博士生较为合适？

温： 我看每年招 2 位较合适，超过 3 位就多了。博士生指导非常讲究个性化的"科班训练"，要精雕细刻，一般不宜开课，不能批量生产。平时和学生讨论，批改读书报告，还有论文选题和指导、把关，都是很细腻的工作，最好是一对一的互动式教学。这和本科甚至和硕士生教学都不同。人文学科博士生培养和理工科也不一样。理工科导师往往自己先有一个课题，带着一批博士生分头来做，一个师父可以带很多徒弟。文史哲的博士生则往往都是根据他们自己的学术个性和知识结构来选择课题，很难采取批量带徒弟的方式。博士生选择某个课题，他就应当成为这方面的专家，导师对学生所涉及领域的了解也不一定有他那么深。你要指导好学生，就必须下功夫去跟踪相关的研究信息，这是非常费时间的。学生多了肯定照顾不过来，指导也就难以到位。北大中文系对招生这一关把得比较严。我们有 47 位教授，大都有指导博士生的资格，也就是"博导"。不过我们正在淡化"博导"

的身份，如果专业非常需要，又够水平，副教授也可以招博士生。这些年来，北大中文系每年博士生规模都是 60 位左右，每位教授也就招 1 到 2 个学生，实在没有合适的，就一个也不招，宁缺毋滥。对于不脱产的在职博士生，我们一直没有放开。

记者：据说自 1999 年实行全国优秀博士论文评选制度以来，北大中文系几乎每年都有优秀论文"入账"，您指导的也有一篇获此殊荣，这是很不容易的，因为每年全国就评一百篇优秀论文，学科那样多，人文学科占的比例很小，评上肯定很难。

温：北大中文系五年评上了 5 篇，占全国中文学科获奖总数的 38.4%，此外，还有 11 篇获得北大优秀博士论文，其数量也居北大各院系前茅。这只是一个指标，并不能说明我们的博士生培养质量就都很好。事实上，我感觉我们培养的博士生的论文质量也有所下降。为了尽力维持学术尊严，保证一定的质量，这些年来我们采取了一些措施。

记者：这正是我们想知道的。能否说说你们的做法与经验？

温：招生是最先也是最重要的一关。前面已经说了，要宁缺毋滥。除了数量控制，还要严格考试。不能只看考试总分，面试很重要。在尊重统一考试结果的前提下，我们采取加大复试的权重，测试考生科研能力。然后就是培养过程。博士研究生的培养是一项系统工程，其质量应当通过某些必要的环节来保证。经过多年的实践，现在已经确定了必须做好的八个环节，包括：培养方案，导师组，资格考试，开题报告，预答辩，匿名评审，答辩评议导师回避，学位委员会审查。

记者：资格考试的目标和程序是什么？

温：学生在第一年修完学位课程后，须经过一个考试，通过了才进入正式的论文研究和写作阶段。资格考试要同时考察学生的专业知识的宽度和深度，是对学生进入学位论文研究和写作之前基础知识的一次总检查，要有不同专业的教授参加并命题。这其实是参照国外普遍采用的制度。国外的博士资格考试非常严格，淘汰率也比较高，考试通过了，才叫"博士候选人"，才有资格做论文。这不像我们的习惯，考上博士生就统统称为"博士"了，实在是名不副实。现在多数学校的资格考试都是百分百通过的，完全没有淘汰，那还有什么意义？资格考试其实就是考查有没有进一步培养的可能。有些实在没有研究能力的，放过去了，终究写不好论文，有的写了5年、6年都不能答辩，精神都快崩溃了，老师一看，怪可怜的，也就高抬贵手放他过去了。这对学生对社会都不负责任。以往北大中文系的资格考试是有淘汰的，现在也不如以前严格了，我们正准备采取措施，恢复和强化资格考试这一关。

记者：为什么还要"开题"和"预答辩"？

温：这也是两个培养环节。我们的做法是，学生选定论文题目并进行初步研究后，须向至少由五位教授组成的委员会作开题报告。委员会须对学生的论文设想及准备情形进行学术评判，决定他／她是否可以投入研究与写作，并向教学主管部门提交书面报告。论文在基本完成、距离预计的正式答辩前三个月，须向至少由五位教授组成的委员会作"预答辩"。预答辩通过者才可申请正式答辩，否则可建议其延期答辩。这几年我们系预答辩没有通过，要推迟正式答辩时间半年以上的占了几乎40%。确实不具培养前途的学生可以在此环节中中止其学习资格。这样做，一是可以及时把好质量关，二是可以发挥导师组和相关学科教授的作用，大家都来参与指导，由大家来把关。

记者：记得几年前报纸上报道过北大中文系是最早实行博士论文匿名评审制度的。现在这项措施已经在许多学校得以推广。能否谈谈你们这方面的做法与经验？

温：匿名评审是指正式答辩之前，论文须经同行专家的双向匿名评审。通过后才可申请正式答辩。与此配合的还有答辩评议导师回避制。导师不得参加答辩委员会，在答辩委员会进行评议时，导师必须回避。此外，答辩其间学位论文摘要上网公开，接受公众的审查。最后，还要经过系学位委员会审查，不是走过场，那些虽已通过答辩，但质量不高的论文也可能在最后被淘汰出局。

在以上这些举措当中，最重要的环节是论文匿名评审和导师回避制度的实行。

在北京大学，博士论文匿名评审和答辩时导师回避制度从 2003 年起普遍推广，但这项制度最初是中文系在 2000 年首先实行的。在此之前，国内流行的做法是由导师约请参加博士论文同行评议和答辩委员会的专家，一些导师为了让学生顺利过关，就约请与自己学术观点相同或相近，好"与人为善"的专家来参与评审。评审专家受人之托，碍于情面，往往将这一严肃的学术过程变为友情演出，北大中文系亦不能免俗。经过分析，我们认为，由于专家评审和论文答辩是把握学位论文质量的关键环节，这一环节出了问题，就会影响到其他环节的作用，进而影响整个培养过程。因此，系学位委员会经过慎重的考虑，决定实行论文匿名评审制和导师回避制。具体做法是，系里设立一个校内外专家库，按论文所属的学科，由系学位委员会从专家库中随机抽取评审专家和答辩委员会组成人员。论文是否可以提交答辩，先由同行评议决定，送审由系里统一做相关的匿名处理，指派专人进行。只要评议人（5—7 位）中有 2 位不同意，则该论文不能提交答辩。

记者：这项制度实施效果如何？难度很大吧？

温：刚出台这个制度时的确引起震动，毁誉参半。但我们顶住压力，坚持推行。当年，有 40 位博士生到了毕业的时间，结果有一半的学生或在导师的要求下，或在预答辩委员会的建议下，申请延期；在评审和答辩的学生中有 2 位学生未获通过。接下来的几年中，几乎每年都有 40% 左右的学生提出延期答辩的申请（2002 年 43%，2003 年 39%，2004 年 41%）。现在看来，这项制度的推行的确对中文系博士研究生培养质量的提高起到了十分重要的作用。由于其他院系也有相同的情况，导致北大研究生院从 2005 年起，将博士研究生的标准学制由三年改为四年。

记者：院系一级学位委员会如何发挥审查把关的功能？

温：这个问题提得好。现在普遍的情况是，答辩通过了的论文，学位委员会只是把关看看是否有明显漏洞，是否符合程序，除非有人提出异议，学位委员会一般不做改变。但这也很容易走过场的。我们这些年比较重视系学术委员会的把关，常发现有些论文虽然符合条例规定，却评审指标分数过低，或是答辩委员对其质量（非学术观点）有比较严重的分歧。本着学术从严的观点，系学位委员会要对这类论文进行重点审查，通常会做出缓授学位的决定，建议学生经过修改后重新答辩。

记者：还有一个比较有争议的问题，就是规定博士生在学期间必须在核心期刊上发表多少论文。您怎么看？

温：要具体分析，不同学科的情况不太相同。有些学科实践性很强的，比如某些工科或者理科，他们可能就是要通过论文发表的方式来检验学习水准。但人文学科的情况比较复杂，是更要强调打基础、强调积累的，如果急于要求发表学术文章，不一定合适。我们读研究生时，导师就并不主张我们发表文章，而是要求我们在学期间多读书，多思考，有了较多的积累，真正形成了自己的学术感觉和问题，整体能力得以提高，就能把学位论文做好。据我所知，学位条例并没有规定博士生必须发表多少论文才能毕业，现在有些学校规定博士生答辩前必须正式发表 3 篇（有的是 2 篇）论文，而且至少要有 1 篇是刊载在核心期刊上的。如果没有"达标"，就有所谓"挂红灯"，即使答辩过了也不让毕业，不发学位证书。弄得学生非常紧张，对学习妨碍很大，老师也跟着着急。再说，人文学科的刊物很少，老师发表都不容易，怎么能要求学生"达标"。于是为了发表就"走后门"呀，花钱买版面呀，甚至从网上"买"论文呀，种种不良风气就来了。有些学校之所以有这样不切实际的规定，也是为了多凑学校论文发表的数量，以显示所谓科研"实力"或者"政绩"，说到底还是量化管理的指挥棒在起作用。北大也是有量化管理的，不过不同院系和专业的要求不同，中文系提倡博士生还是要多动笔，但并不一定要求发表多少文章，能把学位论文写好就是最要紧的。

记者：看来你们在教学管理方面的确费了不少心思，已经建立了博士生培养的质量保证体系。

温：过奖了。其实北大也还存在许多问题，教学质量某些方面也有下降的趋向，我们非常担忧。前面说的有些措施的出台，有的也出于无奈。现在学风浮泛，重新提倡严谨的学术传统非常有必要。记得七八十年代之交我们读硕士时，北大中文系 19 位研究生答辩，就有 4 位没有通过。当时的系主任季镇淮先生指导的学生要答辩，他特别请来一位有研究但可能会唱反调的专家，这位专家本也出于季老门下，但决不会因为是季老指导的论文就特别给面子；结果那位学生的论文被否定了，没有拿到学位。季先生不以为忤，反而对那位坚持原则的专家大加赞赏。这完全是学术为本。那时如果答辩没有通过，对学生找工作影响还是较大的，不像现在，往往工作找好了再来做论文，即使答辩不过，影响也不至于很严重，何况还可以重来。像季先生那一代人这样严谨的学风，现在是不多见了。我曾经参加过某些大学的论文答辩，一个上午 3 小时就通过 3 篇论文，决议也是早就拟好的，尽是溢美之词，实在有些马虎。学生即使顺利过关了，认为所谓学术也就那么回事，学术尊严也就打折扣了。所以我们希望能够重振好的学风，尽可能作一点努力吧。

我们在办学最为困难的 90 年代中期，提出过"守正创新"的办系思想和方针："守正"，就是要坚守中文学科经过长期积淀已经形成的学术规范、学术道德和学术传统，坚守对学术的尊严以及为国家民族培养优秀人才的责任感；"创新"，就是在教学、科研和管理的理念和方法上与时俱进，不断吸收先进的东西。创新并非随波逐流，另起炉灶，而是在"守正"基础上的"创新"，是为了更好地"守正"。具体到博士生培养而言，光是有制度章法还是不够的，更重要的是创造和维护一个自由宽松而又严谨的学术空间，一个良好的治学环境。

《北京大学中文系简史》序言 ^①

　　北京大学中文系终于有了一本系史，而且又能赶在百年校庆的热闹氛围中出版，是值得欣慰的事。

　　这个系从 1910 年正式设立，至今已有 88 个年头，无论在本校或在全国，都算是"老资格"了。近一个世纪以来，这个系涌现出许多大师级的学者，取得了丰硕的学术成果，无论其最早把中国语言文学作为独立学科而创设的教研体系，还是后来几经变迁的系科设置，对于现代中国的语言文学教育，都产生过巨大的影响。先进的北大中文系拥有中国语言文学的 3 个专业和 5 个重点学科，还有 7 个博士点，在全国相关的中文系科中仍然起着排头兵的示范作用，在国际上也享有很高的学术声望。所以北大中文系史的出版，不仅有纪念意义，更有学术价值；不仅本系的师生校友会关注，相信诸多关心中文系科乃至关心现代教育史、学术史的朋友也会有兴趣。

　　这部系史篇幅不长，材料也不够齐备，有待补充的地方还很多，但北大中文系 88 年来的历史发展轮廓第一次呈现出来了。这部简史的特色在于其紧紧围绕教学与科研这条线索，理清在系科发展过程中

---

① 《北京大学中文系简史》，作者马越，北京大学出版社 1997 年出版。

所体现出来的学术倾向、教研模式的变迁及其得失。这又可以看作是一部学术史和教育史，而不是一般意义上的系科沿革史。通常说，一本好的传记，往往可以通过一个人看一个时代；那么，这部系史所追求的似乎是通过一个系来透视一门学科的历史变迁。细心的读者也许会发现，北大中文系的每一个历史变迁。细心的读者也许会发现，北大中文系的每一个历史发展阶段，包括几代学人的学术命运，都折射出特定时代的政治、社会和文化思潮的嬗变景观。北大中文系走过许多曲折坎坷的道路，她的历史图景中也曾有过不光彩的暗影，但那种自由、严谨、求实的学风，始终未曾放弃，可以说这是一种生生不息、代代薪传的"系格"。而这种"系格"也是源于北大兼容并包、科学民主的学术精神。读这部系史，会引发历史的厚重感和传统的延续感，并且不能不认真思索今天，强烈感受到中文系乃至人文学科所面临的历史挑战。

　　系史的写作并非易事，因为有许多具体事件的评述可能引起不同的意见，牵扯到这样那样的关系。沉淀了的东西比较好处理，因为可以较为冷静地使用历史的眼光，而当历史的距离未能拉开，评述起来就比较困难。这本系史的前半部分写得比较完整，后半部分有些粗放，也许就是这个原因。例如，五六十年代教育体制的弊病及其根源，"文革"及其后影响中文系学科发展的诸多大事，简史都来不及展开。八九十年代的部分大都只是记载而避开议论。我对这部分也不满意，但能体谅其写作的困难。这部小册子出版后肯定会有各种批评，我想这总比没有反响要好，已经有一部系史也总比没有要好。如能从建设性的角度来看问题，容忍不完善，就比较好办。集体编写历史的方式往往很难实施，为什么不能鼓励个人写作呢？

　　这部系史的编著者马越同学 1995 年从北京大学中文系本科毕业后，因成绩优秀，被推荐面试攻读硕士学位，我是她研究生阶段的指导教师。两年前，在一些老师的支持下，我建议她以北大中文系史作为学位论文的题目。马越同学是现代文学专业的研究生，选择系史作为学位论文，超越了其所属的专业，而系史的写作，涉及文学史、语言学史、文化史、教育史、学术史等诸多方面，也可以说是跨学科的研究，这对于她来说，是有些吃力的。我自己虽然在中文系任教多年，其实对系史也不甚了解，只是相信这个选题很有价值，而跨学科的"越轨"，对于训练学生研究方法与眼光，也可能大有好处。马越同学非常合作，她的学风严谨扎实、思路也比较开阔。在写作过程中，她搜集了大量的第一手资料，做了许多重要的史料梳理工作，并有幸得到陈平原、孙玉石、钱理群等老师的指导和帮助。所以一开始这部系史的写作目标就比较明确，方法也比较对头。尽管有些地方写得比较简略，可议之处也不少，毕竟已大致达到了原先所设定的目标和要求。这部系史作为马越同学的硕士论文，在答辩时得到了答辩委员会（由费振刚、孙玉石、陈平原、王景山、温儒敏等 5 位教授组成）一致的好评，此后又作了一些删改。应该感谢北大中文系领导以及诸位老师对马越这部系史写作的关照。

马越同学已经顺利完成硕士研究生阶段的学业，很快就要告别燕园，赴美继续攻读学位，她说还有兴趣围绕现代学术史做些研究。我祝愿这位诚挚聪明的女孩在学业上能取得更出色的成绩，也期待着今后有人能超越这本简史，对北大中文系的历史做出更完整的总结。

最后需要说明的是，这部系史的初稿答辩后，因考虑还要作较多的补充与修改，曾打算先内部少量印行，但北大百年校庆在即，许多中文系的校友将返校聚会，不如改为公开出版，也算作是献给百年校庆的一份礼物，同时可以让更多的朋友能借此回顾北大中文系的历史途程，还可以更广泛征求修改的意见。读者不妨把这本小册子看作是一种"征求意见稿"。

1998 年 4 月 18 日于京西镜春园且竹居

《百年学术：北京大学中文系名家文存》前言 [①]

1910 年 3 月，京师大学堂（1915 年后改为北京大学）正式创立文科，其中设置了学制为四年的"中国文学门"，此为北大中国语言文学系的发端，也是中国文学（语言）研究开始成为独立学科的标志。

至今，北大中文系已经走过了近一个世纪的途程，风风雨雨，几经曲折，但无论教学或者研究，都毫无疑问称得上成绩斐然。在北大，中文系是举足轻重的一个文学大系，在全国乃至海外也是很有名气的。

近百年来，中国语言文学的教学与研究始终往现代化的方向转换，北大中文系不断突破旧有格局，形成新的学术规范，并逐步协调西方学术方法与中国传统固有的学术方法的关系，产生了许多能代表学科发展水准的专著，培养了一批又一批专门人才。目前北大中文系已经发展成为有三个专业（文学、汉语和古典文献），包括五个全国重点学科和八个博士点的系，其学科构设之齐全，特色之明显，在全国也是首屈一指的。

北大中文系学术最鼎盛的时期是二三十年代，以及院系调整，清华、燕京等校中文系合并到北大后的那一段时期，其在中文学科的学

---

① 该书由费振刚与温儒敏主编，北京大学出版社 1998 年出版。

术建树上对全国相关的系科有过辐射性的影响。所谓北大中文系的学科特色，也主要在这些时期所形成。北大中文系在其发展的每一个阶段，都涌现过一些著名的学者，有的是属于大师级的人物，他们学术的理路和风格可能彼此不同，甚至互相砥砺，但都对学术抱有严肃诚挚的态度，共同形成了严谨和创新的学风。这是北大中文系极为宝贵的精神财富，是值得彰扬和继承的优良传统。北大中文系在本学科的形成和发展中始终是站在前沿的，其经验得失可以影响一门学术史的脉络。我们编这部文集，首先也是看重学术史的意义，试图以此概览北大中文系的学术变迁，同时也可以从一侧面探究中文学科近百年的历史足迹。

近百年来，先后在北大中文系任过教职的学者数百人，这本文集只选取了其中最有成就和学术影响的 54 人，都是已经逝去的先贤。一看目录上所排列的名单就可以知道，他们不但是北大中文系不同历史阶段的学术代表，也是对本学科的建设做出过巨大贡献的先驱，其中不少人的影响远远超出于本学科范围。限于篇幅，每位先贤只选取其一篇论作，大都是他们的成名作和代表作，有的为了照顾篇幅，则选收了文字较短的篇什。论文的选择曾反复征询有关专家的意见，并经过系学术委员会和部分资深教授的讨论。

中国语言文学学科是一个宽泛的学科，其实又可以分出古代文学、现代文学、汉语史、现代汉语、古典文献和文字学等不同的分支学科，也就是通常说的二级学科。本书所选的论作涉及所有这些分支学科，许多文章的论述又非常专门化，因此一般读者读起来可能会觉得庞杂，但这种"杂"的印象也可以帮助人们了解本学科发展的多种纹理。和当今常见到的那些大而无当的高头讲章比较起来，本书所选的众家先贤名作显得那样殷实，别有一种学术的尊严气度。如果读者，特别是青年学生能从这本文集中领略到那种严谨求实而又不乏创新锐气的学风，多少识得什么是真正的大家风范，那么我们编书的第二个目的也就达到了。

　　当然，编这本文集还有更主要的目的是为了一种纪念，我们要以这种普通的形式纪念所有那些为北大中文系的创建和发展献出过智慧与辛劳的先哲前贤，当然也包括那些文章未能被收集进这部文集中的前辈老师。还当感谢所有从中文系毕业的校友以及所有关心北大中文系，为中文系建设做出过贡献的人们。

　　编就这部书时，我们真的有一种历史的沧桑感，又有一种学术的自豪和自信，因为前辈学人毕竟给我们留下那么丰富的学术遗产。同时，温习光荣的历史也使我们产生一种紧迫感：在新的形势下，北大历来作为"新学之冠"的地位面临挑战，北大中文系的优势地位也不可能总是无可争议的，我们没有理由不兢兢业业，适应新的时代，发扬优良的学统，把前人所建树的学术事业继续向前推进。

　　当这部文集出版时，北大正迎来百年校庆，北大中文系建立还不到百年，但也应在学校百年庆典的热烈氛围中庆祝本系近百年的成就，所以本书就取名为《百年学术：北大中文系名家文存》。

1997 年 12 月 6 日

辑二　五院人物

写出的与写不出的 [①]

现在想来，对王瑶师的死，我多少是有些预感的。

去年春天我搬家到镜春园，离王先生的 76 号寓所只两三百米，可是去先生家反而不如以前远住时那么勤了。我发现先生老了，一下子变老的，我怕见这突然的老态。人老了变得格外温情，听不到以前那样的严格直率的批评，边抽烟斗边幽默地大声说笑也少了，坐在他跟前不再总是谈学问，而是问长问短说一些生活琐事，有时则是沉默。这真使我很不习惯。

我怕见先生这突然的老态。

最后一面是在先生死前的一个多月。我陪一位国外的学者去拜见先生。告别时这位外国学者希望先生有机会到她的国家去访学，先生慢声细语地说，只怕不可能了，眼神中隐隐闪现一点不易觉察的凄然。先生是爱活动的，年过七十还很硬朗，每年总要南下北上，开会、旅游好几趟。前些年还兴致勃勃飞往日本、法国、中国香港等地访学。现在却一下子老了，自感再也没有力气跑动了。

这次告别我的心往下沉，隐约有某种不祥之感，但万万没想到竟是与先生永别。

---

① 本文取自《王瑶先生纪念集》，天津人民出版社 1990 年版。

先生的死来得突然。对于死，先生怕也是有预感的。

去年下半年先生因病住院，此后元气大伤，时好时坏，身体大不如前了，情绪变得很郁闷。大概是九十月间吧，我两次到镜春园76号，都听他谈到过死。他显然为自己的突然衰迈感到难过，说恐怕活不过三五年了。我连忙打断他的话，说先生75岁还耳聪目明，又没有什么大的病，活上九十、一百都没有问题。先生自然知道这不过是一种宽慰。他并不怕死，半开玩笑说，活到70就已经是"大赚"了。只是遗憾有些事情还没有做完，恐怕再也做不完了。

先生是非常好强的，他毕生精力贡献于文学研究与教育事业，在多困难的时候都挺过来了，做出那么大的成绩。对于所从事的学业，他一直是很自信的，晚年也还有自己一套一套的研究计划，还牵头承担国家"七五"重点科研项目，一批一批带博士生，指导全国现代文学研究会的工作，……现在突然发现自己衰迈，预感到许多事情都不可能做了，那种失望和痛苦是可想而知的。如果一个人老了又能超然于世，颐养天年，对于死大概是会比较坦然。但像王先生这样一直没有退休感，事业心又很强的老人，突然的衰迈和死的预感，就难免会受到巨大的精神撕伤。

但即使在最后的痛苦的日子里，王先生还是坚强地和衰老和死神抗争，这在许多师友的悼念文字中已经谈过。作为一个纯粹的学者，先生至死不会忘记留给人们对事业的热忱和对生活的信念。他始终不愿以自己的感伤忧郁去传染别人，不愿意将坏情绪影响我们这些后生小辈。

去年有一段时间，我因病心情挺不好，自己怀疑是否得了中年忧郁症。原来要是为了赶一部书，或准备一门课，可以接连几个月躲在斗室里干，劲头十足。这一阵却怎么也打不起精神来。先生虽然自己身心不佳，却还要来开导我，让我养好身体，振作起来。他说既然不会干别的，总还是要做点学问，写点东西。搞学问不必东张西望，埋头下工夫，就能出些对国家对社会有用的成果。他谈到王朝闻当年在干校那种环境中潜心研究《红楼梦》的例子，又谈到为何"文革"刚结束那几届研究生、本科生中人才济济，说做学问不能太急功近利，讲究的就是"潜心"。

这些话很平实，不是什么大道理，但此时道来，对我触动极大，我很能体会并感激老师对学生的一片苦心。

于是我想起鲁迅。鲁迅是很入世的人，但也常常对人生作形而上的思索，在《野草》等许多作品中不难体味到他的深刻之中的抑郁。鲁迅是很不愿将这抑郁传染给人的。也许和鲁迅一样，在那最后的一段日子里，先生对人生对死有过许多形而上的思索，他并没有因此感到生命的虚妄，因为他也是很入世的，是富于社会责任感的。即使已经预感死神的将到，先生也还是对事业的发展、青年的进步抱着信心。他同样不愿将自己的恶劣情绪传染给别人。

据陪同王先生最后一次南下开会的一些友人说，先生在最后的一段日子是那样竭力抗击消沉，拖着病体开会，游园登山都要像年轻人那样尽兴。这是生的意志力。先生终于倒下了，直到死，还要在亲友和学生面前显得那样坚强、有信心。现在我们能理解先生的用心。可是，先生，这反而使人们对您的逝世感到突然，更添悲恸。

先生离去3个多月了，几次提笔想写篇悼文，都百感交集，思绪混乱，终不成篇。这次师友们要编印先生的纪念集，总要写点什么，就拉杂写下这些琐忆。

我突然记起某位现代作家似乎说过，写得出的文章大抵都是可有可无的，真的深切的感情只有靠以心传心。有如世尊拈花，迦叶微笑，或者一声"且道"，如棒敲头，顿然明了，才是正理。人的深密的情思很难真的于金石竹帛上留下痕迹。

但我还是只能写这可有可无的文字。

王先生和我们的合影就摆在案头。那是一年前我们祝贺先生七五大秩时在镜春园寓所照的。先生满头银发，拿着烟斗，眼神中闪现着学者的睿智，正和弟子们谈笑风生。这种场景永远不会出现了，但又将永远留在我的心头。我竭力不再去想先生死前那几个月的衰老和忧伤，但愿这篇琐忆，能就此打发内心的积痛。

我将照先生所希望的那样振作起来，更好地为养育我们的祖国和人民尽心尽力工作。

1990 年 3 月 20 日于镜春园

王瑶先生的三大贡献 [①]

　　王瑶先生75岁时突然离我们而去，在当代而言，不算高寿，而且他一生历经坎坷，有无休止的各种打压与束缚，真正留给做学问的时间不是很多，但王先生达人大观，才华焕发，在学术和教学方面做出了巨大贡献，成为20世纪学术史上的标志性的学者。王瑶先生业绩丰厚，概括起来，主要有三大贡献。

　　第一大贡献，是"中古文学三论"。先生在20世纪四五十年代出版的《中古文人生活》《中古文人思想》《中古文人创作》三部书，在魏晋汉魏六朝文学研究领域，具有里程碑意义。古代文学界对此是有公论的。最近我又读一遍"三论"，连带读了刘师培的《中国中古文学史讲义》和鲁迅的《魏晋风度及文章与药及酒之关系》。比较之下，更发现各自的精彩。如果说刘师培的讲义是中古文学断代史研究的奠基性著述，鲁迅的经典论述为这方面研究树立了方法论的高度，王瑶的"中古三论"则又推进一步，论述范围更广、更具体，材料更翔实，对魏晋文人及文学风貌的把握更确切。王瑶的"中古三论"足以和刘师培、鲁迅的相关论著构成三足鼎立，对后世的学术影响是巨大的。

---

① 本文系笔者2015年所作。

记得我上中学时，第一次见到王瑶这个名字，是读《陶渊明集》，那是王先生的选注本。那时就知道先生是古典文学名家。因为在新文学研究方面的巨大影响，可能把先生在古典文学方面的成就掩盖了。1949 年还在清华时，先生开始写新文学史稿，但是他说自己本想"好好埋头做一个中国古典文学方面的第一流的专家"，他对自己转向研究新文学，是有些遗憾的。我又觉得先生不用遗憾。从学术史看，先生就凭"中古三论"，足以奠定最杰出的古典文学家的地位了，何况他又在现代文学领域领了"头功"呢。

第二大贡献，就是《中国新文学史稿》。这本书命运多舛，"体制内"和"体制外"都有很多批评。直到现今，仍然有学者以为王瑶先生在新文学史方面多费工夫是种"浪费"，他们对这部"史稿"不以为然。有些海外学者对王瑶的评价也是偏低的，也是因为他们看不到这部"史稿"独有的价值。而王先生自己呢，也说过"史稿"是类似"唐人选唐诗"的"急就章"。其实，如果对这部著作的出现及其时代特征有一种了解的同情，就会承认这是一部非常大气的著作。史稿虽然受到特定时代学术生产体制的制约，毕竟又有属于自己的学术追求与文学史构想，既满足了时代的要求，又不是简单地执行意识形态的指令，在试图对自己充满矛盾的历史感受与文学体验进行整合表述的过程中，尽可能体现出历史的多元复杂性。在历史急转弯的阶段，在充满了各种可能性和不确定因素的学科创建时期，《史稿》的种种纰漏或可议之处，它的明显的时代性的缺陷，与它那些极富才华的可贵的探求一起，昭显着现代文学学科往后发展的多样途径。《史稿》在学科史上突出的地位，是其他同类著作所不可代替的。当然，王瑶先生在现代文学方面的贡献不限于史稿，他在鲁迅研究、现代文学思潮研究等方面的精彩的论著，以及他强调史料、史识与史论结合的治学方法，对"文革"后现代文学学科的复苏与建设，都起到了先导的决定性的作用。今天还会有学者就此专论，这里我就不多说了。

第三大贡献，是人才培养。通常评价王瑶先生都只是关注学术，而作为教师，王瑶先生也是最杰出的。王先生不只是在学术上传道授业，还在人格和精神上给学生极大的影响与熏陶。王先生先在清华，后到北大，从教四十多年，按说当年北大中文系藏龙卧虎，王先生资历不算深，级别也不算高（50年代定为三级教授），但是在学生中和社会上的影响都远远超过一般教授，真正是"著名教授"，甚至官方也要格外注意的。王瑶先生培养了很多硕士生、博士生，还有本科生、进修教师等等，无论及门或是私淑，在各类弟子中如果做个调查，学生们大概都会异口同声感叹先生的人格魅力。学界有所谓"王门弟子"一说，也许不一定确切，但那种由王瑶先生人格精神所感染而形成的人际氛围和学术风尚，的确是存在而且是突出的。我们在充分赞赏王瑶先生作为大学者成就的同时，不会忘了他又是非常杰出的教育家。

前几天我在博客上写到了王瑶先生，随后新浪微博头条推荐广为转发，有数十万人点击。其中有一句话就是对王先生作为教育家的"点赞"：

> 先生是有些魏晋风度的，把学问做活了，可以知人论世，可贵的是那种犀利的批判眼光。先生的名言是不说白不说，说了也白说，白说也要说，其意是知识分子总要有独特的功能。这种入世的和批判的精神，对我们做人做学问都有潜移默化的影响。

中古文学和新文学研究都有奠基之作，加上独特而光辉的人格操守，精神气度，王瑶先生留给我们的遗产实在是太丰富太宝贵了。在这个浮躁的世界，我们一定会倍加珍惜。

最后，特别要说说王瑶先生与学会及丛刊。

1979年初，在教育部一次教材审稿会上，与会代表倡议成立"全国高校现代文学研究会",选举王瑶先生任会长,后来他当了三届会长。1980年学会更名为中国现代文学研究会。与此同时,决定创办学术刊物《中国现代文学研究丛刊》,主编是王瑶先生。王先生以身作则,和唐弢、严家炎、樊骏等众多前辈学者一起,倡导实事求是的优良学风,坚守认真、严正而稳健的"持重"风格,开展多元开放的学术交流,使现代文学这个学科始终具有比较团结、纯正的风气。

如今学会和丛刊都进入而立之年。因时代的变化,整个学术生态因功利化、技术化而失衡,学风浮泛,学会与丛刊也受到很大冲击。我们一定会发扬王瑶先生那一辈学者创建的优良传统,尽力维护学术尊严,促进学术健康发展。

林庚：仙风道骨一诗家

　　林庚先生住在燕南园，老式平房，外观优雅，可是内里很阴暗，客厅里永远是那几个旧式书架，一张八仙桌，还有一个沙发，茶几上总是堆着他外孙的复习资料之类，一切都那样简朴。每次去看先生，总担心天花板上那块石灰块就要掉下来了，建议找修建处来修一修。可是林先生说打从他搬来后不久就是这样了，劝我不必担心。我想办法找些让老人高兴的话来说。比如，看到街边小摊有卖他的《中国文学简史》盗版的。我知道先生不爱钱，这消息倒是说明他的书至今影响大，甚至能进入平常百姓家。先生果然有些兴奋，便说起五十多年前他在厦门等地一边教课一边写书的情景。有时发现先生更感兴趣的是那些和文学不搭界的话题。我不止一次听他讲到年轻时在清华学过物理，还听他讲观看足球或篮球国际比赛的"心得"（可惜我不通此道）。先生是诗人，有些仙风道骨似的，对功名利禄很超然，也很低调，与世无争，反而健康长寿，返老还童。早些年每到春天，天空晴朗而又有一点风时，还能看见这位八九十岁的老者，在五院门口的草坪放风筝呢。

　　2000 年，林庚先生要过 90 大寿了。北大中文系历来能上 90 岁的好像不多，他就是我们系的老寿星了。系里想给老人搞一场比较像样的祝寿活动。古代文学教研室的老师说这是需要"动员"的。我和教研室一些老师便到燕南园去，先生不是很乐意，但最终还是答应了。祝寿会在勺园，开得很成功，来了两百多人，真是群贤毕至，学校的书记闵维方等领导也到场了。我们向学校领导介绍说林先生和季羡林先生是同学，当年林先生在文坛的名气比季先生还大，领导就很重视。与会者大都是文坛与学界的耆宿，合影时连袁行霈教授这样的名人（他可称得上是林先生的入室弟子了），都"不敢"坐到第一排，可见规格之高。记得我在会上代表中文系发言，称先生"由诗人而学者，在文学史研究方面所达到的具有典范性的地位，是不可替代的。北大中文系为拥有这样出色的学者而自豪"。我还说先生诞生的1910年，正好是北大中文系正式建立的一年，先生是专门为着北大中文系而生的，中文系感谢林先生几十年辛劳和智慧所建树的卓越业绩。那一天先生气色极好，还吃了蛋糕。

再有一次，是诗人兼企业家黄怒波先生捐款，促成北大诗歌中心成立，大家希望能邀请林庚先生出任中心主任。但先生多少年都是"无官一身轻"的，他能答应当这个主任吗？不是很有把握。那天我和谢冕、孙玉石、张鸣等几位老师一起，专门到林庚先生府上拜谒，向先生说明来意，没有想到先生说这件事"有意义"，很痛快就答应担任中心主任。诗歌中心成立后，扎扎实实做了许多事情，活跃了当代诗坛创作与评论，原因之一便是有林庚先生这棵"大树"。

先生是2006年10月4日傍晚过世的。我接到他家人电话马上赶到燕南园。先生已经躺在床上，身上盖着白布。家人说晚饭前还和人说话，感谢多年照顾他生活的小保姆，一下子就走了，那样平静。我看看先生，感觉他只是睡着了，甚至不相信这是一种不幸：诗人是很潇洒地到另外一个世界去了。

坦诚傲气的小说家吴组缃

　　吴组缃教授的小说写得很好。美国夏志清先生的《现代中国小说史》用笔非常吝啬，可是给了吴组缃专章的论述，认为其作品观察敏锐，简洁清晰，是"左翼作家中最优秀的农村小说家"，甚至设想如果换一种环境，吴是可能成为"真正伟大的作家"的。1978 年我还在读研究生，看到夏的评论，很新奇，就找吴先生的作品来看，果然功力深厚，笔法老辣，很是佩服。一次在王瑶先生家里聆教，王说吴组缃不但小说写得好，对现代文学的研究也往往眼光独具，比如吴先生对茅盾《春蚕》的评价，认为老通宝这个人物塑造有破绽，虽然结论可以讨论，但其评论完全是从生活实际出发的，令人信服。据说北大中文系曾经邀请茅盾来系里讲学，茅盾说："吴组缃讲我的小说比我自己讲要强，不用去讲了。"我开始注意吴先生，在王瑶先生家里也有过一两次照面，印象中的吴先生是很傲气的，我听着他们说话，自然也不敢插嘴。倒是听过先生的一次课，是讲《红楼梦》的，在西门化学楼教室。来听课的人很多，坐不下，过道都挤满了，有人有意见，希望外来"蹭课"的把位子让一让，吴先生说没有必要，北大的传统就是容许自由听课。吴先生几乎不看稿子（只有一片纸），也没有什么理论架构，可是分析红楼人物头头是道，新意迭出。我们都慨叹：小说家讲小说又是另外一道风景！

　　真正与吴组缃教授有正面接触，是在我的博士论文答辩会上。那是 1987 年春，在五院二楼总支会议室，除了导师王瑶，参与答辩的有吕德申、钱中文、樊骏和吴组缃等先生，都是文学史或文学理论研究方面的大家。王瑶先生叼着烟斗，三言两语介绍了我的学习情况，接着我就做研究陈述，说明是如何思考《新文学现实主义的流变》这一选题的。不料还没有等进入下一程序，吴组缃教授就发言了。大意是作家写作不会考虑这个"主义"那个"主义"的，论文写这些东西的意思不是很大。吴先生就是这样不给"面子"。我一下子"傻了"：这等于是当头一炮，把题目都给否了嘛。我非常泄气。王瑶先生作为导师，自然要"辩护"几句，我都没有听进去，晕头晕脑出去等消息了。半个多小时之后，我进去等待判决。想不到论文居然通过了，还得到很好的评价。后来听说，吴先生表示他其实并没有细看我的论文，不过临时翻了翻，听了诸位的介绍，觉得还是可以的，又还说了几句鼓励的话。这就是"批判从严，处理从宽"吧。不过事后想想，吴先生的批判不是没有道理的。研究思潮、理论，必须切合创作实际，否则可能就是无聊的理论"滚动"，"意思"的确不大。多少年后，我都记着答辩的那一身"冷汗"，让我学到许多东西。

名士派陈贻焮

　　陈贻焮先生没有教授的架子，胖墩墩的身材，很随意的夹克衫，鸭舌帽，有时戴一副茶镜，一位很普通的老人模样，如北京街头常常可以见到的。不过和先生接触，会感觉到他的心性真淳，一口带湖南口音的北京话，频频和人招呼时的那种爽朗和诙谐，瞬间拉近和你的距离。先生有点名士派，我行我素，落落大方，见不到一般读书人的那种拘谨。谢冕教授回忆这位大师兄总是骑着自行车来找他，在院子外面喊他的名字，必定是又作了一首满意的诗，或是写了一幅得意的字，要来和他分享了。一般不进屋，留下要谢冕看的东西，就匆匆骑车走了，颇有《世说新语》中的所说"乘兴而行，兴尽而返"的神韵。我也有同感。80 年代末，陈先生从镜春园 82 号搬出，到了朗润园，我住进的就是他住过的东厢房。陈先生很念旧，三天两头回 82 号看看。也是院墙外就开始大声喊叫"老温，老温"，推门进来，坐下就喝茶聊天。我是学生辈，起初听到陈先生叫"老温"，有点不习惯，但几回之后也就随他了，虽然"没大没小"的，反而觉得亲切。陈先生擅长作诗填词，在诗词界颇有名气。有一年他从湖南老家探亲归来，写下多首七律，很工整地抄在一个宣纸小本子上，到了镜春园，就从兜里掏出来让我分享。还不止一次说他的诗就要出版了，一定会送我一册。

我很感谢。知道先生喜好吟诗，这在北大中文系也是有名的，就请先生吟诵。先生没有推辞，马上就摇头晃脑，用带着湖南乡音的古调大声吟诵起来。我也模仿陈先生，用我的客家话（可能是带有点古音的）吟唱一遍，先生连连称赞说"是这个味儿"。后来每到镜春园，他都要"逗"我吟唱，我知道是他自己喜欢吟唱，要找个伴，他好"发挥发挥"就是了。我妻子也是听众，很感慨地说，陈先生真是性情中人。

陈贻焮先生不做作，常常就像孩子一样真实，有时那种真实会让人震撼。据比我年纪大的老师回忆，"文革"中北大教师下放江西"五七"干校。一个雨天，干校学员几十人，乘汽车顺着围湖造田的堤坝外出参加教改实习，明知路滑非常危险，却谁都不敢阻拦外出，怕被带上"活命哲学"的罪名。结果一辆汽车翻到了大堤下，有一位老师和一位同学遇难。陈贻焮本人也是被扣在车底下的，当他爬出来时，看见同伴遇难，竟面对着茫茫鄱阳湖，哇的一声大哭起来。"没有顾忌，没有节制，那情景，真像是一个失去亲人的孩子。他哭得那么动情，那么真挚，那么富于感染力，直到如今，那哭声犹萦绕耳际。"还有一件事，也是说明陈先生的坦诚与真实。到了晚年，陈先生的诗词集要出版，嘱其弟子葛晓音作序。葛晓音没有直接评论先生的创作艺术，而主要描述了她所了解的先生的人品和性情。大概她是懂得先生一些心事的。当葛晓音把序文念给陈先生听时，先生竟像孩子一样哭出声来。葛晓音感慨："先生心里的积郁，其实很深。"

陈贻焮先生是一位有广泛影响的文学史家，长期从事魏晋南北朝隋唐五代文学史的研究和教学工作，在这个领域做出了重大的贡献。他的相关研究著作主要有《王维诗选》《唐诗论丛》《孟浩然诗选》《杜甫评传》《论诗杂著》等等。尤其是《杜甫评传》，按照古典文学家傅璇综先生的说法，就是冲破了宋以来诸多杜诗注家的包围圈，脱去陈言滥调或谬论妄说，独辟一家之言。我对杜甫没有研究，拜读陈著时，只是佩服其对材料的繁复征引，又不至于淹没观点，特别是对杜诗作那种行云流水般的讲解，是需要相当深厚的功力的。在我和陈先生的接触中，没有聆教过杜甫的问题。（他反而喜欢和我谈些郭沫若、徐志摩等等。）但有时我会想：先生为何选择这样一个难题来做？是否如他的弟子所言心里有很深的积郁？一个人一生如果能写出一本像样的甚至能流传下去的书，多不容易呀。先生对自己的学术成就显然有信心，但付出确实太多了。来镜春园 82 号聊天喝茶，在他的兴致中也隐约能感到一丝感伤。我知道先生正是在 82 号东厢这个书房里，写出《杜甫评传》，他花了多年的心血，大书成就，而一只眼睛也瞎了。在旧居中座谈，先生总是左顾右盼，看那窗前的翠竹，听那古柏上的鸟叫，他一定是在回想当初写作的情形，在咀嚼许多学问人生的甘苦。

我在镜春园住时，经常看到陈贻焮先生在未名湖边散步，偶尔他会停下来看孩子们游戏，很认真地和孩子交谈。先生毕竟豁达洒脱，永远对生活充满热情。万万没有想到，2000 年他从美国游历归来，竟然患了脑瘤。他在病床上躺了两年，受的苦可想而知。他再也没有力气来镜春园 82 号喝茶谈诗了。病重之时，我多次到朗润园寓所去看望。他说话已经很艰难，可是还从枕头边上抽出一根箫来给我看，轻轻地抚摸着。他原来是喜欢这种乐器的，吹得也不错，可惜，现在只能抚摸一下了。我想先生过去之时，一定也是带着他的箫去的吧。

"甩手掌柜"季镇淮

　　季镇淮这个大名，我上中学时就接触过，那是读那本北大版《中国文学史》留下的一点印象。到我上研究生时，对季先生就格外注意，因为听说他曾和导师王瑶教授同学过，都出自朱自清先生的门下。按辈分总觉得我们算是朱自清先生的"徒孙"，那么季教授就是我们的"师伯"了。1978 年季先生还给本科生上过古代文学史必修课，稍后又开设"近代文学研究"专题研究，比较冷僻，据说选课者也不多。很可惜，我一直没有去听过季先生的课。我在五院或是去五院的路上常见到季先生，他满头白发，老是一套蓝色中山装，提着一个布兜书袋，动作有些迟缓，身板子却还硬朗。偶尔也到我们研究生住宿的 29 楼来过，大概是有事找他的学生吧。我见到季先生不好打搅，只是点点头表示尊敬，然后又会想象当年他和王瑶师两人共选朱自清先生一门课的传奇。

　　后来季先生接替杨晦教授担任中文系主任，那时我已经留校任教了。季先生这个主任当得非常超脱，很少过问系里的事情，连开会也不太见得到他老人家，等于是"甩手掌柜"。也是一种风格吧。我只去过季先生家里一次，在朗润园，冬天，那时先生身体已经不好，家里有些寒意，他躺在椅子上烤电炉。记得是谁托我给季先生转交一样礼品。我顺便向先生请教了一些关于晚清学界的问题。先生说"材料很重要"，是做学问的基础，让我记住了。

我与季镇淮先生很少接触，但有一事印象极深，终生难忘。

1981 年夏天，北大中文系"文革"后招收的第一届研究生要毕业了，我们都在进行紧张的论文答辩。同学中有一位是做"南社"的，是季先生指导的学生。此君住在我宿舍隔壁，文才出众，读书极多，有点"名士派"味道，我们过从甚密，常在一起聊天，许多问题都向他请教。季先生与他这位学生的关系也挺融洽的。可是这位同学的"南社研究"准备得比较仓促，大概也单薄一些吧，季先生很不满意，时间不够了，那时没有延期答辩一说，怎么办？要是现在，可能凑合过去算了。可是季先生不想凑合，又必须尊重程序，便打算邀请中国社科院的杨某做答辩委员。杨某专攻近代史，对"南社"很有研究，但当时还没有高级职称，按说不能参与答辩的。大概季先生认为懂"南社"的行家难找，而随便找一位专家又怕提不出具体意见，就亲自到学校研究生处询问，看能否破格让杨某参与答辩。研究生处回答说：您认为可以就可以了。答辩时杨某果然提出许多尖锐而中肯的意见，并投了反对票，结果差 2 票论文没有通过。事后那位同学有些委屈，说杨某反对也就罢了，为何导师也是反对票？我实在也有些同情。此事在同学中引起了震动。

多年后，我看到黄修己老师在一篇文章中谈到此事，说事后有人提及这次否决性的答辩，季先生对杨某投反对票还是很赞赏的。有意思的是，杨某也是季先生的学生，1955 年上海地区一千人报考北大中文系，季先生负责招生，从中挑选了十人，就有杨某。对杨某来说，季先生有知遇之恩了，如今被恩师请来答辩，却又投恩师学生的反对票。而季先生呢，也不会因为师生关系不错，或者其他非学术因素，就放宽论文答辩评介的尺码。1981 年我们那一届中文系研究生（6 个专业）19 人答辩，居然有 3 人没有通过，确实非常严格。这种事情大概也只有秉承学术尊严的环境中，才能得到理解。

　　顺便说，我那位没有拿到学位的同学，也尊重这种严格的学术裁决，并不自暴自弃，后来到南方一所大学任教，兢兢业业，终成正果，成为近代文学研究的一个名家。

"学术警察"吴小如

从报上得知吴小如先生于 5 月 11 日去世，很是悲痛，心里顿时感觉被掏空了似的。北大文科中"20 后"或者比"20 后"更年长的一代学者，已先后离去，像吴先生这样极少数称得上"大师"的，几乎全都谢幕了。

吴小如先生是"杂家"，专著不多，可是面广，古典文学、文献学、戏剧学都有很高造诣。现今学术分工极细，搞先秦的不一定熟悉唐宋，搞小说的也许不懂诗词，可是吴先生教文学史能从"诗经"讲到梁启超，且大都有其心得，学生自然也喜欢他的课。先生还有"绝活"，就是京剧，八十多岁还登台唱戏，是京城有名的"高级票友"。何谓"高级"，他既有京剧的艺术修养，又精通古典戏剧史，能进能出，常有戏剧评论发表。他的评论不是高头讲章，不见得能登载"核心期刊"（那时也没有这名堂），却能叫梨园诚服。如此兼通的学者，现在到哪里去找？

说来有些可惜，吴先生在北大是受了委屈的。"文革"结束后北大重新评定职称，当时"积压"的人才多，像吴先生这样年过半百的"老讲师"不少，都等着晋升。据说吴先生虽然是"杂家"，但也还是被"看好"的，只因为某些非学术的原因，吴先生仍然在中文系的评审会上就给他"破格"提升教授了。名单报上去，不料教育部临时减少了北大的名额，校方就把吴先生给"卡"下来了。因此吴先生愤而离开中文系，要去中华书局。校方出面挽留，把他留在了历史系的中古史研究中心。吴先生在历史系是很寂寞的。每当中文系的老学生回校聚会，都会把吴先生请来，他兴致很高，说起往事来滔滔不绝。先生在历史系没有当上博导，也没有文学史戏剧史方面的及门弟子。这的确是遗憾的事情。

不过吴先生始终活跃在北大文科。他对于学术是有些苛严的，遇到不良学风，比如古籍校勘出了差错，"明星学者"信口雌黄，或者抄袭剽窃，等等，他都会"多管闲事"，不留情面提出批评。在这个日益浮泛的环境中，吴小如直言不讳的批评声音会显得格外"刺耳"。但吴先生对事不对人，我行我素。于是一顶"学术警察"的帽子便落到他头上。吴先生说："有人称我'学术警察'，我不在乎。"

也许吴小如先生也意识到有些苛严，曾给自己"自画像"这样说："唯我平生情性褊急易怒，且每以直言嫉恶贾祸，不能认真做到动心忍性、以仁厚之心对待横逆之来侵。"吴先生容易受挤兑碰钉子，可能也与此有关吧。但无论如何，"学术警察"还是有益于学术生态的，现在像吴先生这样认真、严格的学者是越来越稀罕了。

2008年北大中文系纪念吴组缃先生百年诞辰，在勺园召开一个纪念会，来了很多学界名流。我主持会议，把吴小如先生请到主席台。吴先生发言时突然离开会议主旨，痛批中文系的学风，让人有点坐不住了。我知道先生的批评是对的，况且他对中文系也的确"有气"，就由他说个痛快吧。果然说完了，他也就谈笑风生了。

最后一次见到吴先生，是去年，在校医院。见他老人家微微颤颤，怕打搅他，我在犹疑是否该上前请安。他却几步之外一眼就认出了我，问我："听说去了山东大学？"老先生90岁高龄，病痛缠身，还那样耳聪目明，信息灵通，不时关注着中文系和后辈学生。现在想来，心里还是酸酸的。

樊骏：一个"有故事"时代的消歇 [①]

　　樊骏同志——在这个称呼混乱的时代，我还是喜欢称他为"同志"——生前很低调，死后却得到如此之多的赞誉。这赞誉不只是对于逝者的尊敬，更多还是打心底腾升起来的感佩，还可能有某种失落感。樊骏同志数十年执着于学问，有许多近"迂"的行为，每每被善意地传说着，颇具"世说新语"的情味。他生活清苦，却默默捐赠百万元设立王瑶学术奖，不愿留名；他公私分明，连写封私信都约束自己不能用单位的信封；学界均以博导为荣，他却谢绝这个名分，一边又在不遗余力地培养青年；……他克己严苛，似乎不近人情，然而又有真实、坦诚、温暖的一面，和他接触能感到纯净。樊骏是 20 世纪五六十年代成长起来的学人，身上有那个年代拘谨的烙印，但骨子里更像一个清流。这样的学者，现在是极罕见了，他的死，多少意味着一个"有故事"时代的消歇。

　　樊骏同志著作不多，甚至没有专著，那些不同时期发表的论文汇集出版，就那么不算厚的两本。但我想很多治现代文学的学者都会很

① 本文纪念逝者樊骏，浙江镇海人，1930 年生，1953 年毕业于北京大学中文系。曾任中国社科院文学研究所研究员、中国社会科学院荣誉学部委员、中国现代文学研究会副会长、《中国现代文学研究丛刊》副主编等职。2011 年 1 月 15 日逝世。

看重这两本论集，这是我们的案头书之一。樊骏80年代对老舍的研究，特别是关于老舍现实主义创作特征，以及《骆驼祥子》悲剧内涵的论述，代表了当年这方面研究的学术高度。他关于现代文学史料的整体研究，在系统性和深度方面所达到的水准，至今无出其右者。他提出的现代文学研究的"当代性"问题，把握住了这个学科的性格与命运，具有相当的前瞻性。还可以列数樊骏同志很多论文的贡献，他的文章出手慢，一篇就是一篇。他是一个学术上严谨的以少胜多的卓越的学者。和现在到处快速生产学术泡沫的现状比起来，樊骏是有些怪异却不能不让人肃然起敬的。

尤为我所敬重的，是樊骏同志那些评述总结现代文学研究状况的文章。他始终关注这个学科研究的趋向与得失，像一位严峻的质量检查员，也有人称他为"学术警察"。他及时梳理学科进展的状态，肯定那些出色的成果，分析研究的动向，也会提出应当避免的某些偏向与问题。一般学者可能不屑于写这种"述评"，但樊骏偏偏在这方面投入如此之多的热情和心血。回头看，这些"述评"性的文字绝不是简单的梳理介绍，而总是有高屋建瓴的眼光，坚实的方法导向，对学科发展悉心的指导，也有对学风偏至的警醒。记得当年我们还较年轻，学术研究刚上路，是很注意樊骏这些文章的。他每一篇述评发表，我都找来认真读过，顺着他的指点去思考学术的路径，也真的从中获益匪浅。有时看到自己的某些研究能在樊骏的评述中得到一点点肯定，那就很惊喜，这是最大的鼓励了。难怪我们这一代学人往往都把樊骏看作自己的老师，或自认是樊骏的私淑弟子。我在想，樊骏靠什么"立身"，为何能得到学界那么高的评价？靠的是他对学科建设的无私奉献。很幸运能有他，这样一位始终关心和呵护现代文学这个学科的人，一位有卓识的学科评论家与指导者。有他存在，学科圈子里的人会感到某种温暖，还有实在。可惜现在他去了。

现代文学研究领域历来思想活跃，名家多，人才众，照说容易文人相轻，产生矛盾，但事实上我们这个学科包括现代文学研究会，是团结的，风气也比较正的。这跟现代文学研究的传统有关。第一、二代学者，特别是建立与主持现代文学研究会的那些核心的学者，他们的为人为文，都影响着这个学科的性格。想当年，现代文学研究会独树一帜，在社会上常发出声音；而《丛刊》则殷实持重，得到学界广泛好评。这自然依靠王瑶先生的通达睿智，还有众多同仁的支持，他们个性不同却都把主要心思放在学问上；但我们不会忘记，很重要的，还有樊骏这个"秘书长"，他的大量无私的贡献。他始终在兢兢业业地维护与建设这个学科。我很赞同有些朋友说的：樊骏是我们现代文学学界的"魂"。我主编《北京大学中文系百年图史》时，要从百年来上万名校友中挑选出有代表性的100位知名校友，征求各方面意见，毫无疑义地，大家都推举了樊骏。他也是北大中文系的骄傲。

我从20世纪80年代起认识樊骏同志，那时常在北大镜春园76号王瑶先生的客厅里见到他的身影；我博士论文答辩时，樊骏严格的评审让我生畏又佩服；是他推荐我首次获得社科基金项目（得到3500元支持），让我完成了《中国现代文学批评史》；我和钱理群、吴福辉合作修订《中国现代文学三十年》，他在《人民日报》撰文评价和肯定；他还曾邀我参加社科院的《中华文学通史》编写，使我得以有更多机会向他求教；……许多事情当时并不觉得怎样特别，如今回想，才更体味到那种沉甸甸的分量与价值。真的非常感谢樊骏同志，在我的学术成长中得到他许多关怀与帮助。

2010年秋一个夜晚，在北大博雅酒店大厅，北大中文系百年系庆的酒会就要开始。我突然看到坐在后排的樊骏同志，忙上前问候，问他是否还认得我。他笑笑回答："是温儒敏嘛！"这让我很感安慰。因为当时樊骏同志是中风所致的重病，意识不是很清楚。他居然还来参加系庆的酒会，还能来到大家身边。我心里暗暗祈祷他能多活几年。不料这是和他最后一次见面。

樊骏同志离开我们快两年了。有时我会突然想到他，想起他的那间书屋——有些阴暗，简陋的家具影影绰绰，他枯坐在椅子上，彼此说话不多。他总是那样慢声细气的，有时开点笨拙的玩笑，似乎想活跃一些气氛。我怎么也想不起他说过些什么，但至今能感触到那种气氛，他的样子，他的声调与口气。不用使劲回忆，其实很多都已融化在我的生命感觉之中了。

2012 年 10 月 14 日于历下南院

刘复与北大语音乐律实验室 ①

今年是北大语音实验室成立 80 周年，我们邀请各位在这里聚会，回顾这个国内最早的语音实验学术机构所走过的历程，同时纪念她的创始人、中国语音学的先驱刘复（刘半农）先生。首先容许我代表北大中文系，感谢大家的到来。

北大语音实验室最初叫语音乐律实验室，成立是在 1925 年 9 月，隶属文学院国文系，室主任刘复，魏建功是刘先生的助手，后来又加入了白涤洲、敖士英等成员。1934 年刘复病故后，由罗常培主持研究室工作。关于研究室的沿革变迁，等一下还要请其他老师介绍。80 年来，北大语音实验室走过一条艰辛但卓有建树的路，规模不大，人员不多，但非常认真执着，包括刘复先生、罗常培先生、白涤洲先生、林焘先生、王理嘉先生、沈炯先生等在内的一代又一代学者兢兢业业，为我国语音学学科建设做出奠基性的突出贡献。

这里我要多说几句刘复先生的贡献。刘先生本来是一位作家，"五四"之前，在上海文坛，他就发表过许多小说，包括后来被称为鸳鸯

---

① 本文系笔者 2005 年 6 月 4 日在北大语音实验室成立 80 周年暨刘复先生语音学学术成就纪念会上的发言。

蝴蝶派小说，也翻译过福尔摩斯侦探小说。"五四"新文化运动高潮中，他是一员干将和急先锋，为《新青年》撰稿，发表《我之文学改良观》等文章，声援胡适、陈独秀的文学革命主张，和钱玄同合演攻击守旧派的"双簧戏"，影响巨大。鲁迅评价说他是"跳出鸳蝴派，骂倒王敬轩，为一个文学革命阵中的战斗者"。刘复先生是一个全才，他写小说、散文、诗歌，留下一批经典作品，在现代文学史上有崇高的位置。那么，这样一位文学家，又怎么对语言学、语音学发生兴趣，并成为开拓性的专家呢？1917年夏天，刘半农进入北大中文系任教，那时他26岁，没有学历。在北大上课很杂，兴趣很广，但用心较多的是通俗小说，还有诗歌韵律问题。研究诗韵，研究用方言写诗，这些可能就是他开始关心语言、语音的契机。大家知道新式标点符号的使用，是从"五四"开始的，刘复是最早提倡新式标点的人物之一。还有一件闻名的事情，就是首倡"她"与"它"这两个字，作为第三人称阴性与无生物代词，一时间也引起轰动。1919年2月25日，他和胡适、钱玄同、周作人等人被教育部聘为"国语统一筹备会"委员，不久，由刘半农提出"国语统一进行方法案"。这时文学家的刘半农，已经开始较多涉足语言学领域了。

1919年底北大派刘复赴欧洲留学，先是进伦敦大学语音实验室工作，开始，他还是注意乐律的语音构成研究，包括试图对古诗、歌谣和说话进行语音试验比较。接着，着手《语音学纲要》一书的写作，又试图研究南方语言中清浊音。但都没有结果，还是摸索阶段。最后，落实到汉语四声研究，运用近代实验语音学方法和器械，记录12种方言，试图弄清楚调类调值关系，成书《四声实验录》。这是他第一本语言学著作，蔡元培题签，吴敬恒和傅斯年作序，1924年出版。经过几年非常艰苦的奋斗，法国巴黎大学接纳他进入，并在1925年完成博士论文《国语运动史略》和《汉语字声实验录》，获得法国国家文学博士学位，他的论文获得康士坦丁伏内耳语言学奖。1925年刘复回国，在北大建立第一个语音乐律实验室。刘复当时有几大研究计划：一是继续四声研究，希望把主要的方言声调都摸清楚，编一部《四声新谱》；二是在方言调查基础上编一部《方音字典》；三是编一部《方言地图》；四是用科学方法研究中国乐律。他还和赵元任先生一起组织了以音韵学家为主的学术沙龙"数人会"，"国语罗马字拼音法"就是这个沙龙的产物。主持北大语音实验室期间，刘复从语音学角度研究过古代戏曲音乐，组织对故宫以及各地所藏古代乐器、编钟的音律测试，翻译出版了法国保尔巴西的《比较语音学概要》，规划领导了《十韵汇编》的编著工作（古代汉语切韵系统，罗常培、魏建功参加），还发明制作了"音调推断尺、音高推算尺、声调推断尺以及刘氏音鼓等多种试验仪器。值得提到还有刘复对辞典编撰的热心与贡献，1920 年他被推选为国语辞典委员会委员，曾经有过编撰中国大字典的宏伟计划，他自己还编过一本《标准国音中小字典》（1935 年出版）。作为语言学家、语音学家，刘复的贡献是功不可没的。

现在我们的研究条件好了，进步了，但永远不会忘记刘复先生这些在学科创立奠基阶段做出贡献的前辈学者。还要特别说到，语言研究与文学研究过去结合非常紧密，现在则是有分有合，学科分工比以前要细多了。北大中文系现在的几个专业都很有特色，但分工有余，合作不够。这恐怕是个问题。从前辈学者那里也看到，要成就大学问，学术基础还是要宽一些为好。现在语言学日益科学化、专门化，但不要忘记了，它和人文学科、文学还是有天然的密切联系，深层的联系。我们是在"中国语言文学"这个大的学科背景以及学术氛围之下，来研究语言学的，所谓中国特色可能也就在这里。所以语言研究的学者也要关注文学和其他相关的学问，研究视野不能太小。北大中文系作为一个教学为主业的机构，语言学和文学、古典文献学等学科，应当强调合作，彼此打通，而不是绝对分家，更不能老死不相往来。这也是刘复先生那一代人留给我们的经验。

北大语音实验室这些年有较大的发展。北大中文系意识到这个学科在语言学中所占的重要位置和发展前景，给予实验室相当的支持，沈炯老师退休后，又从校外调入孔江平教授等一些学者，林焘先生一直还在指导实验室工作，他们承担了一些国家研究课题。为了扩展功能，为教学服务，整合相关科研力量，又改名为北大中文系语言实验室，其他相关学科教授也参与了实验室工作，如陈保亚、王洪君等。此外，李铎老师主持的用计算机技术处理中文典籍，也是实验室的一部分，成果较多。还新办了应用语言学（中文信息处理）本科专业，已经招生 3 届，主要招收理科生。北大"211"和"985"经费也连续给实验室拨款，增添设备。我们有理由相信，在学校支持下，在校内外兄弟单位和各位朋友支持下，经过大家的再接再厉团结努力，刘复先生和前辈学者创立的优良学术传统一定会发扬光大，我们在教学和科研上一定能取得更大的成就。

"严上加严"的严家炎

　　60 年代初，我还在上高中，就约略知道"严家炎"这个大名。严家炎发表关于《创业史》的文章，对主人公梁生宝的评价不那么高，反而认为梁三老汉写得真实，不概念化，因此还引起争论。对照一下自己的阅读感受，觉得严家炎的见解有根据，敢于说真话，就记住了他的名字。后来上大学，学《创业史》，也讨论过严老师的观点，不过那时开始批判"中间人物论"了，对严老师的观点也连带批判。私下里同学们还是比较赞同严老师的独立见解，听说严家炎还是挺年轻的北大教师，就愈加佩服。想不到若干年后，自己能成为严老师的学生。

　　我读研究生和严老师的促助有关。1977 年"文革"后恢复招考研究生，我当时还在广东韶关地委工作，因为妻子家在北京，家里需要照顾，就决定要报考研究生回北京。起初想考社科院，他们也曾回信表示欢迎。老同学刘梦溪得知我要考研究生，劝我还是改考北大，说社科院不是学校，缺少氛围。我这才改报北大王瑶先生。很快就收到了北大的来信，一看是严家炎老师写的，很是激动。他话不多，就说王瑶先生和他都欢迎我报考。这样，我就一门心思考上了北大的研究生。如果没有严老师那封回信，也许我就和北大擦肩而过了。

　　当时现代文学有七八百人报考，最后录取了 5 人，包括钱理群、凌宇、赵园、吴福辉、陈山和我。还有一位阿根廷回来的华侨留学女生张枚珊，即后来黄子平的夫人，也是那一届同班同学。另外又临时扩招了2位，刘蓓蓓和李复威，给了刚从现代文学教研室分出去的当代室。我们5位现代文学研究生的导师都是王瑶，副导师就是严家炎。

严老师那时正和唐弢先生合编那本《中国现代文学史》，任务非常重，经常进城，但仍然花许多精力给研究生上课、辅导。《中国现代文学史》本来"文革"前就上马了，是周扬直接抓的高校教材之一，动员了唐弢、刘绶松、王瑶、刘泮溪、路坎等一批专家参与编写，严家炎也是主要成员。后来赶上"文革"，编写工作停下来了。一直到1978年9月，重新恢复组成编写组。因为主编唐弢身体欠佳，实际的编写组织工作是由严家炎主持的。1979年出版了这套三卷本文学史的第一卷，署名唐弢主编。到1981年，第三卷也出版了，封面上改为唐弢与严家炎两位并列主编。这套文学史当时影响巨大，第一卷发行量就达11万册。我从这套书中也获益甚多。那时几乎百废待兴，文学的基础研究非常薄弱，严老师他们编这套文学史，几乎样样都从头做起，要查阅大量第一手史料，阅读大量作品与评论，然后得出自己的评判，不像现在，可参考的材料多，东拼西凑也可以成文。我当时读这套教材总感觉含量非常丰富，处处都有可供开掘的题目，特别是它的史料功夫扎实，为自己树立了治学的样本。该书又增添了大量过去不能入史的作家作品，例如张恨水、胡风、路翎等等，我都按图索骥，找相关作品与评论来读。

严老师果然是严上加严的。有一回我写了一篇关于郁达夫小说的论文，要投给新创刊的《现代文学研究丛刊》，请严老师指教。他花许多时间非常认真做了批改，教我如何突出问题，连错别字也仔细改过。严老师叫我到他家里去。那时他还住在蔚秀园，很小的一套单元房，书太多，去了只能站着说说话。严老师说，你把"醇酒"错写为"醕酒"了，这一错，意思也拧了。那情节过去三十多年了，还历历在目。

毕业前安排教学实习，每位研究生都要给本科生讲一两节课。老钱、老吴、赵园、凌宇和陈山都是中学或者中专教师出身，自然有经验，只有我是头一回上讲台，无从下手。我负责讲授曹禺话剧一课，2个学时，写了2万字的讲稿，想把所有掌握的研究信息都搬运给学生。这肯定讲不完，而且效果不会好。严老师就认真为我删节批改讲稿，让我懂得基础课应当怎样上。后来我当讲师了，还常常去听严老师的课，逐步提高教学水平。

90年代初，严老师在北大讲授现代小说流派的课，几乎每一讲都是独立研究的成果，如"社会剖析派"是他命名的，淹没多年的"新感觉派"，也是他发掘出来的。他注重史料，又有很好的审美悟力，善于从大量作品的阅读中，去梳理勾勒不同流派的创作风格。后来根据讲稿整理加工成《中国现代小说流派史》，影响极大，开启了后来的思潮流派研究的风气。有一天严老师突然来到我住的镜春园家里，给我一本书，就是新出的《中国现代小说流派史》。我受宠若惊，认真拜读后，还专门写过一篇书评《现代小说"群落"的开拓性研究》，刊登在《文艺报》上。

严家炎为学精审，不苟言笑，连小组会上发言都要先准备提纲，言必有据。他的同辈人赐其"老过"的绰号，意指特别认真却过于执着，有时简直是"认死理"。不过我们当学生的从来不敢叫这个绰号，尽管都领略过他的严厉，何况严老师的认真不见得是"认死理"。举个例子：80年代中文系招收很多留学生，不像现在是专设留学生班上课的，而是让留学生和中国学生混合编班上课。有些留学生跟不上，老师一般会手下留情，多给点照顾。严老师却一视同仁，结果有许多选他课的留学生都不及格，甚至给了零分。

有一种传说是严老师一度被推举做北大副校长人选，这未能证实，但严老师的确非常认真地担任过4年的中文系主任。那是在90年代中后期。我印象深的是他一上任，就要求"实权在握"。以往中文系主任大都是荣誉性职务，"实权"长期在一位专职副主任（其实也还是比较公道且有魄力的干部，后来调任学校教务部）的手上，人事财务全由他管，系主任也乐得当"甩手掌柜"。但严老师要当有权力且能办事的系主任，自己能说了算，而且老师们也可以参与管理。他在任几年，的确为中文系的教学及学科建设做了许多实事，中文系也变得更加有学术民主了。

还有一事也说明严老师的认真。入住蓝旗营后，发现住房质量差，卫生间的下水做得不好，老是泛臭味。一般住户自己换个地漏也就解决了。严老师却非得找专业机构来检测室内空气，以证明房屋建造质量有问题。又连带做了许多调查，走访搬迁户和建筑商，发现学校主持基建的部门有可能存在的"猫腻"，然后报告给上级领导。有没有后文就不知道了，但大家都相信严老师的调查是真实的，他很早就以学者的认真，介入了反腐。

其实，严老师不只是严谨认真，亦有"狂放"的一面。他喜欢独立思考，或辟新境，或纠错谬，认准某一点，就力排众议，不顾一切去做。如 80 年代对姚雪垠小说《李自成》的高度肯定，90 年代高度评价金庸的武侠小说之文学史地位，以及最近几年把现代文学史的源头上溯到晚清，等等，无一不是别开生面，在学界掀起不小的波澜。严老师一谈到学问，总是那样认真投入，一丝不苟，又那样热情冲动，有时一条史料的发现都会让他兴奋不已，津津乐道；而碰到他所反对的观点，就绝不苟同，立马会出手去纠正或争辩，特别当真，有时说话就有些激动，声音沙哑，手微微哆嗦。这也是难得的学人本色吧。难怪有些"刻板"的严老师，能在学界拥有崇高的声望。

"王门"大弟子孙玉石 [①]

　　我认识孙玉石老师将近四十年。1978年我考研究生时,第一次见王瑶先生,就是孙老师带着我去的。那晚有零星细雨,孙老师用自行车载着我,从北大西门进入,经过弯弯曲曲的小路到镜春园王瑶先生寓所。王先生不怎么说话,我亦颇拘束,是孙老师在"调节气氛"。

　　读研究生期间,我们这些"老学生"和本科生一起,挤在二教的阶梯教室听现代文学课,听了一年,主讲老师之一是孙老师。孙老师也是"文革"荒废学业多年后刚上讲台,没有现成的教科书,每一课都得从头来准备。他的课细腻绵密,每一条史料出处都有清楚的交代,可想他要付出多大的精力。当时的师生关系是融洽的,我至今清楚记得,我和钱理群、凌宇等同学到燕东园孙老师家里看电视的情景。

　　王瑶先生是我们的导师,"王门弟子"很多,孙玉石是大弟子,最得先生真传的弟子。孙玉石几十年投身学术与教学,对学问有一种类似宗教的真诚,容不得半点掺假或差错。他写文章,一个论点,一条史料,甚至一个注解,都要反复斟酌,毫不马虎。有学生要出书,请孙老师作序,几十万字书稿,他要仔细通读,才决定是否值得作序,

① 本文为笔者2015年11月16日在北大中文系举办的孙玉石教授八十寿辰庆祝会上的发言,记录稿发表于2015年12月22日《北京青年报》。

如何作序。他参加博士论文答辩，学生会很紧张，因为孙老师可能会当面指出某个硬伤或者错漏，连哪一页有错别字，哪一段引文不该转引二手材料等等，都给你一一指明，让你心服口服，又有点下不来台。但事后一想，又会特别感谢孙老师的细致和认真，为他治学的严谨而感动。孙玉石平时话不多，不爱应酬，低调处事，尤其反感媒体的张扬，要求他的学生也"远离媒体"。他要的就是安静地读书、思考与写作，这就是他几十年始终追求的生活方式。

孙玉石老师是现代文学最杰出的学者之一，他是 20 世纪 70 年代末 80 年代初开始学术著述的，迄今近 40 年，写了 17 本书（包括一些论集），大约五百多万字。孙老师的著作我没有全读，但大部分都认真学习过，对我的帮助很大，我上课也常参考他的研究成果。这里我重点说说读孙老师其中 5 本书的体会。

第一本是《野草研究》。关于鲁迅《野草》的研究论文很多，但在孙老师这本书之前，专著只有卫俊秀的《鲁迅野草探索》（1954）一本，另外，有吴奔星的《鲁迅作品研究》（1957），其中有部分论涉《野草》。多数关于《野草》的评论，都偏重思想意义的解释，或者是鉴赏导读之类，对《野草》艺术特质的探究不够深入。孙老师非常精细而且系统地探究了《野草》的艺术思维特质，在此基础上去理解《野草》所体现的鲁迅复杂的精神世界，是开拓性的贡献，代表了 80 年代鲁迅研究的水平。

与此相关的第二本书，是《现实的与哲学的》。这本书写于 90 年代，也研究鲁迅的《野草》，和前一本不同，是对《野草》逐篇做精细的考释，更注重作品的细读，可以看作是《野草研究》的姊妹篇。这本书写作时，有关鲁迅的研究专著陡然增加了许多，普遍都在强调鲁迅的思想意义，甚至把鲁迅当作哲学家，在哲学史和思想史上去"提拔"鲁迅的意义，这是有些走偏的。其实鲁迅主要还是文人、诗人和作家，他的思想包括某些哲思，主要也是通过文学性的感受去表现，《野草》

里边的哲思，也是文学性的感受，和一般专注于思想体系建构的思想家哲学家毕竟有别。孙老师的书就注意到这个分寸。孙老师所贡献的两本《野草》研究著作，在现代鲁迅研究中具有经典地位。

第三本是《中国初期象征诗派研究》。该书第一次系统论述象征诗派和李金发等诗人，给予文学史的观察和地位的确认。该书更加鲜明地显示孙老师文学史研究的特色——详细占有第一手材料，注重文学史脉络的梳理，不拘泥旧说，敢于提出新见。该书精彩的部分是李金发研究，孙老师对这位复杂的诗人诗作的探讨已经相当深入。不过，我在读这本书时，也引发了一些思考，需要向孙老师请教的。

第四本书是《中国现代主义诗潮史论》。该书实际上是前几部书的研究顺势而来的。从初期象征诗派、30 年代现代派，到 40 年代冯至及中国新诗派，一一探讨他们与传统的历史联系、艺术借鉴及渊源关系，在艺术发展的历史链条中观察与确定各自的位置与走向。这本书对现代主义诗歌思潮梳理，具有强烈的历史意识，也体现了孙老师的文学史观——他是非常关注文学发展的链条与现象的，他的许多创造性的发现也主要在这种历史的叙述中。

第五本书是《中国现代解释学的理论与实践》。这本书的价值在于提出"现代解释学"这一概念与方法。孙老师认为现代诗歌理论中存在着一种宝贵的诗学理论传统，他首先从朱自清《新诗杂话》中得到启示，并引入课堂教学。他认为 30 年代后，现代诗学重视接受分析，挖掘语言意义和潜意识，从安诺德、瑞恰慈到叶公超，都非常注重诗歌分析的方法，孙老师希望能把这些经验勾勒出来，变成可以把握的某些原则，再付诸诗歌批评及鉴赏的实践。

孙老师从《野草》研究、初期象征诗派研究，到现代主义诗歌研究，一路走来，最后希望上升到理论方法层面，提出"解诗学"的概念，可以看到其中一条前后紧密衔接、层层推进的线索，构成了孙玉石诗学研究的体系。这是孙老师的重大贡献。

「王门」大弟子孙玉石

孟二冬：虽不能偃仰啸歌，心亦陶然 ①

  孟二冬老师是我们的同事，他在北大中文系任教十多年来，是同行眼里认真踏实的学者，是学生眼中宽厚的师长和朋友。像孟二冬这样的老师，在北大并不少，他的事迹唤起我们观察思考校园里学者们的生活，让我们的精神境界也得到提升。我想，这就是孟二冬的意义。

  早在 20 世纪 80 年代初，孟二冬在安徽宿州学院毕业留校做管理工作时，就抱有对学问的热爱和继续求学的理想，是发自内心的学术追求促使他来北大进修，在古典文学研究专家袁行霈先生指导下研修唐诗。1985 年他又放弃稳定的工作，考上北大的硕士研究生，从此全身心地投入到他所向往的学术事业中。1988 年孟二冬硕士毕业，到烟台大学任教，分居两地的家人终于团聚，又分到成套的住房，足以安居乐业了，但三年之后他再次告别妻女，第三次到北大，攻读博士研究生。如果没有对学问的热爱和追求，孟二冬就不会历尽艰辛，忍受与家人离别的寂寞，放弃优越安稳的生活，一次次北上求学。学问对于孟二冬不仅仅是一种职业，更是他的追求，他的习惯，他的生活方式，也是他的精神境界。1994 年孟二冬博士生毕业，留校任教，住在

---

① 本文系笔者 2004 年 3 月 4 日在人民大会堂召开的孟二冬事迹报告会上的发言。

校内简易的筒子楼，生活清苦，但因为离图书馆近读书方便，他自得其乐。有人劝他接受一些校外兼课的邀请，以接济家用，他不为所动，把几乎所有的时间和金钱都花到学问上。学问对于孟二冬是一种乐趣，一份痴迷，执着于此，是超越了功利目的之后的一种愉悦的精神享受。

孟二冬做学问是非常认真专注的。他的硕士、博士学位论文和其他研究著作，都显示出理论创新与扎实的文献考证相结合的治学特点。其中研究唐代文学与文化的成果，具有开拓性的价值。而在《登科记考补正》这部书里，孟二冬更倾注了全部的心血。《登科记考》是清代学者徐松的专著，记载了唐代科举制度方面许多重要的史事，历来是研究唐代社会、文化的基本用书。孟二冬发现该书的史实存在诸多疏漏，他要做"补正"的工作。这样一个资料性的冷僻的课题，既不会轰动，也不能赚钱，而要从汗牛充栋的历史典籍中搜寻相关材料，补正前人的不足，那无异于披沙拣金，大海捞针，是非常耗时费事的。但从文化传承与研究的角度说，又是很有价值的基础性的学问。孟二冬一做就是七年。这七年正是他精力旺盛的时期，他可以把时间和才华用在更容易出成果的研究课题上，或者用于谋求更优厚的生活条件和享受生活上，但孟二冬却把宝贵的年华奉献给了自己的学术理想。不分寒暑和假日，上课之余，他几乎天天到图书馆古籍阅览室翻阅尘封的线装书，看那些古籍胶片，和图书馆管理员们一同上下班。这种甘于寂寞的精神来自哪里？孟二冬在书的后记里说："虽不能偃仰啸歌，心亦陶然。"这种幸福的体验又源自何处？我认为，那是纯粹的学者对学术的真诚与忘我态度，是在那种求知、求真、求实过程中达致的完美境界，做学问的勇气、耐心和愉悦都来源于此。孟二冬不是为了名誉和地位而从事学术，也不是为了生计和职业去被动完成研究任务，他是在实践一种庄严的学术理想。

在这部一百多万字的著作中，孟二冬不仅补正了徐松《登科记考》的诸多疏漏之处，还挖掘和增补了登科士人 1527 人，超过原著收录人数的一半。这对研究唐代文学及历史，提供了重要的有价值的参考史料。孟二冬的学术创新是在扎实的文献考证基础上形成的，它对学术研究的影响会深远而持久。

这部书出版以后所得并不丰厚的稿酬，孟二冬又都用来买书送人了。如果用经济头脑来算计，他是不是得不偿失呢？孟二冬在书的后记中曾经这样表达他成稿时的心情："时值仲秋之季，窗外月色皎洁，竹影婆娑，缀满桂花的青枝，正自飘溢着沁人的馨香。"从中我们可以感悟到一个学问中人的成就感和满足感。与学术研究中追逐功利、浮泛的气氛相比，孟二冬潜心学术的精神和扎实的学风显得特别可贵，他让人们知道，做学问也是一种人生境界，一种可以提升自己也提升他人的功德。从孟二冬这里我们还可以了解，学问中有一部分属于精神性、文化积累性的东西，虽不能直接创造经济价值，但可以丰富人类的精神世界，满足文化传承与建设之需。人文学科看起来不"实用"，却有"无用之大用"，能令人精神纯净和进入完美的境界。从孟二冬身上，我们看到人文学者的追求与格调，也理解了文化传承的重要价值。

2004 年 3 月，孟二冬赴新疆石河子大学"支教"，两周后，他就感到嗓子严重不适，平时他的嗓门很大，这时讲课已不得不使用麦克风了。后来医生要他"噤声"，这时他连吞咽都有困难了，但他考虑的是到新疆一趟不容易，不能让学生落下课，还坚持每周上 10 节课。是什么让孟老师能这样带病坚持上课？主要是教师的责任感，是对学生的无比爱心。4 月 26 日上完最后一节课，孟二冬在学生的掌声中踉跄走下讲台，咳出血来了。诊断后的病情让医生大吃一惊，马上要送他回京治疗。他在石河子大学任教才两个月，和学生的关系就处得非常融洽，他生病回到北京，石河子大学的学生们自发地捐款，寄来饱含深情的慰问信，其中有的学生动情地把他称作父亲。孟二冬在病床上也惦记着新疆的学生，还让自己的博士生专门到新疆去给他们做讲座，并带去自己花钱买的书籍和资料。

在北大他一直也是这样，对学生充满关爱。这种关爱是非常自然的，是一种人格的流露，并非简单的职业要求。他指导研究生的学习非常有耐心，每次给学生评阅论文，都会提出大量具体的修改意见，甚至连一条注释也要推敲。他鼓励学生在研究中要敢于创新和超越，发挥所长，形成自己的特点。手术后他嗓子喑哑，还坚持参加学生的论文讨论，讲评得非常认真仔细。在开颅手术的前一天，他还把新入学的研究生叫来，在病床上给他们上第一课。因为意识到自己病后的时间更加宝贵了，在第一次手术后，他还特意在校园里租借了一间宿舍住下，这样就可以多和学生接触。

孟老师平时言语不多，但很细心地体察和关注学生们的思想和生活。他的博士生在一次言谈中无意流露了经济有些困难，孟二冬立刻让妻子给他送去钱。到了节假日，他常把学生请到家里，亲自做拿手的菜，和学生们一起谈人生、谈学习、拉家常。学生和孟老师在一起总感到那样亲切和温暖。在孟二冬这里，我们看到了那种对学生的无比关爱，看到了纯粹的美好的师生关系。老师用爱心做表率，培养出来的学生也才能充满爱心，我们的社会才会是真正和谐的社会。

这就是孟二冬。学问对他来说，是一项值得用整个人生投入的事业，是一件痴迷的乐事，是一份完美的精神追求。育人对他来讲，是当老师的天职，是爱心的释放，是让自己踏实宽心的本分。他是我们身边普通的教员，然而这种普通当中又有着非凡。孟二冬为师为学都达到了纯粹而高尚的境界。他是那样有爱心，有健全的人格，是一位很"阳光"的现代知识分子。在他身上，体现了传统道德文化与现代精神的完美结合。他的确是我们广大教师的楷模。有一批像孟二冬这样有品格的老师，北大就有了主心骨，就能保持她的精神的魅力，就能更有效地抵制低俗浮华的风气，就能为中华文化的创新和发展做出应有的贡献。

"课比天大"的李小凡 [①]

李小凡教授不幸病逝，让我有揪心之痛，是那种被掏空的感觉——北大中文系又一位优秀的教师离开了，他才61岁。

我认识小凡32年了。1983年他中文系汉语专业毕业，留校任教，带着被子、脸盆、暖水瓶等，住进靠北大南门的21楼。我也是那里的住户，彼此就成了邻居。小伙子内向，不爱说话，脸上总有一抹柔和而淡然的笑，似乎有些羞涩。你要他帮忙做个什么事情，他会非常认真仔细做好，让你很贴心。他是很老实本分的，低调的。

系里分配小凡做的是方言研究，和文学专业不同，那是近似理科的学问，需要做田野调查，用国际音标记录语音，进行语音测试和实验，收集分析数据。外人看来，是枯燥的。而小凡的工作，是每年暑假都带学生去方言区做调查。那时没有什么项目经费，条件艰苦，外出只能坐硬席火车，连旅店都住不起，就借住学校单位的宿舍。他们常常白天去访问、做语音记录，晚上就整理语料数据。年复一年，跑遍大江南北，这调查一做就是30年。

方言研究对于语言学来说，是基础性的工作，可以丰富对语言规

① 本文发表于2015年7月15日《中华读书报》。

律的认识，还可以从语言角度去理解文化、民俗的状况。现今通行的普通语言学，是欧美学者开创的，主要依靠印欧语的材料做分析，而汉语方言学及其语料的积累，对语言学的建构无疑是一大贡献。北大1955年由袁家骅先生率先开始方言学的课程，到李小凡这一代学者，持续不断进行方言调查，已经积累和形成了大规模的方言语料库，在全国是独一无二的，而小凡就是这项研究最主要的组织者和指导教师。都说做学问特别是人文学科，"板凳要坐十年冷"，谈何容易！可是李小凡教授就做到了。这种沉着坚毅的学问，在如今人人急着争项目、出成果的浮泛学风中，已成凤毛麟角！

小凡老师坚持30年做方言调查，是什么让他如此着迷？当然有学术求真的动力，更有教师的责任感。我问过他，年年都要去调查，烦不烦？他说每年所调查区域对象有别，可以引发研究的许多题目，而且对语言专业学生来说，方言调查是打学术基础，有利于日后的专业发展。即使学生毕业后不从事学术，大学期间接触一下社会也总有好处。他总是从学生的成长角度来考虑，把教学看得很重。

现在很多大学中文系语言学的课都"缩水"了，甭说语言调查，连方言的课也不见得能上。北大始终有少数老师保留这方面的课，坚持做方言调查，对整个语言学科的长远建设肯定是大有好处的。小凡老师是很扎实的学者，在汉语方言语法、语音、层次等研究领域有专深的研究，也发表过许多出色的论作。但他还是格外看重教学。为了让学生上好方言研究的课，小凡老师花费多年心血，和同仁一起编写了《汉语方言学基础教程》。在学术管理的规定中，发表文章最被看重，而教材编写往往不能当作"成果"。但小凡老师就乐意做这样吃力不讨好的事情，只要对教学有益。三十多年来，除了方言调查，小凡还要上多门和方言研究有关的课，包括本科与研究生的课，发起和长期指导研究生的学术沙龙。他的工作量一直是很大的。我从来没有听过小凡抱怨。

令人感慨的是，小凡还"双肩挑"，既上课做调查，又长期担任系里的行政事务工作。从 1988 年开始，他做了 7 年的学生工作。我担任中文系主任时（1999—2008），他曾有过 5 年和我搭档，任系党委书记。我们彼此配合得非常好。当时的办法是每周一次办公会，然后各自分头放手去工作。小凡大量精力都用来处理系里各种人事、后勤及学生事务。如老师生病住院，学生闹矛盾，或者有某些突发事件，都是他在处理。他毫无所谓"官架子"，也从来没有人称呼他"书记"。他不会"官腔"，上边若有什么精神要他在系里传达，凡是空话官话，他一概省略，直来直去就是教学科研。他对学校的工作有不同看法，或者发现了什么偏差，总是直言指出。他做事的原则性很强，但从不自己意见强加于人，也从不做任何以权谋私的事。这些都是让师生敬佩的地方。

现今一些大学越来越官场化，当个院系领导便脱离教学，甚至要"捞一把"，而小凡几十年的付出，按照世俗来看，他可是没有"捞"到什么，但他感到心安，对得起"为人师表"这几个字。

小凡的病两年前就开始了，当时他带学生去广东湛江做方言调查，工作连轴转，闹到胃出血。回校后又因为还有学术讲座等工作要做，一直拖着没有手术，耽搁了。半年后再次胃出血，紧急住院手术，被确诊为癌症晚期。这是晴天霹雳，但小凡居然也还沉得住气，他瞒着大家，还要组织新开的前沿讲座课。他把自己的两次课合成一次讲，一讲就是 3 个小时。一个多月前，研究生答辩，大家劝他不要参加，但他拖着病体还是到答辩会场来了，之后又"强弩着"和学生一起照相。当日下午他就住进医院，一进去就再也没有出来。

我有些指责小凡太不把自己身体当回事。但细想，当一个人把工作事业放到首位，他的确很少顾及自己。有报纸记者采访李小凡，报道的题目就是"课比天大"，那是小凡不经意说出的一句话，的确沉甸甸的，是小凡发自内心的想法，一个很自然的教师的信念。要不，很难理解李小凡老师为何面对病魔仍然一如既往，对教学对学生是那样诚心负责。

今年春节我上小凡家里去看望这位老友，他的胃切除了三分之二，进食困难，非常消瘦，但兴致还不错，笔挺地坐在椅子上和我交谈，脸上还是那种柔和而淡然的笑，让人温暖，又有些心酸。他显然知道是病入膏肓，回天无力了，但反而变得那样澄明冷静，已把生死置之度外，从容面对。我本来想去安慰他，却感到语言的无力，随便找些话来聊聊。

想不到这是和他见的最后一面。

小凡老师在生命的最后那些天，不能进食，每天都要从腹部抽积水，忍受着多少肉体上的痛苦！但他很清醒，很坦然，说没有什么遗憾的！的确，小凡老师的人生是那样完整而有价值的。

在北大有一些教授名气很大，动辄就上新闻，以致人们容易想象这些名人就等于北大，其实这印象并不准确，北大更多的还是普通的不怎么出名的教授，学校日常教学科研的运转，在相当程度上要靠他们的默默耕耘。他们是北大的主要构成部分。李小凡教授就是这样普通的低调的北大教授。他不是什么名人，除了本学科行内圈子，外边的人不太知道，但李小凡教授的为人为学那样感人，他的过世，在北大引起的震动是很大的。

2015 年 7 月 13 日

"课比天大"的李小凡

钱理群的脾气与学问 [1]

钱理群的学术起步是周作人研究。20 世纪 70 年代末 80 年代初，我们读研究生那时，还没有什么学分制，课也很少，就是自己读书，有时有个讨论会，由某个同学主讲一个题目，大家讨论，导师王瑶做总结，点拨一下。记得当时老钱讲的就是周作人。老钱看过周作人很多材料，讲得很投入，有理有据，我们都很佩服。后来做毕业论文，老钱就选了研究周作人的题目，是采用和鲁迅"道路"比较的方法。不过答辩时却引起激烈的争论，林志浩先生等答辩委员认为论文对周作人的评价过高，基本立论站不住，弄得导师王瑶也有些坐不住了。当时正是拨乱反正，文坛忙于为"文革"时期被打倒的作家平反，周作人虽然是"死老虎"了，但曾经附逆，非常复杂，学界对他的评价还是比较"小心"的。那时的答辩比较认真，不像现在，你好我好大家好，这一认真就难免有争执。好在对论文"批判从严，处理从宽"，最后通过了，评价还比较高。论文很快就修改发表了，这就是《论鲁迅与周作人的思想发展道路》，老钱的奠基之作。

---

① 本文根据 2014 年 12 月 14 日笔者在三联书店举办钱理群作品出版发布会上的发言整理。发表于《粤海风》2016 年第 2 期。

整个 80 年代，老钱都处于学术的兴奋期，论文一篇接一篇发表，包括他和我及吴福辉合作的《中国现代文学三十年》，都是这个兴奋期的产品。老钱最倾心的仍然是鲁迅和周作人研究。他一发不可收，持续写了专著《周作人论》《周作人传》，还有其他关于周作人和鲁迅的论文。

像周作人研究这样的题目，在 80 年代虽然有些忌讳，却又是先锋的、时髦的，是思想解放的大潮催生了这类课题，学界内外对这类研究会格外关注。

老钱选择研究周作人去敲响学术的大门，也不只是因为"先锋"，这种选择背后可能有老钱本人的经历、心态在起作用。

老钱是志向很高的人，却历经坎坷，始终有些怀才不遇。1956 年他考进北大中文系新闻专业，两年后随新闻专业转到人民大学新闻系，他是从人大毕业的。当时大学毕业生全由国家统一安排工作。老钱最初被分配到北京的一个文化机构，不料遇上精简，不进人，便被再分配到偏远的贵州，而且一竿子到底，去了安顺的一间卫校教语文。可以想象，这位名校毕业的世家子弟一踏进社会，就如此不顺，是多么无奈而寂寞。"文革"爆发之初，老钱也曾参与造反，和当时许多年轻人一样，很激进，但由于家庭背景不好，又被"文革"边缘化，甚至受批判，吃了不少苦。老钱是向往革命的，可是革命抛弃了他。他在困扰中拼命读鲁迅，鲁迅成了他精神上的救命稻草。从北京到安顺的这一段曲折的人生经历，大概就是给老钱后来的学术垫底的。

1978 年，老钱考上北大中文系研究生，那时他已经过了 40 岁（据说他当时少报了一岁，因为过了 40 岁就不能报考了），是个"老童生"了。老钱的鲁迅读得多，有比较充分的学业准备，他的考研成绩名列前茅，当时还作为事例上了《光明日报》的报道。老钱甚得导师王瑶的赏识，王先生那时正在研究鲁迅的《故事新编》，就让老钱当助手，帮着整理材料和参与写作。老钱原来是准备继续研究鲁迅的，他选择研究周作人这个题目，也与鲁迅的研究有关。老钱感兴趣的是周氏兄弟为何"道路不同"，是否可以从知识分子的人生选择上做点文章，这确实是一个非常迷人的题目。老钱出身大家庭，家庭成员的各种政治走向复杂，兄弟姐妹往往"道路"不同，命运也迥异。老钱自己也是向往革命"道路"的，却又被革命所抛弃。对于"道路"选择的那种深入骨髓的命运感，可能就导致老钱对研究周氏兄弟"道路"差异的特别兴趣。

老钱的研究带有强烈的个人感情色彩，是性情中文，却也是时代的产物。他要通过周作人研究重新发现"自我"，同时也发现"五四"的价值。在80年代，"五四"是很神圣的标杆，不光是老钱，我们这一代知识分子几乎都有这样的梦想——返回"五四"，以为返回"五四"就可以重建被"文革"搅乱了的社会秩序，就可以很自然地通向开放、民主和健康的未来。老钱并未超越我们所处的时代，他同样是无条件地崇拜"五四"，选择鲁迅与周作人的"道路"比较，也正是为了发掘"五四"思想资源。在老钱看来，周作人足以代表反封建的潮流，站到了"五四"的时代高度，其所主张的个人独立自由，以及适度的远离时代潮流中心，都可以成为当今的"思想资源"。老钱格外看重"五四"时期的周作人，认为周作人要比一般"五四"先驱者更有思想，也更了解中西文化，因而对新文化运动的贡献也更大。这些观点都是有根据的。老钱在这一点上建立了他的学术自信。

但老钱显然也碰到了难题，他不能回避周作人后来"落水"的事实，为解决这个难点，他想通过周氏兄弟"道路"之比较，去观察二人思想的异质性和矛盾性。很多时代性的大问题，老钱都力图从知识分子（主要是文人）思想选择的层面给予解释，尽管这种解释有些大而化之，仍未能深入到性格、心理等更深入的层面，也可能夸大了文人这一特殊阶层的"代表性"，但老钱的研究还是比较充分满足了80年代对现代文学提出的问题。

从那个时期开始，老钱就形成了自己的研究格局——他喜欢抓大问题，喜欢考察"道路"的选择，他把知识者特别是文人的"精神历程"看得尤为重要，往往就当作是时代潮动的标志。他擅长做"现象研究"，办法就是找几个作家作为个案，挖掘其精神变化，由此勾勒时代变化。和一般学院派不同，老钱的研究并不追求所谓"价值中立"，而力求有对于现实的"观照"意义。他的"精神现象"研究都是有现实意义的。他从周作人那里重新吸取"五四"反传统的精神，思考启蒙的意义，特别是人道主义与个性解放的价值等问题，这些其实都是 80 年代流行的话题，是当时知识分子所热衷讨论的。后来老钱又关注新中国建立之前一些作家的思想精神变化，同样是有现实的指向，希望重新梳理革命的传统，从历史中获取某些启示。

时过境迁，在新一代年轻的学者看来，也许老钱研究周作人的思维方式和某些概念已经显出有些老旧，但这不妨碍它具有鲜明的思想史上的价值。老钱的周作人研究，是 80 年代鲜明的思想成果之一。

老钱后来转向研究 1957 年"反右"，研究毛泽东，研究"文革"，所有这一切，基本上都是延续他 80 年代治学的路子，不过似乎越来越卷入政治，批判性也越来越强烈。

老钱毕竟是中文学科出身，对社会精神现象有特别的敏感，擅于使用象征性的归纳去完成深度分析，使用材料偏重知识者的认知及感受，多从文学的角度勾勒史的线索。这当然也有其所长，特别是在精神性的评说方面，但在历史学者看来，这些研究也许不够缜密，文学性的发挥太多，所谓"历史现象"的抽象解释也未免有太多的感情色彩。以思想史代替文学史，可能造成学科的"越位"，在文学史与政治思想史两头不讨好。但老钱有学者的坚执，他还是一以贯之，有自己的研究方式和惯性。他仍然迷恋于知识者的精神现象，相信这方面的研究是能抵达历史深处的。

老钱自然不属于循规蹈矩的学者，他有持续的强烈的使命感，有广大的现实关怀，又总是很叛逆，对于官方的、流俗的东西有本能的反感，对于民间的处境却格外同情。他非常天真（当然也是非常难得）地相信思想的价值与精神的作用，如同他自己一本书所说，是富于"堂·吉诃德气质"的。老钱一边写作，一边想象着文章的移世作用，总想做一些能转移视听、改进社会的事情。他知其不可为而为之，很可爱又可贵。

记得老钱写过一篇文章，是讨论"单位"对于个体的影响的，认为个人很难摆脱"单位"的制约，这就形成了某种个性压抑的生活形态与思维惯性。其实老钱也一直有"单位"，不能不做"单位人"，也就是所谓"体制中人"。不过老钱比较幸运，他后半生的"单位"北大，有很多思想的缝隙，相对比较自由，老钱也可以"任性地"发表自己的言论，包括某些可能有点"犯忌"的言论。老钱的个性没有被压抑，而且似乎越来越舒展。他多次受到有关方面的批评，甚至是有组织的批判，但几乎每次都是有惊无险，老钱照样"任性"地发出自己的声音，照样一本一本地出书，名气也越来越大。他不只是现代文学的专家，也是颇有影响的自由思想者。

生活中的老钱很厌恶政治，一谈到官场就要皱眉头的，但他一刻也未能脱离政治，甚至可以说，他对政治其实是热衷的。在朋友聚会时，指点江山，议论时政，臧否人物，是他的一种爱好。记得有一回在香山聚会，晚间散步，有同学开玩笑问老钱，老兄这样多的批评与政见，就不知做件事有多难，让你去当个县长、镇长什么的，你能做成一两件实事来？老钱说这个我可干不了。虽是玩笑，但这样的要求对老钱未免苛刻。老钱其实就是一介文人，他对自己的社会角色定位很清晰，就是当自由的思想者和现实的批判者。他的思维深处有马克思主义教育的积淀，相信历史的规律，也相信有某种完善的制度，他致力于思想界的批判，始终怀有社会改革的理想。

在他的文章中我们总能感触到某些强烈的政治诉求。特别是他近年来关于"反右"及"文革"的研究论作中,政治性的诉求就表现得更为明显,这对于学术可能是得失参半的。身为学者,老钱也在追求学术的尊严与自由,但更多时候,老钱总想象着自己在超越"体制",站到"民间"(其实"民间"也很复杂)立场发言,这又可能被"事功"所牵引,失去某些自由。老钱如同一个足球守门员,罚点球时,站在球门中间,防范着球门的两边,但哨子一响,他只能扑向一边。老钱多数情况下都是扑向现实"事功"这一边的。

老钱深受鲁迅影响,他欣赏鲁迅的"反骨",学习鲁迅的批判性思维,不过,他并不心存鲁迅那样的哲人式的悲观与"绝望",老钱毕竟是理想主义者,他对于"不合作"的反抗还是抱有天真的梦想的。老钱很真实、坦诚,也有些峻急、易怒,这也影响到他的文风。读他的文章不能隔岸观火,你很难找到中庸平和四平八稳的气息,他喜欢用诸如"拷问""逼视""还债"等情绪化的字眼,他不断从历史描述中延伸出严峻的问题,让读者引火烧身,感同身受。

老钱永远那样热情、投入、异端、叛逆,年近八旬,还蓬勃有生气。他几乎没有什么爱好,吃顿饭都可能在想问题,老是催促自己"赶紧做",写作就是他生活的全部。据说他每天醒得早,躺在床上构思一天要写的文章,一起床就笔耕不止,每天都能写上几千字。他的书一本接着一本出,我阅读他的书的速度(其实很多还来不及看)赶不上他出书的速度。老钱很喜欢当老师。他讲课非常投入,激情飞扬,有自己心得,又常常来点煽情,大冬天都会讲得满头大汗。学生很欣赏他,选他当"北大十佳教师"。退休之后,老钱仍然喜欢和读者、特别是青年学生联络。众多青年人来信来访,他不厌其烦地接待。他成了年轻人的偶像,拥有众多的"粉丝"。老钱也谨慎地发现如今的青年过于势利,他说大学在培养"精致的利己主义者",这句话被当作名言到处传播,但这并不妨碍老钱继续和青年密切交往,老钱一如既往地当"青年导师",总是寄希望于未来。

我知道老钱不太上网，这对他可能是一种幸运，他可以过滤许多嘈杂的声音，包括对他的批评。这样他就可以更好地沉迷于自己的思考和写作。一个健全的社会总要容许有不同的声音，容许有批判的角色存在。在我们有些沉闷的社会文化结构中，有老钱这样的理想主义的批判的角色，有些听起来不那么协和的声音，未见得是坏事。

　　祝贺老钱作品结集出版，也感谢三联书店做了一件好事。

老吴印象①

一晃，认识吴福辉 32 年了。

1978 年 10 月的一天，我到北大参加研究生入学的复试，在图书馆考场，第一次见到老吴。他个子魁梧，笑脸迎人，敞亮的男中音，流畅的东北话，总是把话里的"关键词"咬得很重，还不时加上"你知道吗"来调节语气，让人想起中学的语文老师。老吴果真是教过中学语文的。他本是上海人，50 年代父亲支援东北工业建设，举家从上海来到钢都鞍山，从此常作"关外人"。难怪他的东北话说得如此圆韵有味。老吴的少年和青年时期主要在鞍山度过，高中毕业后没有升学，在一所颇有名气的中学当老师。想想看，高中毕业生教高中，而且教得出色，"官"至教导主任，真不容易。没上过大学，居然能一步跨进北大中文系当研究生，就更不容易。所以头一次见面，我就对这位师兄刮目相看。

那是"文革"后首次招考研究生，北大的现代文学专业有六百多人报考，热闹极了。原定招收 5 名，后来只好扩招到 6 名（有 2 名转到当代文学），真是百里挑一。考上的自然也就春风得意。当时老吴和

---

① 本文发表于《博览群书》2010 年第 11 期。

钱理群 39 岁，我 32 岁，都是"老童生"了，可是别上红色的北大校徽（当时研究生戴的校徽和教员一样，都是红底白字），抬头挺胸走在校园里或者大街上，仿佛周围的人都在打量自己似的，蛮自豪的。刘心武的小说《班主任》写"文革"后人们陡然放松的心情，用了"春江放舟"这个词。当时真是有那个劲儿。

老吴学习极投入，每天一早去食堂吃完馒头、咸菜、玉米糊，就钻图书馆，除了吃饭睡觉，全"钉"在那里，恨不得一天变成 48 小时。课不多，主要是自己看书。从哪里着手？他和老钱把王瑶先生那部《中国新文学史稿》上的注释引目抄录成册，然后顺藤摸瓜，一本一本找来看，阅读量是相当大的。还有一个地方也总能见到老吴的身影，就是旧期刊室：他翻阅过的旧刊极多。这种"广种博收"尽量涉猎各种文献作品的方法，对于文学史研究（也是史学的一支）来说，是打底子，很必要。有丰富的积累，才有历史感和分寸感，这和那种理论先行，拿个框子往里边填材料的做法是不一样的。最近老吴出版了插图版《中国现代文学发展史》，把雅俗文学打通了，掌握大量第一手资料，论涉的作家作品非常多，图文并茂，历史感扑面而来。这跟老吴读研究生时养成注重史料的治学方式有关。

读研那时还没有学分制，上课少，但有一种"小班讲习"，类似西方大学的 Seminar，每位同学隔一段时间就要准备一次专题读书报告，拿到班上"开讲"。大家围绕所讲内容展开讨论，然后王瑶、严家炎等老师评讲总结。老师看重的是有没有问题意识，以及材料是否足以支持论点等等。如果是比较有见地的论点，就可能得到老师的鼓励与指引，形成论文。这种"集体会诊"办法，教会我们如何寻找课题，写好文章，并逐步发现自己，确定治学的理路。记得当时吴福辉讲过张天翼与沙汀，他先把学界对这些作家的既有的评论全都弄清楚了，然后从中寻找问题，展开细致的分析。他的论说很细致，又灵动活泼，富于才情。他好像对讽刺文学格外有兴趣，好几篇"试水"的习作都是谈论讽刺的。果然后来硕士论文也是研究讽刺文学。

毕业后，他顺着这条路子写出系列论作，出版了《沙汀传》和《带着枷锁的笑》。再往后，因为参与"20世纪中国小说史"的项目，他被分配做30年代小说的部分，便转向对海派及市民文学的研究，写出《都市漩流中的海派小说》《游走双城》等著作，被公认为这方面最具水准的代表作。老吴很长时间内对海派及市民文学情有独钟，可能因为他是上海出生的，十里洋场的幼年记忆常常渗透到他的笔墨之中。当然，这种趋向的"起点"则可以追溯到读研究生期间。

老吴上研究生碰到最大的困难是外语。他选读的是日语，原先没有半点基础，要从头学，都快40的人了，记不住，也念不顺溜，困难可想而知。可是不到一年，他也硬"啃"下来，过关了。不知老吴花费了多少心血。有同学说，经常都是别人还没有起床，老吴就在食堂的猪圈旁边（大概比较僻静）放声朗读日语了，以致老同学张永芳还专门为此写了一首风趣的打油诗。

研究生学习生活是艰苦的，但大家好像并不太觉得，都充实而快乐。记得吴福辉的表姐从加拿大回来探亲，到过29楼宿舍，一进门就慨叹："你们日子真苦！""两地分居如何了得？"可是老吴回应说："不觉得苦，倒是快活。"

老吴每到周末就在宿舍放声唱歌，唱的全是"老歌"，那东北味的男中音煞是好听，也煞是快活。"不觉得苦"可能和整体气氛有关，同学关系和谐，不同系的同学常交往，如同大家庭，彼此互相帮忙，很熟悉。

中文系宿舍紧靠29楼东头，老吴、老钱、凌宇和张国风住202，他们每天晚上熄灯后都躺在床上侃大山，聊读书，谈人生，这也是课堂与图书馆作业的延伸吧。有时为了一个观点他们可以吵得很"凶"，老吴的男中音有穿透力，我们在隔壁都受干扰，但是大家从来没有真正伤过和气。几十年来，我们这些同学在各自领域都取得显著成绩，大家的治学理路不同，甚至还可能有些分歧，但彼此又都还保持着北大 29 楼形成的友谊，这是最值得骄傲和珍惜的。

研究生毕业后，老吴分配到现代文学馆。紧靠紫竹院的万寿寺，破旧的院落，文学馆就先借这个地方筹办。开初只有三五个人，老吴住在寺院里，整天忙着收集资料，开会访谈，准备开张。有时我去看他，特别是在夜晚，繁星闪烁，风声锐利，寺院格外寂寞，老吴却很能静下来，一篇一篇地做他的文章。那是筹办文学馆最忙的时期，又是他的创作高峰期。他和钱理群及我合作的《中国现代文学三十年》，也是在那个时期写成的。凭着学问实力，后来老吴担任了副馆长，兼任现代文学研究会副会长、"现代文学研究丛刊"编委与副主编，是现代文学研究界最活跃的人物。文学馆也搬到了朝阳区新址，他有了单独的办公室，出门还可以派车，不过总显不出什么"官味"。

老吴在文学馆一呆就是二十多年，无论文学馆、学会或丛刊，他都是元老，贡献是最大的。这几年因为工作关系，我常去文学馆，有时在那里见到老吴。一条牛仔裤加一件笔挺西装，他还是那样爽朗潇洒，谈起学问还是那样津津有味。如果不是那一头白发，我还真的不敢相信这位三十多年交情的师兄已经年届古稀了呢。

曹文轩的"古典追求"[①]

　　曹文轩和我同一个专业，平日话不多，但可以无话不说。从1981年开始到今天，断断续续，我们有二十多年毗邻而居。最初是在北大南门21楼，筒子楼一层，单身教工宿舍。其实很多住户都已拖家带小，因没有分到住房，只好带着"集体户口"挤在这里。每家只有一间小屋，10平方米，做饭就在楼道，家家门口都有一套灶具，煤油炉或者煤气罐什么的，整个楼永远弥漫着油烟饭菜的混合味。我住北屋，文轩住过道斜对面南屋，他门口不摆灶具。那时他年轻，天天吃食堂，而且经常不在家。有时就把钥匙给我，我正好可以到他屋里去看书写字。

　　文轩出身在苏北农村，小学刚上完，就遇上"文革"。好在他父亲是老师，有点"家学"，硬是让孩子自学到相当不错的程度，尤其是对文学有浓厚的兴趣，写作的才华被开发出来了。1974年以工农兵学员身份进北大读书，先是在图书馆系，后转入中文系，因为写作出色，几年后又选拔留校当老师。他1977年留校，而我是1978年才进北大读研究生，虽然我长他七八岁，还要称他师兄吧。

　　后来我在校园里搬过几次家，文轩也住到离校园较远的骚子营。

① 本文发表于温儒敏新浪博客。

直到 2000 年，清华南边的蓝旗营建起了高层宿舍，我们才又搬到同一栋楼，他住我楼下。那时能分到三居室是很奢侈的，文轩还专门在卫生间弄了一个桑拿室，在我看来有点稀奇。文轩是很会享受生活的。我的外孙女一两岁时，在电梯有时见到"曹爷爷"，会有点"害怕"。我们说，这是"专门给孩子讲故事的作家爷爷"，也不顶用，还是"害怕"。也许在孩子眼中，"曹爷爷"太了不起了，令人生畏。

文轩总那么斯文，衣着大都是名牌，西装外边随意套一件风衣，走路撩起风来，很是潇洒。他是系里最早买车的，很贵的车，每到过年，他就开车回苏北老家。我问他，那么远途累不？他说中途休息一下就好了。还是那种潇洒。他很讲礼仪，没有作家常见的那种我行我素，甚至故作粗俗。你求他办事，他会很认真，不糊弄。我几乎从未见过文轩生气，我至今想象不到他动怒会是什么样子。系里开学术委员会，难免有人会"本位"一点，给自己的教研室或者学生争利益，有时就会发生争辩。文轩就会和颜悦色两边做工作，息事宁人。

文轩从 80 年代开始，就做当代文学研究，出过好几本专著。他写过一本《思维论》，试从哲学角度去解释文学现象，我粗读过，认为还是下了工夫的。文轩的确读过大量的书，包括一些很难啃的国外的理论，他希望能有突破。但这本书在业界影响并不大。他的另一本《小说门》也是讨论理论的，但不回避感性，常把作家的感受带入到文学形式和手段的论说中，非常到位。其实那是文轩讲课的结果。我没有去听过他讲课，但据学生说，课上他会朗诵自己的作品，会让你感受到某种童心，那一定非常有趣。

文轩大概曾想把创作当副业，用更多精力做文学理论和批评。因为在大学还是以研究为主，创作是不被看重的。每年填表也只要求填发表的论文，文学作品上不了"台面"。但创作的欲望是很难禁锢的，文轩在创作方面的影响越来越大，他的《红瓦》《草房子》成了当代儿童文学的标志性作品，曹文轩也成为文坛的一面旗帜，甚至进了作家富豪榜，他的学者身份就越来越被作家声誉所掩盖了。能一手做批评，一手搞创作的学者型作家并不多，曹文轩显得有点特别。在中文系，现在谁都得对曹文轩另眼看待。

文轩很早就出版文集。大约十年前，他的文集出版时，在蓝旗营南边的万圣书园召开过小小的座谈会，但规格很高，王蒙、李书磊等作家学者都来了。我在会上有过简短的即席发言，后有记录整理，大意如下：

曹文轩的文章风格大概不会大红大紫的，不适合太消闲的阅读，那种浮嚣粗糙的"重口味"在曹这里是不能得到满足的。我理解的曹文轩并不那么热闹，在当今文坛上甚至有些另类，有些寂寞，他是属于审美口味比较古典的读者的。他大概不适合炒作，或者不忍心去炒作。曹文轩如果真的被弄得大红大紫了，那就可能是另外一个大路货的曹文轩了。

我最喜欢曹文轩作品中对生命的尊重，对人性的理解。他习惯写青少年的成长过程，总是非常细致认真地观察描写人在成长过程的心理变化，包括种种迷惘与困扰。在他的作品中常常看到天真的灵魂在社会化、成人化还有现代化的过程中失去本真。读这样的描写，我们也许会感到忧伤、无奈，会想到我们自己有过某些美好的东西也是这样就消失了。但我们为这些美好的回忆感动，这些最能体现人性中美好的方面，可能就会与我们周遭许多机械的、沉闷的、肮脏的生活形成比照。曹的作品中最有价值的东西是对人性美的关怀。现在到处都在讲什么"终极关怀""普遍价值"，可是文坛又有那么多人热衷于表现污浊的东西，连儿童文学都在追求暴露、颠覆、调侃，好像谁要是喜欢冰心、孙犁，谁就是"前现代"的。所以曹的作品对生命的尊重、对人性的关怀，以及由此而生成的作品的纯净、向善的风格，反而显得可贵。

曹文轩的小说中总是有他童年的回忆。他把童年人性化、诗化了。

读他的小说，我们也常常退回到回忆的世界里，重温那难以释怀的童年旧事。这有点类似读沈从文，可以在他那梦幻般美丽的湘西山水中，做一番白日梦、一番精神体操。不过，沈从文是要在他的湘西题材小说中构筑"希腊小庙"，曹文轩则更现实一些，更贴近生活一些，也容易被接受与认同。

几十年前，有一个批评家提出一种文学的理解，认为古今中外所有的文学无非是两大类，一类是浪漫的，一类是古典的。他认为的所谓古典，就是健康的，均衡的，常态的，符合普遍人性的；而其他创作，则是浪漫的，偏激的，病态的，走极端的，因此也是非人性的。他对"五四"及后来的文坛的偏激很是不满。这个人就是梁实秋。对梁氏的理论当然可以讨论。但在这里我愿意借用他的说法来评说曹的创作。可以说，曹文轩的小说都是古典的追求，这使得他在这个社会和文坛上显得有些另类。

我想，什么时候人们能够更多地欣赏纯真的文学，能够领略真正的悲剧，我们这个文坛连同我们的读者、出版家，就可能比较常态、成熟和健康了。

龚鹏程真是"读书种子"[①]

我比龚鹏程先生虚长 10 岁，但对他一直是仰慕的。他是通才，学问称得上渊博通达。他出的几十种书，涉及古典诗词、散文、小说、儒家、道家、佛家等领域，甚至还有从汉唐到晚清的思潮、文化史、思想史、文艺美学、书法，等等，可谓上下古今，熔为一炉。在当代人文学者中，研究领域像龚先生这样开阔广大的极少。我认真拜读过其中数种，特别注意其所引用的材料和书目，几乎都是博宗古籍，自出新机。

龚先生真是读书种子，读过的书太多也太细了，他对中国文化典籍真是了如指掌。据说他写文章从来不依赖词典、索引、互联网等，全靠自己读书积累。这又是非常出奇的。在老一代学者中这种情况是常态，但在当代学界，这就几乎是传奇了。现代学术过于分门别类，分工太细了。每个人抱住一块皓首穷经，搞先秦的不怎么懂唐宋，做陶渊明的不理睬曹雪芹，研究现代的不通古典，每个人都是"打井式"地研究，固然可能深掘，但往往视野狭窄，真正成了"专家"而不是学者了。读龚先生的书，我自己就感到惭愧，想通达，也难了。但我还是

① 本文系笔者 2015 年 10 月 26 日在中国文化书院举办的龚鹏程作品集出版座谈会上的发言。

认为，当代中国文史学界像龚鹏程这样的通才是极罕见的，龚先生的学术特色首先就体现在"打通"。因为"打通"，才有开阔的视野，也才有鲜活的个性与创造力。现代学术管理体制的制约之下，"通才"越来越少，视野越来越窄，虽然有互联网帮助，但空疏浮泛的风气越来越厉害，而龚鹏程的存在可以给我们树一个标杆，给一些鞭策与刺激。

龚鹏程先生治学之路，又是非常扎实的。人们看他研究兴趣广泛，而且方法有点"野"，往往就先入为主，怀疑他的根基不实。其实龚先生治学之路非常坚实，也很值得学界去研究和反思。当下培养文史人才的办法是先概论，后立题，再用题目（或者项目）牵引材料做文章，读书、积累、体验和感觉的过程是大大缩短了的。而龚先生是靠大量读书和思考，靠自己对学术的整个生命的投入和体验，逐步形成自己的研究视域和方法，非常稳步扎实。据说龚鹏程大学一年级就注解《庄子》，大三写《古学微论》，那时他还没有系统学过训诂，但总是带着问题去校勘切磋，虽然所得可能比较稚嫩，但他这是通过自己读书、思考、辨识去摸索学问途径，由实践到认知，有他自己的生命体验浸透其中，为后来学术发展打下基础。这就可以理解，为何龚鹏程做学问的路数和当下台湾或者大陆绝大多数学人都不一样，他的著作总是别具格局，新见迭出。

当然，非常庆幸，龚鹏程年轻时碰到许多通达的老师，——六十年代台湾还有这样一批读书种子，延续着中华传统文化的血脉，他们并未像现在许多势利的学究那样扼杀了龚鹏程的才情和个性。龚鹏程就像是一条"漏网之鱼"，没有被现代学术的网所罩住，他始终保持自己的个性、情操和批判意识，他喜欢独辟蹊径，而不太愿意照章办事，陈陈相因。龚先生的著述大都是古典文史方面的，但总能读到那种鲜活、潇洒和跳脱的气息。龚鹏程说他做学问不是一种职业、休闲或者为了某种很实际的目标，很多情况下就是随性的，如同呼吸饮馔。这个"呼吸饮馔"，也就是生活方式，是以学养性，是令人羡慕的境界。

龚先生向来看不起学界流行的那些束缚思想个性的规矩，但也因此往往被学界某些人视作异端。他是学界的性情中人，他的才情、学识加上批判眼光，常常能引发学术振动，引起思考和探究的冲动。

我认识龚鹏程先生大概是在 1989 年春天，当时龚先生随一个台湾的学术代表团来北京开会，顺便到访北大中文系。那时听说龚先生血气方刚，意气风发，批评大陆很多学者是"草包"，我有些不舒服。后来在一次会上再见到龚先生，果然是挥斥方遒，不过他的批评又都是认真的、能点中问题"穴位"的，只不过我们学界还不太习惯这种真刀真枪的批评罢了。这时，我对龚先生就有了好感。再往后，我担任北大中文系主任，特意邀请龚先生来北大讲学，不是一般讲座，而是一门中国文化史课，一共讲过两学期，大受欢迎。我决定邀请龚先生留在北大中文系担任教职。便去征询古典文学的专家和权威带头人的意见，他们客客气气，说龚鹏程是有争议的人物，未必能融入北大。我心中有数了，不再考虑这些反对的意见，几乎就是"自作主张"，引进了龚先生担任北大教授，不过不是在古典文学教研室，而是安排到文学理论教研室。至今多年过去了，不知龚先生在北大过得怎样？我希望他不要把自己当作外人，他已经是学界的一道亮丽的风景，一面旗帜，他应当还能和在台湾一样，做真实的有性情的学者，给北大学术增添一种鲜活的颜色。

真诚地祝贺龚鹏程先生著作的系列出版。

孔庆东：传媒时代的"行为修辞"①

　　今年夏天孔庆东告诉我，中华书局要把他在北大中文系上现代文学课的录音稿出版，书名为《国文国史三十年》，嘱我写序。还没有看到稿子，我就爽快答应下来。庆东上本科时，我担任过他们的班主任，后来他留校任教，彼此成了同事，比较了解，我乐意支持他的新书出版。我也可以借此机会认真打量一下孔庆东，分析一下"孔庆东现象"。在我眼中，庆东是学者，但更是个作家和媒体人，擅修辞，会说话，才华横溢。有时听他讲演，或俗话连篇，或戏谑嘲弄，或詈骂泄愤，当然更多妙语连珠，颇有一种"痞气"的快感，有意标示"草根"而拒绝"绅士"；他擅用连类夸张，矫枉过正，在敏感部位打"擦边球"，三分偏要说到七分，让你捏把汗，但想到这是创作，是痛快文章，也就体谅且有些佩服。

　　我不太上网，不爱看别人的博客与微博的唠叨，免得太多的信息与嘈杂的干扰，但我知道庆东的博客影响巨大，有众多"粉丝"。他的博客结集出版后送给我，看过若干篇，越发感到他就是一位很适合生

---

① 本文系笔者为孔庆东《国文国史三十年》所写序言，在老孔所谓"三骂"风波之前就写好了。"三骂"闹得满城风雨之时，有报纸约稿，给了这一篇，编辑连连说好，可到了主编那里，拦住了，不敢发表。这能体谅，就在自己博客上张贴，之后网上流传甚广。

活在传媒时代的作家。"博客式"的煽情，加上网友所热衷的戏谑、调侃、嘲讽，把"北大醉侠"和"孔和尚"凸现为极富个性的言说符号，每当"醉侠""和尚"亮相，就引发一阵轰动。他非常懂得如何在与读者互动中形成某种"气场"，表达自己的情思，而围观者与"粉丝"也在抢占"沙发"和唇枪舌剑的嬉闹中，得到情绪的宣泄。

孔庆东在博客或者电视上常常"骂人"，有时骂得很难听，连人家的母亲也捎带上，真让人受不了。特别是想到他是一个教授，据说还是孔子七十三代孙，却那样放肆，的确太出格了，有失身份。难怪许多人要"倒孔"，认为"孔和尚"爆粗口是在挑战道德底线。但我纳闷的是，生活中的孔庆东从来不见他骂人，为何写文章就要骂？到底触碰到他的哪些"大是大非"，才会那样雷霆大发？还有，这明明是"不文明"的言行，为何仍有众多"粉丝"支持？看来事情不那么简单，对"孔庆东现象"恐怕不能停留于道德层面的辩论，更应当做些社会心理分析，特别是要对传媒时代的社会心态有所分析，才能透过表面发掘其实质。

暂时放下讨论"骂人"这种传媒时代的"行为修辞"，从孔庆东的创作看他的文化追求。他的大部分文字，可以称之为"博客文学"，其特点就在喜用游戏或调侃方式对各种社会现象——包括自己——进行戏谑漫画，有时他语不惊人死不休，就要走极端，甚至要"开骂"，这走极端或"骂"其实是为了引起注意，意在打破遮蔽、麻木与偏见，具有明显的亚文化叛逆性。我猜想，日后若有人研究这一时段的"博客文学"，大概是不会放过孔庆东的。

但孔庆东和一般作秀炒作的写手不同，他始终关注社会，针砭时弊，为民请命，透过那些嬉笑怒骂和游戏笔墨，你能感触到某种正义与责任。孔庆东分明瞧不起死读书读死书的人，不满足于当书斋里的学者，他心气高，骨子里还是想通过新的文学传播方式去影响社会，改善人生。庆东好品评时事，语多讥刺，愤世嫉俗，纵横捭阖。有时你会觉得他的痛快文章太过从意绪出发，毫无现实操作性，细加琢磨又可能发现某些"片面的深刻"。用传统的心态很难接受孔庆东，但应当想想为何有那么多年轻朋友——还有为数不少的老年朋友欣赏他，这确实是一种新的社会心理现象，就像当年郁达夫被许多大人物视为"下流堕落"，而青年人却在其作品中读出人性的真实一样。

有一段我曾为庆东担心，"劝说"他不要过多接触传媒，应当在专业研究方面多下功夫，因为大学毕竟有大学的"章法"。庆东哪里会听我这一套？他客气地点头称是，转过身去还是我行我素，越发往现在这个道上走了。我也转而说服自己：庆东是在尝试一种新型的带有某些"行为艺术"意味的创作，他已经很成功，很有影响，何况他的调侃、玩世背后始终不失改造社会的苦心！

庆东每次提升职称时，都碰到一些麻烦，有些评审委员看不惯他的"痞气"和时而"出格"的言辞，这时，我就必须出来帮他一把了，理由是：不要刻板地要求一位才子、一位作家型学者。他的"痞气"背后还是有认真的文化批评。如今中文系缺少"文气"，能有多少老师真的会写文章？孔庆东起码活跃了"文气"，何况他收放自如，学术研究水平也高。北大毕竟还是北大，最终没有为难这位才子，孔庆东也只有在北大这样特殊的环境中才如鱼得水。

是的，孔庆东的本业做得出色，学术研究有水平。我可以随意举出几个例子。比如庆东研究曹禺的《雷雨》，率先探讨了这一著名话剧的演出史。他查阅民国时期大量报刊史料，第一次系统梳理了《雷雨》演出的复杂历史，以及这一剧本付诸演出的复杂的修改变化过程。在这个方面，庆东的研究至今仍是为学界赞许的。他对通俗文学的研究起步较早，十几年前出版的博士论文《超越雅俗》，厚积薄发，已经有严家炎先生等给予了高度评价，至今仍颇有曲高和寡的味道和独特的学术价值。庆东曾和这个领域的"宿将"范伯群先生联手，写过一本《通俗文学十五讲》。过去的文学史对通俗文学不重视，也不给位置，研究这方面需要搜寻梳理大量史料，要下死功夫，又要有文学史的眼光，是拓荒性质的工作，很不容易。孔、范合作的"十五讲"别开生面，在高校影响很大。此外，在鲁迅、老舍、金庸等作家研究方面，庆东都有不俗的建树。读他的这些论作，有时可能会感到很大的"反差"——这是那个在博客上嬉笑怒骂的"孔和尚"的论作吗？庆东的一些文学史研究早已抵达现代文学的学术前沿，而且总是有一些出乎意料的新观点闪亮呈现，只不过这些实绩都被他的博客盛名掩盖了。

这些年来，孔庆东在北大中文系主讲过几次现代文学基础课，想必他的课会大受欢迎，来捧场的"旁听族"也一定雀跃。据说学生"民选"北大十佳教师，孔庆东高票当选第一名，真羡煞我也。我在北大教了三十多年书，也没有这个"福分"。他的课有亲和力，生动有趣，贴近学生，所以得到学生的喝彩。庆东把他讲课的部分录音稿给我发来，我看了，果然如此。感觉有这么几点是特别值得称道的，不妨说说。

庆东讲现代文学喜欢"穿越"，讲着讲着就联系到现实生活。他讲"五四"联想到现今对这份遗产的不重视，甚至扭曲、颠覆，太可惜了。讲鲁迅必定论及"国民性批判"至今未过时，而且还很迫切，现实社会许多乱象早在鲁迅笔下就讨伐过了，现在又沉渣泛起。讲左翼文学，他用很多精力阐述左翼精神的当下意义，联想到当今类似"包身工"的残酷现象，让人感到一种很沉重的民本情怀。总之，孔庆东的文学史是鲜活的，思想饱满的，带有现实批判的锐气。相比之下，现今许多碎片化的、琐屑的研究，那些"穿靴戴帽"仿汉学的文章，就愈加显得无聊与苍白。我并不认为讲课非得处处联系现实，但作为一门时代感与思想性都很突出的现代文学课程，本来就是很"现实"的，它的生命就在于不断回应或参与社会现实，和现实对话，参与当代价值重建。

我曾在一些文章中谈过，这些年拜金主义流行，加上学术生产体制的僵硬制约，形成普遍浮躁的学风。从以往"过分意识形态化"到如今的"项目化生存"，刚解开一种束缚却又被绑上另一道绳索。还没等喘过气来，许多学人就再次感受到无奈：学问的尊严、使命感和批判精神正日渐抽空。现代文学研究很难说真的已经"回归学术"，可是对社会反应的敏感度弱了，发出的声音少了。读了孔庆东的论著，我愈加感到这些问题的严重，而孔庆东文学史的"穿越"现实，也就更显出其价值。他的文学史灌注着一种责任心，他的"穿越"是在重新强调现代文学研究的"当代责任"，思考如何通过历史研究参与价值重建。这种"穿越"或者"对话"，能使现代文学传统得到更新，也使得本学科研究具有"合法性"和持续的发展动力。

孔庆东讲课思路非常活跃，他不满足于只讲文学史，同时要讲思想史、文化史、政治史，或者说，他要通过文学来讲"国史"。这个志向大了去了，未必都能实现，却也体现了一种文学史观，一种叙史的方式。其实对此我是有过怀疑的。几年前，我曾写过文章表述，思想史不能取代文学史，那是考虑到当今宏大叙事仍然太多，动不动就把文学史作为思想史、文化史的填充材料，忽略了文学研究审美的、个性化的探求。这种状况现今仍然很严重。但值得宽慰的是，孔庆东的文学史虽然在几种"史"之间穿梭，但基点始终还是文学，重点还是具体的作家作品分析。他对不同作家和文学史现象的分析，是紧扣着创作来进行的，这种分析并不只是为了以文证史，也为了显现各种不同的审美风致，启发与导引审美的愉悦。

更显个性的是孔庆东的那种放达，他把博客文风带进了课堂，打乱了常见的有板有眼的授课系统，弱化了直线性的史的脉络，不时插入轶闻史事，又不断以"问题"冲击思维，使课堂氛围极为活跃。不只是辞采的活跃，更有思想的活跃。现在大学老师的心思很多都不在教学上，学生上课也往往提不起劲头，庆东能把课讲得有趣，激发学习的兴味，真的不是一件容易的事。

不过我也有些担心，这样会不会"跑马"太远，收拢不及，枝蔓过多，妨碍主线；而"问题"频繁时，难免有非此即彼、缺少分寸感的发挥（可能是修辞手段），也可能超出大学低年级学生的接受水平。倘若把握不好，就会天马行空，一堂课下来，只有满天星斗，而缺少条分缕析的"干货"。基础课嘛，毕竟要注重"基础"性，注重教学中的接受规律，加强学生的基础能力培育。有些思辨性的内容，可以留到研究生阶段解决。

也许这只是我看讲稿的多余想象，是提醒其他人不可随意效仿孔庆东。如果大家已经熟悉写博客的"孔和尚"，那么就再接触一下作为文学史家的孔庆东吧。

写于 2011 年 8 月 10 日，11 月 23 日稍作修改

孔庆东：传媒时代的『行为修辞』

辑三 大学本义

《北大新生作品集》序言

　　这本书汇集了今年新考入北京大学的新生的数十篇文章，作者大都是高考的尖子生，他们在迈进燕园、开始一个崭新的人生新阶段时，有那么多美丽的梦想，那么多学习与成长的新鲜感受。读这些文章，我很感动。虽说他们是幸运儿，是"天之骄子"，其实他们又都是普通的孩子，在过去十多年的生活中，有过拼搏，有过艰难，有过欢乐，也有过曲折。他们的经历折射出这些年我们国家与时代的巨变，也表现出90后新生代的优长与困扰。我的感动还在于这些年轻学生对北大的追梦，以及他们对北大的许多新的理解与期望。这里我很愿意也来说说北大，就算是和这本书的作者的对话。这个话题对于那些还在上中学、并希望了解这个大学的年轻学子，也一定是有兴趣的。

　　关于北大，大家已经听过不少传说，包括那些诱人的校园传奇，对北大也许已经有大致的印象。在全国上千所大学中，北大的确很特别，有她的个性，她的格调，她独特的气质。有一位诗人曾经用这样一些话来描写他心中的北大：

　　　　这真是一块圣地。近百年来，这里成长着中国数代最
　　优秀的学者。丰博的学识，闪光的才智，庄严无畏的独立思

想，这一切又与耿介不阿的人格操守以及勇锐的抗争精神相结合，构成了一种特出的精神魅力。科学与民主，已成为这圣地的不朽的魂灵。

这就是北大精神的魅力。

一百一十多年来，北大经历了风风雨雨，有太多的坎坷与磨难，有光荣与辉煌，也有负面的缺失。一个大学，在一个多世纪时间里，对国家、民族的思想、文化、政治及社会变革多次产生如此巨大影响，这在世界上并不多见。北大作为一个教育机构和思想库，是成功的。北大对民族解放和国家建设做出过巨大的贡献，北大特色已经成为一种象征，一种传统，一种极其宝贵的精神资源。

对北大的成功，可以从不同角度阐释，但从教育看，最重要的，在于她非常注重为学术的发展创造良好的氛围，为人才的成长提供丰饶的土壤。北大办学的理念，是力图让学生学会寻找最适合自己的人生之路，打下厚实的学业基础，使整体素质包括人格精神都有健全的发展。同学们进来北大，我建议首先要好好了解北大的传统、学风与理念。传统所馈赠给我们的那些东西，正在时代的转型中发生变化，出现了各种解释的可能。但是对北大特色的基本认识，我想大多数北大人还是有共同点的。同学们应当在认识和理解北大的基础上，充分利用这里优越的条件与氛围，力争在几年内，使自己的人生追求、理想建树、身心素质、学问根底都得到健康的培育。

北大的文科名气很大，以至在社会上产生某种印象，以为北大就是文科拔得头筹。其实北大是真正文理并重的综合大学，她的理科也堪称一流。文史哲数理化，这些基础学科至今在全国仍冠冕学林，是北大的品牌，也是支撑北大教学科研的顶梁柱。而其他学科也各有千秋。特别是近十多年来，北大拓展了许多新的领域，加强了生物医学、信息科学与技术、环境科学、材料科学等学科建设，正在朝世界一流大学迈进。北大的多学科办学结构，加上她作为中国高校向世界开放最有代表性的平台，使这所大学具有得天独厚的学术资源和最有利于人才成长的条件。当然，北大还有一点非常诱人，那就是"思想自由，兼容并包"的校风。北大的学科多，名人多，讲座多，社团多，各种各样时髦的思潮都在这里汇集。北大很自由，有太多的选择空间，非常适合个性化学习，如果方向明确又有把持力，在这里就可以如鱼得水，寻找和发挥自己的潜能，最大限度充实和发展自己。

我也不能抱着北大的"优越主义"。应当承认，受整个大气候影响，北大也免不了受到干扰，传统精神也有流失。但在守正创新，坚持北大办学特色这一点上，北大师生还是比较清醒的。无论怎么"折腾"，北大都不应当也没有丢掉原有的特色去急功近利，北大还是研究型大学，不是职业培训所，也不是留学辅导班。北大仍然比较看重本科生的培养，注重学生的基本学术训练，这里出去的毕业生，一般都学问根基比较扎实，视野比较开阔，思想比较活跃，也比较有后劲。

这本文集处处绽放着理想的光华，处处能感受到青春的脉动。这很难得，和北大也很合拍。北大从来就是富于理想的，使命感是北大的标帜。新"北大人"定能不断跟进北大理想的步伐。我常常和我的学生说，大家希望上好大学，找好工作，日后个人的生活能富裕舒适一点，这种追求是现实的、正常的，我们的家长也大都朝这些方面为我们着想。但踏入燕园，就意味着接受了崇高的使命，要有更大的志向，更强的抱负与事业心，有独立的思想和不断创新的能力。如果真正了解中国的国情，我们就会感到历史责任的重大；如果理解国家为何给北大那么多的投入，广大人民为何对北大有如此高的期望，那种超越个人的使命感就会转化为巨大的学习动力。人的一生总要干几件事，不只是房子、车子、出国之类，最好能有自己的专业和事业，对国家民族做一些贡献。即使在这个越来越物欲化的现实里，这样的要求也不过分，因为这里是北大，我们是北大人，北大本来就是定位要培养民族的精英与希望的。北大学生比一般年轻人应当有更阔大的气度与胸襟。

读了这本书，我们更有理由相信，北大的确是"常为新"的，新来燕园和那些即将来到燕园的年轻人，都必将给北大这个百年名校持续带来崭新的气象。

2008 年 1 月 29 日

中文学科：传统深厚路向开阔

提到"中国语言文学"学科（常简称"中文学科"），一般人并不陌生，甚至还多少"插得上嘴"。因为无论"语言"，还是"文学"，都和我们的生活紧密联系，"中文学科"是社会影响面很广的传统学科，也是对大学人文教育起着"引擎"作用的基础学科。当今几乎所有综合性大学、师范大学以及部分专科性大学，都设有"中文学科"。如果说数学是自然科学之母，那么"中国语言文学"在整个文科中也处于类似的"领头羊"地位。

学科的源流与现状

"中文学科"的渊源悠久，从先秦到晚清，传统教育基本上就以语言文学为主要内容，除了熟读经史子集，就是课习诗赋或文章技巧，培养的主要是文人。传统的学术并不像现在这样的细分学科，文史哲各自分科，是现代教育的产物。清末始建现代的大学，设立"中国文学门"（后来又称"国文系"），"中文学科"独立成为一门学科。从20世纪20年代到40年代，"中文学科"逐渐成形，整体上仍承袭传统朴学，注重考据、校勘、注疏，稍后又引入科学实证方法，力求昌明国粹，融化新知，传统学术与现代学术在矛盾纠结中日趋交融变通，"中文学科"的研究和教学水平大幅提升。教学则强调"博学而知文学源流"，文学史研究成为重头戏。这时期的"中文学科"偏于精英教育，培养出许多文科和教育方面的杰出人才。

50年代之后，受苏联影响，强调专业化教育，文史哲分科愈加明显，中文系内部也逐步形成了"文学""语言"和"古典文献"三足鼎立的局面；虽然强调厚今薄古，但"古"字号的语言文学研究仍为主轴，而又增添了一些新兴的学科分支，如文艺学、现当代文学、外国文学、语言学、现代汉语等等，研究领域拓宽，与现实的联系加强了，学科的体制也得以完善。经"文革"劫难之后，80年代学科复苏，"中文学科"异常活跃，一时几成"显学"；各学科分支的研究也逐步深入，成绩斐然，但研究和教学的基本格局仍不脱原有框架。

比较显著的变化发生在最近这十多年。面对新形势和时代要求，"中文学科"的人才培养模式、课程设置以及科研方面，都有大的调整。本科培养由专业化往通识方面转，多数大学的中文系不再分专业，有的就融合成一个"汉语言文学专业"，教学目标的定位则转而培养有较高语言、文学素养，有一定写作能力的"综合型人才"。只有少数综合性大学（如北大、复旦）仍然保持有三个专业的分野，但也力图打通彼此界限；本科侧重通识，加一点专业训练；到了硕士、博士阶段再细分专业方向，招生甚至要落实到二级学科下属的某个分支。无论研究生培养还是学术研究，仍然呈现分工越来越细的趋向，其中利弊尚待厘析。

学科的研究范围、分支与课程设置

　　"中文学科"是涉及面很宽的一级学科，通常下设 7 个二级学科。由于各个大学的办学定位和条件不同，学科设置的情况会有些差别，但课程安排则大同小异，主要"异"在二级学科。这里略作介绍。

　　"文学"专业方向有 3 个二级学科，即文艺学、中国古代文学、中国现当代文学，主要研习古今文学理论和文学源流，评论重要的作家作品与文学现象，梳理文学发展的历史脉络，跟踪当代文学现状；当然，也会涉及文学批评、外国文学、比较文学、民间文学、影视文学、通俗文学及少数民族文学等等。文学总是植根于特定的文化土壤，因此通过文化现象分析去研究文学，或者从文学的角度观察社会文化，与当代社会文化"对话"，也越来越受到文学研究的重视。

　　"语言"专业方向也有 3 个二级学科，即古代汉语、现代汉语和语言学。因为语言学研究对象不限于汉语，涉及面又很广，现在已经从"中文学科"中独立出来，"升格"为一级学科，叫"语言学与应用语言学"。有的大学专门成立了语言学系。不过考虑到学科的历史状况以及教学的便利，多数大学的中文系仍然维持文学和语言"不分家"，因此语言专业就改为下设 1 个二级学科"汉语语言学"（包括古代汉语和现代汉语）和 1 个一级学科"语言学与应用语言学"。"语言"专业方向致力于探索汉语古今演变过程，梳理语音、语法、语用等现象，以及以语言本体作为研究对象，探索语言规律。随着中外文化交流的日益密切，这些年对外汉语也逐渐成为一个学科分支。另外，和数学及计算机科学结合的计算语言学也成为"新宠"。

　　"古典文献"专业方向只有 1 个二级学科，就是古典文献，主要研习古籍整理方法，通常要涉及版本、目录、音韵、训诂等学科分支。古代典籍校勘、古代经典阐释、古文字、中国文化史、国外汉学等方面的研究，也是题中应有之义。"古典文献"学科的人才紧缺，一些大学中文系开不出这方面的课，或者只开"中文工具书"等普及性的课。如今"国学"很热，一些大学专门成立国学研究院，或开设国学班，好处是打通，但研习的范围过于广泛，也可能专深不足。

如今多数大学的"中文学科"都依照二级学科开设 7 门基础课，要求一二年级本科生必修。到了二三年级，逐步增加专业选修课。还有些学校（通常是没有新闻传播专业的学校）会开设某些跨学科或者应用性的课程，诸如新闻出版、影视、文秘、写作等。学生也就在修课、读书和研究中发现各自的兴趣或所长，在高年级选读文学、语言或文献的专业课程，为毕业论文或者读研究生做准备。到硕士、博士培养阶段，多数大学的"中文学科"都依照几个二级学科来招生和分科教学。教师和研究人员的研究方向，也大都归属某个二级学科。

从三个"需要"看"中文学科"的功能与前景

最近十多年，"中文学科"的课程设置、人才培养和学术研究都在变革，总的趋向是要适应和满足新的时代需要，提升学科发展的活力。我们可以从满足三个"需要"的角度，去理解"中文学科"所追求的功能、价值和意义。

一是继承传统的需要。母语是民族文化的主要载体和重要组成部分，学习和研究母语，是继承优秀文化传统的前提。而一般常说的"国学"，即传统之学，其一部分核心内容，就是现在"中文学科"研习的对象。比如古代汉语、古代文学、古典文献学，都是了解和承续优秀传统文化所必需的学问。现在强调重视继承优秀传统文化，首先要把传统文化有哪些"宝藏"弄清楚。但现在有能力做这方面工作的人才非常短缺。开展《儒藏》等大型古籍整理项目，要招收博士生，生源都很困难。"中文学科"是培养"读书种子"的，在承续中华民族优秀传统、建设社会精神文化方面负有重要使命。

二是"语言生活"和"文学生活"发展的需要。当今世界，经济全球化趋势日渐增强，现代科学和信息技术迅猛发展，新的交流媒介不断出现，促进了社会"语言生活"和"文学生活"的巨大变化，对人们的语言文字运用能力和文化、文学选择能力也提出了更高的要求。以汉语研究为中心的语言规范、语言战略、语言经济、对外汉语，以及计算机语言学等等，许多前沿课题也都陆续进入"中文学科"的视野。

三是语文教育的需要。语言文字的运用，包括生活、工作和学习中的听说读写活动以及文学活动，存在于生活的各个领域。语言文字运用的能力，以及文学审美的能力，都是现代公民基本的能力。所以从小学到大学，都有"语文"学习持续的要求，一些大学仍然开设"大学语文"，在中小学，"语文"则始终是一门主课。当前中小学语文教育饱受诟病，也的确存在许多问题，往往都归咎于应试教育，其实教师的素质与普遍的业务水平也堪忧。大学（尤其是师范院校）必须有一部分人专门从事语文教育研究，社会也期待有更多优秀的人才投身语文教育。

从三个"满足需要"来看，"中文学科"的确是学术资源丰厚、潜力巨大，前景可观的学科。

现状：正走出"低谷"，回复常态

"中文学科"有过"辉煌"的时期，尤其是 20 世纪 80 年代，改革开放之初，思想解放闸门开启，人文学科迎来生机勃勃的春天，那时胸怀理想的"文青"特别多，考大学读中文系成为不少人的首选。但时过境迁，社会转入以经济建设为中心，更多学生希望学习经世致用的学问，或者追求可能更有"实利"的专业。特别是随着市场化浪潮到来，人文学科包括"中文学科"一度风光不再，甚至陷入窘迫，门庭冷落。学科的命运难免受时代潮流的左右，而学科的生命力也往往取决于其满足社会需求的程度。从近几年的情况看，"中文学科"已明显从"低谷"中走出，正峰回路转，回复常态。

"中文学科"回复常态，是可喜的变化。社会开始质疑和告别单纯的"GDP 崇拜"，在发展经济的同时，越来越强烈意识到精神文明重建的迫切与紧要，对以文化传承为己任的"中文学科"，自然也就有更多的期待与投入。如今有很多行业都期盼接纳中文人才。比如文学、影视、文化、新闻、出版、教育、管理，等等，凡是需要"笔杆子"的行业，都很欢迎学中文的毕业生。即使从找工作考虑，中文系毕业生就业机会也越来越多。在不少师范大学，"中文学科"又成为生源最稳定的"吃香"的学科。

"中文学科"回复常态的背后，还隐藏着某种悄悄的变化。很多家庭"温饱"问题解决之后，更加注重精神层面的需求，选择专业也更加看重个性、爱好，希望所选的专业最好能成为自己将来的"志业"，而不只是为稻粱谋的"职业"。一般来说，对语言（特别是书面）表达比较敏感，比较有才情、有个性的人，不特别在乎物质享受的人，可能更愿意选择"中文学科"。我们欣喜地看到，有越来越多的年轻人真正从"志趣"出发，选择了这个学科。

澄清几种对"中文学科"的"误读"

尽管这样，社会上对"中文学科"仍然存在某些"误读"，每年高考后选择志愿时，对报考中文系也可能有模糊认识，需要澄清。

有人可能认为学中文"不实用"，不像某些专业有很实在的技艺。

的确，因为是基础性的人文学科，知识覆盖面广，又特别讲究熏陶感受，所研习的东西不见得全都那么"实用"。比如研究李白杜甫，感受唐诗独有的魅力，并没有什么"实用价值"。研究语言变化的规律，考证古文字，也很难转化为"银子"。"中文学科"的许多学问表面上看"不实用"，不一定能直接创造价值，但从国家民族的文化传承与发展来看，从精神涵养所得来看，就不能不承认"中文学科"又有"无用之用，乃大用也"。

还有些人想当然认为，学中文的就是舞文弄墨、摇头晃脑吟哦四书五经及古诗文，有点儿寒酸味，与现实隔离。这也是对这个学科的不了解。"中文学科"很重视传统，固然要读古书，学古代文学、古代汉语，但这是学问，在研习过程中使用现代的眼光与方法，能获得许多知识理趣，还可以丰富内心生活。是很充实的事情，哪来"寒酸味"？"中文学科"本身就是"化育人"的学科，能边研习边涵养自己，一举两得，在当今浮躁的环境中，难得有这种精神"修炼"。何况除了古典，"中文学科"所研习的还有现当代文学、外国文学以及当代文化，等等，是中西古今汇通，与社会并不隔膜。"中文学科"并非一个脱离现实、暮气沉沉的地方，相反，中文系（文学院）往往是许多大学校园里思想最活跃的院系。中文系的通选课，也大都在大学里产生辐射性影响。

"中文学科"最引人瞩目的常常是"文学"，那种认为中文系的课程"不实用"、比较"虚"的误解，也多指"文学"。其实"中文学科"可谓有虚有实，虚实兼济，不只有"文学"（且不说研究文学也并不能说就是"虚"的），还有很实在的"语言"和"古典文献"。"文献学"训练古籍阅读整理的能力，是要下"死功夫"的。能说这学问不"实"？语言学研究虽然归入人文学科，但它有一部分是讲求实证调查和科学分析的，比较接近理科。和传统的中文系不同，现今"中文学科"的研究领域拓展了，有一部分是跨学科，或者文理结合的，往往处于科学研究的前沿，也能直接创造实用价值。目前有些大学的中文系部分学科招生，已经文理兼收了。喜欢理科的学生，在中文系也能发挥自己的潜能。

还有些报考"中文学科"的学生，想象中文系就是作家的摇篮，往往带着"作家梦"来选择这一学科。这也有失偏颇。的确，中文系出过不少作家，但"中文学科"一般不把培养作家设定为教学目标。作家要有天赋，有生活，可遇不可求，不是学校能够刻意培养出来的。"中文学科"的定位是把语言文学作为研究对象，培养这方面有较高的素养与能力的人才。社会需要作家毕竟极少数，但却需要大量"笔杆子"。进中文系即使当不成作家，起码应当也可以成为"笔杆子"。学中文的学生受过语言文学的基本训练，文字能力较强，从事各行各业以及学术研究的适应性也较强，"后劲儿"较大。中文系培养的人才众多，发展的路向宽广，不只是学术圈子，做各行业的都有，而且都可以做得不错。

当然，在当前比较实利化、浮泛的风气中，"中文学科"也还有困境，有弊病。比如学科分工过细，各自为营，产生许多学术泡沫；学生读书不多，写作不过关，缺少"文气"，没有文化传承的自觉，等等，都是需要改进的。

记得多年前我写过一段话："中文系魅力何在？在传统深厚，在思想活跃，在学风纯正，更在于其办学理念：不搞急功近利的职业培训，而是力图让学生学会寻找最适合自己的人生之路，打下厚实的基础，使整体素质包括人格精神都有健全的发展。"这也许就是我们理想中的"中文学科"吧。

（载《光明日报》2014 年 11 月 18 日）

关于中文系学习问题的答问 ^①

颜同学（美国麻省理工学院本科 2012 级）和孙同学（北京大学中文系 2011 级）要编一本向中学生介绍大学专业的书，提出一些问题要我作答。我答问如下：

选择中文专业

问：您上大学时，为何选择学中文 / 语文？
答：因为喜欢。

问：和哲学、历史相比，中文有哪些特质？
答：更有灵性，也更需要个性化的学习。

问：什么样的人适合学中文？
答：对语言（特别是书面）表达比较敏感，甚至比较有才情的人，有个性的人，不特别在乎物质享受的人。

---

① 本文系 2013 年 9 月笔者与学生的笔谈。

中文专业的学习

问：大学的中文专业的学习，和高中语文有哪些主要的不同？

答：高中语文主要学习语言文字运用，大学中文专业则以语言文学现象作为研究对象。

问：中文的学习，会给学生带来些什么？

答：学中文，学生有哪些方面的收获？带来较深厚的语言文学素养，对文化传承的自觉。学生的写作能力会有较大提高，比较有"文气"。

问：学习中文会培养学生怎样的看问题的视角？是否会改变一些价值观、世界观？

答：会有语言或者文学的敏感，对自由的迷恋，甚至有些批判意识。但也可能很平庸，或者眼高手低，难以融入社会。

问：学习中文，学生会有哪些实际的提升、能锻炼哪些能力？在毕业后从事工作中，是否能运用到这些能力？

答：写作能力，以及写作背后的思维能力，审美感受能力。这些在社会上有些实用价值。但幸运的是作为一种素养，对自己人生亦有滋养的益处。

问：学中文的同学是否对社会有一些特别的责任？

答：少数学生养成文明批评和文化批评意识，有可贵的责任感。

问：社会上有哪些对中文专业的误解？

答：认为中文就是培养作家的，或者认为中文不需要学，也学不到什么有用的技能。

问：学生进入中文系，应该抱一种什么样的心态？

答：中文是基础学科，又是化育人的学科，不要急功近利，要磨性子，涵养自己，整体提升。

问：您对中文系学生有什么样的期望：一个中文系的毕业生，你觉得最基本应该达到哪些要求？

答：在这个浮泛的功利的时代，能沉下心来，认真读一些基本的书，学会思考与写作，养成健全的人格与人生观，对国家民族有一份责任心，就会超越平庸，拥有美好的未来。

关于阅读

问：阅读的时候情感和理性应该怎样配合？

答：书的形式内容不同，方法亦有不同，不必刻意追求配合。文学作品阅读要尊重第一感受。理论阅读要有质疑与思考。

问：您觉得人们为什么能享受阅读的过程？

答：书籍是朝世界开放的窗户，能拓展眼界，放飞心灵。阅读符合人的天性。

关于教育

问：您觉得现在的中学语文教育有哪些地方是可以改善的？

答：从教学内容到方式都需要改变，我主持编制的"课标"就体现了改进的目标与途径。但社会竞争日益加剧，给教育改革带来难以克服的障碍。

问：您觉得现在的大学中文专业的教育，有哪些地方可以改善？

答：改进课程设置分工过细的弊病，让学生多读原典，多思考讨论，多练笔。

建　议

问：您觉得现在的中文专业的学生有哪些普遍存在的问题？

答：不读书或少读书，只学会一些理论概念和操作手段，没有文化与文学的感觉。写作不过关。

问：您对高中生选专业有什么建议？

答：主要考虑自己是否喜欢，是否适合个性，有没有这方面的潜力。当然，最好还与自己的志业结合起来，考虑一下国家社会发展的需要。其他实际的因素不必过多考虑，起码不是第一位的。

2013 年 9 月 3 日

北大应坦然宣布"思想自由 兼容并包"为校训^①

北大现在提出要建设世界一流大学，值得肯定，这些年来也取得一些成绩，但北大眼中的世界一流，无非就是哈佛、普林斯顿、牛津、剑桥等。那些大学的确非常了不起，有许多值得我们学习的地方。但北大领导和老师们是否想到过？老北大在当年就曾经是世界一流的。无论是办学理念、教学质量、开放程度，还是人才培养，20世纪二三十年代的老北大，以及西南联大时期的北大，都是当时世界上屈指可数的最成功的大学。那时物质条件并不好，但其他条件都是一流的。世界上极少大学能像北大这样，与自己的民族、国家的命运联系如此紧密，发生过如此大的影响。所谓一流大学评价很复杂，但有一条比较简单，那就是社会公认的程度。老北大的社会公认度是很高的。可惜现在的北大不争气，已经把"老本"丢掉不少，尽管物质条件很好了，可是精神气度已经不行。我觉得当今中国的大学，包括北大，的确需要向西方好的大学学习，但有两点不能忘记：一是中国的北大和其他大学，无论怎样发展，也不可能变成哈佛、牛津等大学，我们还是中国的大学；二是中国自己也有过成功的大学办学传统，需要继承，

---

① 本文及下一文《大学到底有什么用？》均为笔者在北大、人大等校演讲的讲稿节录。

而不应当背弃。下面，我们就来讨论一下老北大的成功的办学传统。

老北大的成功，首先在于办学理念的先进，其办学理念集中体现在八个字："思想自由　兼容并包。"这是老校长蔡元培先生提出的理念。这种办学思想，超越了工具性思维，是很大气、很有现代意识的教育观念的体现，有利于营造良好的学风，有利于对学生健全人格的养成与潜力的发掘，使大学真正能成为文化中心与精神高地。但是如今的北大，已经把原来的传统丢失殆尽，在很多公开的场合，不敢提这种办学思路，也从来不敢承认这就是北大的校训。北大好像至今没有明确的校训，这是很尴尬的。

校训往往凝结着一个学校的历史，反映一个学校的文化背景或创建历程，或者体现一个学校办学的宗旨，一种精神的追求。好的校训如同一个招牌，那是一个学校的精神标志，能鲜明地标示这个学校的特色与成就。北大应当坦然地认可"思想自由　兼容并包"，把它作为校训。这两句话符合上面说的好的校训的特征，能充分体现北大的精神、个性、校格。

那么为什么这样一个广为人知、几乎成为北大精神象征的标示语，并没有能正式宣布作为北大校训呢？有些人是有个心结的，生怕一提"思想自由"就是政治自由化，讲到"兼容并包"就难免包容政治上反动的东西。这种思想禁忌几乎成了"集体无意识"，大家就不要去碰了。其实，只要认真研究一下"思想自由　兼容并包"，看看其历史内涵与文化积淀，就大可不必如此紧张。所以，这里我们回顾一下老北大的历史，特别是"思想自由　兼容并包"的来路，让我们感受一个大学应当如何定位，如何营造良好的氛围，可能是有参照意义的。

北大的前身京师大学堂通常被看作是我国第一所现代形态的大学，其实这个所谓"现代形态"时间有些提前了。1898年建校之后，有十多年时间，很难说就是现代的大学。当时文科基本上是桐城派与"文选"派的天下，学生则以官员或者官宦子弟居多，都是抱着升官发财的目的来上学的，学校风气相当陈腐而且保守。学生称呼老师不是叫老师、教授，而是"大人""老爷"，老师可以放纵赌博、嫖妓，当时北大甚至被民间加以"赌窟""探艳团"的恶名。中间有一段几乎就办不下去了。直到1916年，北大才转变风气，真正朝着现代大学的方向来办学。这是因为来了蔡元培先生担任校长。蔡元培开门见山，在就任校长的演讲中就提出三点要求，可以看作是北大精神的第一道闪光。蔡先生说，第一，大学是相对独立的学术研究的机构；第二，学生不应当"专己守残"，意思是既要专精又要博雅，注重人格修养；第三，大学应当有思想学术的自由。他画龙点睛，说了这样一句关键的话："此思想自由之通则，而大学所以为大也。"

蔡元培曾在德国莱比锡大学研究大学教育，深受现代教育之父洪堡的思想影响。他认为，大学是人格养成之所，是人文精神的摇篮，是理性和良知的支撑，但不是道德楷模，不是宗教之所。大学者，研究高深学问者也。囊括大典，网罗众学之学府。

他还说：大学并不是贩卖毕业的机关，也不是灌输固定知识的机关，而是研究学理的机关。

蔡元培认为，学与术可分为二个名词，学为学理，术为应用。治学者可谓之"大学"，治术者可谓之"高等专门学校"。

他说，知识分子要开辟自己的领地，发挥影响力，不依赖于政治，不顺应当权者，切断大学文凭与国家俸禄的等同关系。

蔡元培主政北大之后，校风好转，教师学生道德水准得到提高。当时北大教师当中成立过一个叫"进德会"的团体，要求会员不嫖、不赌、不娶妾，还有不当官吏、不做议员等等，居然拥有一千多名会员。但蔡元培的理想不只是整顿道德，而且还要仿照西方先进大学的通例，办一所中国的现代的大学。他的第一件事情，就是"循思想自由言论自由之公例"，放开胸怀，聘用各方才俊。这就使北大任用教员着眼于学问，不受政治、派系或者其他非学术因素干扰，只要有学问，言之成理，哪怕观点对立，都可以在北大立足。当时北大聘用了一些所谓旧派人物，诸如刘师培、黄侃、林损、辜鸿铭、马叙伦等，他们比较倾向于现在说的文化保守主义，后来他们还站到了新文化运动的对立面。同时北大也引进了陈独秀、胡适、李大钊、钱玄同、周作人、鲁迅等一批激进的改革的人物。

这里说说蔡元培聘请陈独秀的史实，看看我们老校长的气度胸襟。蔡元培1月4日到北大上任，1月11日就呈请教育部聘任陈独秀出任文科学长。蔡元培与陈独秀政治信仰不一样，个性也迥然不同。陈独秀是"炮筒子"，你看他那篇《文学革命论》，声称要拖十八门大炮为前驱者助阵，他说话写文章就是这样锋芒逼人。而蔡元培却外圆内方，是绅士加传统优雅文人的那种气质。但蔡元培赏识陈独秀的锐气，当然还有他在青年中的影响，他是翻阅了十余本《新青年》后决意要聘陈的。为了礼聘这位比他小十多岁的陈独秀，蔡校长亲自去陈的住处拜访，一趟趟"多顾茅庐"。陈习惯熬夜，起床很晚，蔡元培几次登门陈公都还在梦见周公，蔡老先生就耐心地坐在门口的一只小板凳上，等待陈独秀醒来。

年轻气盛的陈独秀开始并不领情。他志向大了去了，哪里肯"屈身"当一个教师？何况那时他正在专心办《新青年》杂志，编辑部又在上海。但蔡的诚意和气度最终还是感动了陈独秀，使他决定将《新青年》搬到北京来办。这可是一个重大的历史契机。有了《新青年》与北大的结合，也就有了新文化运动和"五四"运动。

在蔡元培礼聘陈独秀后，陈又推举胡适进北大当教授。胡适当时才二十多岁，"海归"派，可是博士学位还没拿到。是陈独秀看到文章，欣赏他的才情眼光，得到蔡元培赞许，才决定请他来北大的。后来胡适成为新文化运动的主将之一。胡适在他的纪念文章里曾提到，如果没有蔡元培，他的一生很可能会在一家二三流报刊的编辑生涯中度过。

我讲这段佳话，是为了说明蔡元培"思想自由，兼容并包"的办学理念。蔡元培决心以这八个字来塑造北大，使这所大学能够"囊括大典，网罗众家"，行"思想自由之通则"。除了聘用旧派与新派的人物，北大那时还汇集了许多非常有学问有特色的学者，例如马寅初、陶履恭、王星拱、陈大齐等，他们后来都成为各个学科领域的开创性角色。北大在很短时间内就聚集了当时中国最有学问、最有思想、最有激情与抱负的一批知识分子，形成了各种学派、思潮与主义交锋的一个平台。各种新的思潮包括马克思主义、社会主义、人道主义、无政府主义、新村主义、托尔斯泰主义、易卜生主义等等，纷纷亮相北大，各种文化社团风起云涌。那种问难质疑、坐而论道的自由学风，也由此形成，成为北大异于其他大学、吸引一代代学子的独特传统。

北大汇集了各色人物，大都是有个性的角色，彼此学术理路和文化立场都不一样，怎么才能相安无事，有竞争，又有协和呢？什么机制在起作用？那主要就是教授治校。这是蔡元培主政北大期间做的第二件大事：建立起教授会和评议会。这些措施是仿效德国大学管理方法。当时的评议会由全体教授推选，凡学校章程规矩及重大事项（如开放女禁，给予女生同等入学权利），都要经评议会同意。以上我们回顾了北大自由校风形成的历史。但是具体来说，"思想自由　兼容并包"这两句话到底出自哪里？让我再从头说来吧。

当陈独秀、胡适等人通过《新青年》杂志大力推进新思潮，最终形成反对封建专制主义及其衰腐的伦理道德的新文化运动，就遭到文化保守派的猛烈反抗。当时反对新文化运动的主将一是原北大校长严复，另一就是著名翻译家林纾，都是当时文化界举足轻重的角色，而且他们对中国近代文化是有过重要贡献的。当时林纾旗帜鲜明地反对新文化、新思潮，尽管他自己二十多年前也主张过改革，但此时转向保守，认为只有抵制西方的影响，回归古代文化与伦理，才能救中国。林纾用古文翻译西方文学作品180多种，是当时的大师级人物，他看到胡适一般人提倡白话文写作，是深恶痛绝的，所以他把矛头直接指向北大。1919 年 2 月林纾在上海《新申报》发表了两篇小说，用一些化名影射陈独秀、胡适与钱玄同，甚至进行人格侮辱。当时有些读者认为林纾是借小说暗示要求军阀政府干预北大行政。林纾还在报上发表公开信《致蔡元培书》，控诉北大"尽废古书，行用土语"，"复孔孟，铲伦常"，"尽反常轨，侈为不经之谈，……令人心丧弊，已在无可挽救之时，……而中国之命如属丝矣"。林纾严厉警告蔡元培搞教育勿"趋怪走奇"，误国误民。蔡元培当即在《公言报》复函，这封信被广为引用，事实上成为新文化运动的有力支持。信中驳斥了林纾对北大所谓"复孔孟，铲伦常"，以及"尽废古书"的谣言，不符实际，鲜明地提出这样的办学理念："对于学说，仿世界各大学通例，循思想自由原则，取兼容并包主义，……无论为何种学派，苟其言之成理，持之有故，尚不达自然淘汰之运命者，虽彼此相反，而悉听其自由发展。"

这就是"思想自由　兼容并包"的来路。

我们可以这样看，如果没有这种学术自由、对不同思潮学派宽大包容的胸怀，也就没有北京大学，没有"五四"新文化运动，甚至也没有马克思主义在中国最初的立足之地。没有蔡元培这种办学理念，像陈独秀、李大钊、甚至还有后来的毛泽东这些共产党人，他们能够拥有最初发言的平台吗？现代科学民主思潮以及马克思主义社会主义思潮，正是依赖北大这种自由的宽容的学术环境才得以诞生和成长。我们不能忘本了！不能一提到"思想自由"，仿佛就是洪水猛兽，一提到"兼容并包"，就说那是特定历史条件下的产物，是资产阶级的东西！那就把好东西都推出去了，多么可惜！

以上我们回顾了蔡元培是在什么背景下提出"思想自由　兼容并包"的理念，以及北京大学如何靠这一理念成为"五四"新文化运动的发源地的。后来蒋梦麟、傅斯年、胡适当校长，基本上还是秉承与发展了这个办学理念。如蒋梦麟把"思想自由　兼容并包"阐释为"大度包容"的北大精神，认为这种精神既符合世界很多一流大学的通例，又与儒家"道并行而不相悖，万物并育而不相害"的概念相通。"思想自由　兼容并包"，并不只是蔡元培一人的思想，而是中国现代大学出现的代表性思想，或者说，是北大所以成为北大的精神资源。这一百多年来，北大这个名字这么响亮，跟北大思想自由的宽容的校风很有关系，这已经成为一种传统，虽然也有过许多阻挠与挫折，但多少还是艰难地传承下来了。

一个学校除了有大师，有大楼，还要有校园故事，有许多能成为一代代学生不断传说下去的故事。北大总有许多性情中人，许多有风骨个性的学者，他们的故事往往就负载着积淀着学校的精神传统。比如辜鸿铭，长衫马褂留辫子，还满口"牛津腔"讲《论语》。太怪了，但有学问，而且他的某些见解在事实上对"五四"新思潮激进的一面有牵制作用，或者说，起到某种结构性的平衡作用。虽然他是个反对新文化的保守人物，但在一代代传说中，又成为一位有个性有主见的怪才，大家都觉得应当容纳这样的人物。这就是一种理念的传承。

又如马寅初，当过北大校长，却那么"死心眼"，认准了自己经过研究的学问观点，主张控制人口增长，即使面对众多大批判，哪怕是巨大的政治压力，自知年近八十，寡不敌众，也要单枪匹马，出来应战，直至战死为止。如果当时当局能听取这位学者的意见，也就不至于弄到人口膨胀十多亿才着急实施计划生育了。从政治角度看，马寅初先生真是"不识时务"，但在北大居然有这样坚持真理不畏权贵的校长，也是独特的风景。许多诸如此类有学问有个性的学者，他们成为北大精神的支柱。不要小看这些校园故事，一代代北大人所接受的传统滋养，很多就是从中获益的。北大是个多故事的地方，也是传统深厚的精神高地。当一种校风形成，代代相传，就是一股无形的力量。在这种氛围之中，人们比较宽容，尽可能给学者自由发挥的空间。这里不是没有矛盾，也肯定会受到外界各种压力，但多数人都一心向学，也比较习惯给他人以空间，缝隙就比较多，一般情况下不至于被逼到墙角，化解外界压力的可能性也比较多。这正是北大可爱的地方。

实事求是说，北大虽然有时有些"自恋"，但无可否认这所大学至今仍然是比较自由、活跃，也比较具有批判精神。北大那种特有的氛围，是从蔡元培开始不断培育出来的。一代代的北大人，无论是否得到"官方"认可，始终都还比较神往"思想自由　兼容并包"的办学传统。这是无形的力。北大历届大多数领导我想也都还是对老北大传统心领神会的，只不过无力或者无心去坚持。这些年，按说政治性干预相对少些了，但拜金主义急功近利的风气越刮越凶，人们受到另外一种高压，结果呢，北大的房子越盖越气派（但也接近"小株密植"了），钱越来越多，精神气度却是每况愈下。

若自己宝贵"思想自由　兼容并包"的传统都保不住，连校训都没有，还有底气谈什么"世界一流"吗？我很怀疑。

北大清华人大三校比较论 ①

　　我今天要讲"大学文化与大学传统"，是很大的题目，不妨大题小做，比较一下清华、北大和人大三个学校的不同校风。三个大学都在海淀区中关村一带，几乎毗邻而居，北大清华更是一墙之隔，可是彼此"性格"明显差异。我来妄加评论，也算是有些"条件"的，我和三所大学都有密切的关联。本人是人大的校友，1964 年入学，1970 年分配离校，在人大待了 6 年（那时大学本科五年制）。我的青春岁月是在人大度过的。从 1978 年到现在，我在北大先当研究生，然后留校当老师，迄今 33 年，是很地道的"北大人"了。而清华呢？也有关系。清华中文系建立之前，我被清华校方聘去教过两年的课，是面向全校的选修课。我还在清华南边的蓝旗营住了 10 年，买菜散步都去清华。我的导师王瑶先生，和导师的导师朱自清先生，原来都是清华的，我也等于是"师出"清华。我是人大的校友、北大的老师和清华的居民，对三所大学还是比较了解的。那么就说说自己的印象吧。

　　可以从校训说起。校训往往凝结了一个学校的历史，反映一个学校的文化背景和创建历程，体现一个学校的办学宗旨和精神追求。人

---

① 本文发表于《粤海风》2012 年第 5 期。

大的校训是"实事求是"。这句话出自《汉书·河间献王德传》，其中提到了"修学好古，实事求是"。这句话因为毛泽东的引申，变为现代非常流行的成语。在《改造我们的学习》中，毛泽东说到"实事求是的态度"。他解释："实事"就是客观存在的事物；"是"就是客观事物的内在联系；"求"就是研究。不凭主观想象，或一时热情，不凭书本，而是凭借客观存在的事实和详细的真实的材料，在马克思列宁主义思想的指导下，从材料中引出正确的结论。"实事求是"已经成为我们党和国家一个非常重要的指导精神。党中央的机关刊物就是《求是》嘛。人大把"实事求是"作为校训，体现了一种办学的理想。人民大学的传统大致也可以说是追求"实事求是"的。

人民大学是中国共产党一手创办起来的学校，从延安大学、陕北公学、华北联合大学，到上世纪50年代建立的人大，一直是党的"嫡系"学府，一个致力于培养干部的机构。现在的人大附中很有名，大家不一定知道，其前身是"工农干部补习学校"，高玉宝、郝建秀和当时很多有名的干部，都曾在这个学校学习过。五六十年代的人民大学，有点类似党校，主要就是培训干部。我考大学的时候是1964年，报考的时候，招生简章中人大是放在北大前面的，位置很高。人大是60年代初才开始招收应届毕业生的。人大办学，与社会、政治、党的需要紧密联系。在我上学时，人大最好的系就是党史系、马列哲学系、政治经济系、计统系、工业经济系、农业经济系等。人大的政治风气浓，当时每个星期都有政治报告，由一些部长和政要来讲，校园里时时刻刻都能够感受到时代的脉动，学生总是被告诫不要脱离实际，不要忘记社会的责任，要关注现实、有责任感和务实精神。老实说，我的大学时期是很压抑的，动不动就要被批评个人主义，或者白专道路。后来"文革"爆发，全校分裂为"人大三红"和"新人大"两派，打得不亦乐乎。"派性"矛盾延续很长时间，直至人大复校之后。

说人大比较务实，是从好的方面讲，这确实也是人大的一个传统。

现在对人大的办学传统好像很多微词，连毕业生也每每抱怨母校。大家不满，是这个学校过于"政治化"。现在处在"去政治化"的时代，对人大的传统就更加反感。大学办得很"政治化"固然不好，但政治是"去"不掉的，所谓"去"也只是一个相对的说法，是要矫正以前过于政治化，以伸张个人空间。人大的确是政治性很强的学校，对它这个传统要分析地看。上世纪五六十年代，新中国刚刚建立，处于冷战时代，那时候不仅中国非常政治化，美国也十分政治化，苏联也是非常政治化，整个世界在政治上都很敏感。当时毛泽东、共产党虽然有"左"的错误，但也不能因此全盘颠覆历史。看人大的传统，也要用这样一种历史的观点客观地评价。我看到一些从人大毕业的学生，把人大的传统说得一钱不值，心里不是滋味。

人大有人大的特点，不要拿清华、北大做标准来衡量人大，每个大学各有千秋。幸亏三个大学都还有点个性，各自有所不同，如果都变成了北大或者清华，那会很糟糕；都变成人大，更是不可想象的。现在各个大学趋同的"平面化"现象似乎越来越严重，也令人忧虑。人大的校风倾向于务实。这所大学历来重视社会科学，重头戏是社会科学，它强调服务于政治斗争与经济建设。务实，是它的优势，当然，有时又可能趋向庸俗化。不仅是人大如此，当年整个社会都是这样，就是趋时，紧跟，要求步调一致，容不得独立思考。北大、清华在"文革"时期不也是紧跟？不也是出过"梁效"这样的政治打手？部分原因是时代使然，也有部分原因在于学校的风尚。一个大学跟时代跟得太紧，缺少必要的距离，也就缺少必要的培养自由思想的土壤，缺少独立性。这也是人大的遗憾吧。

另外，作为文科大学，人大历来对社会科学特别是应用性的学科很重视，对人文学科就比较轻视，不太愿意在这些方面投入。以前语文系在人大是无足轻重的，历史系因为有党史，稍微受到重视，哲学系则几乎成了马克思主义哲学的天下。这都显得比较褊狭。没有厚重的人文学科，整个文科包括社会科学也就难以支撑起来。好在这些年人文学科特别是传统学科得到发展。不可否认，关注社会，紧密联系社会，服务于时代，这是人大的一个特点，现在还是。"研究无禁区，发表有纪律"这话有矛盾，不让发表就等于禁止研究嘛。能不能开放一点，让人大这样的学校多做现实问题研究，也包括某些禁区研究，实事求是发现问题（包括有争议的敏感问题），从内部提供相关决策部门参考。应当容许不同的声音，而不是舆论一律。人大有它的优势，有清华、北大及其他大学所没有的优势，但也有它某些方面的缺陷。它过于趋时、过于紧跟，这对于一个大学人才的培养、科学研究，是有不良影响的。

再说说清华。清华的校训是"自强不息，厚德载物"。这句话来自《周易》的乾、坤两卦："天行健，君子以自强不息。""地势坤，君子以厚德载物。"乾坤代表天地，用这两句话来阐释符合天地的德行，用这句话来激励师生不断努力，奋发向上。用现在的话说，是既符合规律，又有良好的内涵修养。我觉得清华的校训非常好，内涵丰富，本身给人一种很阔大的感觉。据说这是梁启超给清华定下的。

说到清华传统，人们马上会想起上世纪20年代的清华国学院，还有王国维、梁启超、陈寅恪、赵元任四大国学导师。老清华是综合性大学，文、理、工科并重，文科的影响更大一些，和当时的北大不相上下。老清华的传统是中西合璧，放达而自由。清华本来就是用庚子赔款建立起的留美预备学校，很开放的，所以如果讲传统，这就是清华的传统。但后来就有问题了，老清华的传统断了。其实有两个传统。上世纪二三十年代老清华是一个传统，1952年院校调整后，这个传统断了。它的文科和部分理科都移到北大等校，清华没有文科了，完全成了一个工科的学校了。现在讲得很多的清华传统，是老清华的传统，20世纪50年代完全断了。

不过上世纪五六十年代清华又形成了另外一个新的传统，那是在蒋南翔校长的领导下形成的。这个传统可以概括为四个字："务实、纪律。"清华流传甚广的一句话是培养"听话出活"的人才，所谓纪律也就是"听话"，懂规矩。清华强调的是"行胜于言"，你们看校园里现在还是到处插有这句口号的标语。记得1981年中日女排比赛，中国队大胜，全民欢腾。北大学生当晚点起扫帚当火把游行，喊出的口号是"振兴中华"；而清华学生的口号则是"从我做起"；也可见两校之不同。

院系调整以后，清华以工科为主，清华的"务实"主要是和工程建设有关的。上世纪五六十年代，每年在新生入学时，清华校园里挂起来的标语就是"清华——工程师的摇篮"。清华的培养目标是很明确的，就是工程建设人才。清华的学生很苦，做实验，做工程，参与老师的项目，扎扎实实干，动手能力比较强。老师就是"领导"和"老板"，令行禁止，团队精神格外看重。清华也看重素质培养，比如重视体育，但目的还是很明确：为祖国健康工作五十年！清华的学生比较受社会用人单位喜好，跟他们比较务实、听招呼是有关系的。

除了务实，清华也是一个非常政治化的学校，是一个很有章法、很讲效率、讲纪律的学校。上面有什么动静，清华总是立马跟进，往往出经验，出典型。清华的工会、党组织都是很强的，工作做得井井有条，在全国都有名。清华不仅培养工程实业人才，搞汽车、搞水利、搞建筑，还很注重培养干部。清华果然也培养了很多干部，很多高层官员。省部级以上的大官，清华出身的占了相当大比例。难怪有一句话说："大清天下。"有些人否认从政的必要，但从国际上看，名校毕业生从政并不稀罕。这当然也是一种贡献。清华有它的优势，它的校风是务实的，讲纪律的，是强势的，甚至有点傲气和霸气的，但对比一下老清华，会发现现今的清华缺少某种东西，那是一流大学必需的自由的空气和独立的精神。清华的工科很强，但文科比较弱，这些年凭着清华这招牌，不愁罗致人才，包括许多文科的拔尖人才。我认识

北大清华人大三校比较论

的不少北大的著名学者，为清华的条件吸引，都奔向清华去了。清华正在恢复完全的综合性大学。但转去清华的一些学者又都抱怨，说清华受拘谨的工科思维统治，很难伸展个性，如果要发展文科，恢复老清华那种气度，恐怕还得费相当大功夫的。

现在就要讲讲北大。北大很奇怪，它没有校训。以前大饭厅（现在是大讲堂）东侧写着"勤奋严谨，求实创新"八个大字，一般人以为这就是北大校训，其实不是；有时学校开会打出大标语"爱国进步，民主科学"，也不是校训。倒是有一个大家都知道，却场面上又不被承认的说法，那就是"思想自由，兼容并包"。为什么这不能堂堂正正当作北大的校训呢？可能有人担心"兼容并包"把什么都包进来了，立场不是很鲜明，政治性不够明确。其实这个不必担心，因为这是北大的历史嘛。历史上的北大的确就是兼容并包的。如果当初没有兼容并包，社会主义思想能够进入北大么？共产党的组织能够在北大最先发难么？不可能。所以这个"兼容并包"也未必是件坏事。

北大这个学校的确是比较自由，对于各种思潮学派都很兼容。如果没有这种校风传统，就没有北大了；没有这个就没有新文化运动了；没有它，马克思主义也无法立足。这样来看，就不要一提到"兼容并包"就觉得很可怕。北大是个多故事的地方，所以它的传统相对比较深厚。校风传统就积淀下来，形成了一种力量。在这种环境下，人们就比较宽容，它尽可能地给老师学生提供更大的自由空间。不要以为北大没有矛盾，北大矛盾多着呢，来自社会、来自政治经济各方面的矛盾，也有很多外界的压力。但是比较多的人还是一心问学，还有比较多的人容易给他人空间。缝隙比较多，一般不会把人逼到墙角。就是说，化解压力的可能性比较大，使人们能够专注于学问，能够抵御很多物质的诱惑。

我觉得北大自由也有另一面，就是管理薄弱，甚至有些混乱。这跟清华、人大一比就更突出了。清华、人大都很注重管理有序，弄出许多规矩，不惜牺牲自由。清华、人大的管理层比较官僚，但令行禁止，能管得住。北大人不屑于当官，管理层的地位比不上教授，有的教授有意见拿校长是问，校长也无奈。听说前北大校长吴树青就曾抱怨，有一回在西门碰到一位教授，指着吴的鼻子就是劈头盖脸一顿批评。自由的北大管理薄弱，也没有什么规矩。我讲一个例子，大家看北大"乱"到什么程度。几年前，北大有一个很有名的学院，大二的一个班级来了个新的班主任。一年以后，才发现这个班主任居然是假的，是个流浪汉，做北大学生的班主任过过瘾。可见北大有多么的乱。但北大相对又是比较自由的，禁区较少，把人逼到墙角的情况也比较少。加上北大比较国际化，中外各种学派名家乐意在北大亮相，学生在这种环境中开阔眼界，活跃思维，比较能激发创新。北大的学生往往心气很高，张扬个性，乐于批判性思维，容易被看作不合群，不"听话"。北大的毕业生在社会上往往被另眼看待。北大是个奇妙的地方，这里的学术空气适合天才的发展，因为提供了较多自由的空间。但是对于一般实用人才的培养就不见得很适合，如果学生没有足够的自制力，在北大就学不到什么东西。北大如鲁迅所说，是"常为新的"。这是优点。北大人的主意很多，实行起来就比较难。北大人往往起得早，赶上的可能是"晚集"。

关于北大，人们已经说得太多，我在另外几篇博文中也有专门评说，这里就不在饶舌了。

对北大，没有必要吹到天上，也不应该贬到地上。对清华、人大亦如此。

北大有优良传统，是有个性有品位的大学，可是这些年也感染上商业化、官场化、项目化、平面化和多动症等疾患，越来越丢失传统，办学质量每况愈下。其实清华、人大也彼此彼此，都多病缠身，你我互相竞争，又互相克隆，越来越失去个性，也就越来越失去价值。这才是令人忧虑的。

大学到底有什么用？

大学到底有什么用？提这个问题似乎"很傻"，因为谁都有现成答案。比如，大学就是培养人才，就个人而言，上大学就是为了今后能找个好的工作等等。这些回答都没有错，或者说可以理解，但起码是不完全的。大学肯定要培养各方面人才，但如果办学的目标就限定于此，这可能是短视的，工具性的。钱学森先生临终提问：为何我们的教育培养不了杰出的人才？看来的确需要反思。很可能是定位出了问题，用工具性思维来办大学，定位太功利，太实际，只想出人才，反而难以出人才。

回顾半个多世纪以来，我们国家大学的办学指导思想，可以说都是以政治性、工具性的思维为主导。20世纪50年代院校调整，中国的大学普遍被改造为采用苏联模式，学校着重做两件事，一是意识形态规训，二是职业技能培训，目的是为各行业输送又红又专的专业人才。和解放前相比，上世纪五六十年代中国高校数量、规模有很大的发展，也确实为新中国建设培养了大批人才。但这时大学的功能受到限制，成了完全按照国家的方针计划生产实用人才的机构，而不再是科学文化中心，更说不上思想库，大学在整个社会结构中的位置下降了。大学的文化使命被简化为政治思想的灌输，大学的学业就是培养听话的螺丝钉。

记得 20 世纪 50 年代那时，每年新学年开学，清华大学挂出一条大标语就是"欢迎你——未来的工程师！"这所大学当时的定位很明确，就是培养实用的建设人才。到"文革"时期，极"左"思潮全盘控制思想文化领域，人才的培养受到严重干扰，像北大、清华等大学出现"梁效"这样的御用写作班子，大学失去灵魂，被绑到政治斗争的战车上。"文革"结束后，大学恢复招生，80 年代前期，思想极为活跃，学风相对自由，有些大学在社会思想解放运动中扮演了重要角色，大学特有的文化辐射功能有所恢复。这是我国大学教育很难得的一个黄金时段，可以和"五四"时期相媲美。最近二十年，高校纷纷合并扩张，招生规模急速膨胀，部分专业学院转向综合化，科研得到重视，素质教育提上日程，但市场化的入侵，工具性的办学思维变本加厉，只是由原先服务于政治变成服务于市场。加上在一些人眼中，大学是敏感地带，意识形态的弦一直绷紧，大学的改革落后于任何其他部门或领域，其畸形发展有日益严重的态势。

我们不是看不到这几十年来大学对于社会的贡献，也不是否定大学办学的巨大成果。即使在"文革"时期，以非常特殊的形式招收工农兵学员，也还是出了一批人才。这一二十年大学规模空前扩张，各大学都扩招，很多省市高考升学率达到 70%－80%，一定程度上满足了社会需求，而且各个大学办学的物质条件大为改善，许多新的学科得到发展。这些都是成绩。我们讲问题，并不是否认或埋没这些成绩，而是要反思存在的问题，提升办学质量。

中国大学办学的定位，是不是有问题？肯定问题很大，是思路的错位。在新中国建立之初，大学办学强调政治挂帅，实用为先，主要是人才培养的机构，这是可以理解的。在那个百废待兴的时期，务实的甚至带有政治功利性的办学思路，有其历史的必然性。那时国家有更紧迫的事情要做，办大学要纳入举国体制，人们也难以超越地看待大学的功能，所以几十年来，办大学都是很政治化、功利化的，缺乏长远的眼光。我们不必责怪历史。

问题是现在时代发生了变化，社会转型，国力强大，空前开放，和五六十年代相比，办学的条件好多了。在新的情势下，本来我们办学有条件也应当摆脱过去那种工具性思维，有更长远的眼光与胸襟，国家也有这种战略的需求。为什么提出要建设世界一流大学、知名的高水平的大学？潜台词就是要按照世界的通例与成功的经验来办大学。本来这是个进步，观念发生了变化。可是我们的大学这些年来进步不大，水平不见得提升，反而变得更加功利。以往是把大学作为为政权政治服务的工具，这些年又添上一个为市场经济服务。就说人才培养吧，本来也是大学的职责，但是在工具性思维指导下，所培养的人才也是视野褊狭、缺少创新能力的。中国经济这二三十年有飞速的发展，可是我们的大学所培养的在科技方面顶尖的人才是极少的，人文社科方面那就更惨，在国际上没有什么话语权。现在不是提倡文化战略吗，国家希望文化的软实力增强，可是大学的这般状态，并不适合当文化建设的推手。我们对"钱学森之问"还是没有交出认真的答案。

所以我们应当反思几十年来的高等教育之弊，要寻找和重新确定大学的定位，很重要的一点，就是摆脱工具性的思维。大学当然要服务社会，要培养人才，这是题中应有之义，是大学的任务。但办大学不能直奔主题，不能只是想着培训人才。大学的定位要高一点，要充分考虑大学的功能。如果定位就在服务当前社会，培养人才，那大学的功能就被缩小了。办大学主要为的是什么？是给社会提供一个精神的高地，文化的源泉，在这前提下，形成大学特有的文化氛围，然后培养人才，从事科学研究等等，才是顺理成章的事情。事实证明，办大学只想着思想灌输和技术传授，这种狭隘的思维模式既培养不了杰出的人才，也不可能和世界上一流的大学竞争。这里不是纠缠"大学是什么"的概念之争，也不是预设某一种大学的"本质"，而是因为事实上我们的大学存在很多问题，即使在人才培养上也不太成功，所以要从根本上反思，思考大学的功能是什么？应当怎样定位？

其实大学是现代社会的产物，西方很多有名的大学，也是经过多年的历练，才最后成为科学文化的中心，成为精神的高地。所有著名的大学对于社会都有文化导向作用，这种导向是因为既关注社会，又能适当超越，和社会现实生活保持一些距离，有相对的独立性。大学不能和社会混同，应当有理想，有批判精神，有自由的空气，创新的氛围。大学应当比社会"干净"一些，是社会的特区，是文化建设的实验场。大学集中了一批知识精英，作为社会良知和理性的代表，超越利益集团，是制约利益冲突、促进社会稳定进步的力量。大学文化的使命是培育公民的自我意识、独立意志、公平竞争、社会责任、公共道德等理性素养，而不只是专业技术。大学的精神不是由习俗或道德来维持，而是由学者和大学生源源不息的追求来支撑。自由的思想探索、批判的意识、学术的切磋、独到的发现、大胆的创新、个性的充分发展，都是大学所追求的精神境界。大学文化向社会辐射，能成为社会文化秩序的建设力量。成熟的大学对社会有超前性、批判性、创造性，不应当满足于服务当前，迎合时尚，不应重物质轻精神，重经济轻文化，重科技轻人文，重操作轻思想。在大学特有的文化氛围中培养学生健全人格，发掘他们的潜力，这和我们通常讲的专业训练是有差别的。

爱因斯坦说，学校的目标始终应当是，青年人在离开学校时，是作为一个和谐的人，而不是作为一个专家。

原香港中文大学校长金耀基说，学生在大学里，实际上是学四种东西：一是学怎样读书（learn to learn）；二是学怎样做事（learn to do）；三是学怎样与人相处（learn to together）；最后是学怎样做人（learn to be）。

都是讲"人"，我理解是大写的"人"，而不是一般说的"人才"或者"专家"，这和我们通常对于大学功能的认识是很不同的。长期以来，我们都习惯于以政治权威和意识形态为标准，采用政治性、工具性思维，对文化、科学的尊重仅限于工具与实证的领域，如今又几乎全受制于市场经济，所以搞来搞去，仍然眼界狭小，还是工具性思维，这样来办大学，尽管花了国家很多的钱，也难以起到为社会发展不断提供灵感和动力的效能，离所谓"世界一流、世界知名"就越来越远了。

大学"五病"①

　　这十多年来，高等教育规模扩大，中国已经成为世界上大学教育规模最大的国家之一。从精英教育走向大众教育，更多年轻人有机会上大学，这是巨大的成就。但是，从多数大学目前的情况看，前进中也出现新的问题，甚至是"重病"，我把它概括为"五病"：

　　"一病"是市场化。

　　这种趋向日益严重，对大学教育产生致命的伤害。原因是教育投入仍然严重不足，教育资源分配越来越不均。每年两会都有代表提案，要求加大对教育的投入。这些年基础教育的投入的确增加了，但高等教育欠账很多。这是关键问题。国家投入不够，学校要自己去赚钱，不少大学只好不断扩招，靠获取学费来维持运行。还有就是"创收"（这个词对于学校来说很不好），办各种班，赚了一些钱，可是风气坏了，人心野了，老师哪有心思教学？现在学校的商业气氛越来越浓，越来越世俗、庸俗。市场化对于教育特别是大学教育的伤害是很大的。北大这些年市场化、商业化冲击也很严重。有几个院系不办班

---

① 本文原是 2011 年秋笔者在青岛大学一次演讲的讲稿，发表于笔者的博客，后有多种报刊转载，凤凰卫视等媒体还做过专题报道节目。

创收的？美其名曰服务社会，当然也给学校补贴了一些资金缺口，可是校风搞乱了。你们进校园看看，太热闹了，到处都是广告横幅，什么班都可以进来办，而且很多都是老板班、赚钱班。谁有钱都可以在北大找到讲台。结果弄得大学生刚进来就心急火燎，急于找各种赚钱门道。什么时候能让北大重新找回"博雅"的气氛呢？

再说老师的心态也受到影响。我们许多教授往往都身兼数职，有的很少有时间真正放在教学上、放在学生的学习上。中国有这么多好的年轻人，为什么培养不了？现在名教授都不教本科。为什么？全部为自己的利益去了，所以大学生的程度比以前明显降低。师资外流现象非常严重，更严重的是败坏了校风。北大有些院系教师的收入非常高，甚至可能比某些基础学科教师的收入高出十几倍甚至几十倍。如果说要吸引外国教员，报酬高一些是应该的。而且MBA之类办班收益丰厚，给学校增加了收入，是解决经费不足的途径之一，容许一部分老师"先富起来"，多拿一些钱也无可厚非。问题是不能没有管理，否则有些教授可能就是为钱上课，而且造成校内贫富不均，两极严重分化，学校成了市场，人心搞得很势利，既不利于校风建设，也不利于学科建设。

学校争相办各种班"创收"，是我们中国大陆办大学的一个现象，世界各国如此急功近利办班创收的，恐怕以中国为最。虽然有些无奈，这也可以为学校筹集一些资金，给老师增加收入，但弊病是很大的。对此必须清醒。我看学校应当有些平衡，适当抑制，否则学校彻底市场化了，弊害无穷。

如果说，前些年因为办学经费困难，需要创收来贴补，搞点市场化还情有可原，那么现在很多大学现在的市场化则不再是为了贴补，而是成为了其主要目标。这应当改一改了。

"二病"是"项目化生存"。

所谓"项目化生存"，是对现在没完没了争做各种项目的描述，特别是那些很可能只是泡沫、没有多少学术价值的项目，不断对付着做，实在浪费人生，浪费资源。为什么要这样？因为现在这种管理体制要求，年轻的老师不申请项目是不可能的，因为现有学术生产管理体制有这种量化要求，特别是理科与工科的研究，往往就是通过项目来实行的。还有，就是追逐利益，项目都有钱，有些老师其实就是奔着钱去申请项目的。这其实也是市场化的弊病。现在学术腐败严重，假成果、假学问遍地都是，学术会议、成果鉴定、资格审查、项目审批过程普遍玩手段走过场，吃喝、游玩、送礼、拉关系、做交易反倒成了实质内容。现在很多人当上教授就整天过"项目化"生活了，很少给本科上课，这是不正常的。我近三十年几乎每隔一年就要给本科生上课，上个学期还给一年级上基础课。这学期来山东大学，学校很照顾我，不给我什么限制，可是我自己觉得既然当老师，上课是基本的工作，这学期就给文学院的本科生上课。本是分内的普通的事情，没想到此间报纸还当作新闻专门报道。可见现在"项目化生存"多么严重。现在社会以实用技能为标准收罗人才，舆论更被市场的泡沫所左右。人们为谋生而学习，没有内在的事业冲动，上大学无非是毕业后好在人才市场上找到买主，卖个好价钱。这种短视的观念严重挖空大学文化的基石，腐蚀现代精英的人格品质。

"三病"是平面化。

大学越来越失去个性特色，就是平面化、均质化了。原因之一是都搞大而全，都在升格。大学合并本来也有好处，对 20 世纪 50 年代以来形成的分工狭窄、体制封闭、低水平重复、小而全的高校办学模式，尤其对打破多年的利益集团化、沼泽化，对于"清淤消肿"。许多大学合并，就是贪大求全，原有的一些传统特点就丢失。吉林大学几乎把长春的主要几个大学全都合并了，规模之大，令人感叹：不是吉林大学在长春，而是长春在吉大了。于是吉大自己原有的水平也抹平了，特色淡化了。武汉原来有个水利学院，还有个测绘学院，都是非常有特色的，我上中学时就知道。现在合并到武汉大学了，融合一块了，文章发表的指标上去了，可是特色也不见了。北大幸亏没有和清华合并。大学办学个性与特色的丢失，是个大问题，现在都"平面化"了。

"四病"是官场化。

现在是按照官场那一套给学校管理人员套行政级别，学校也有所谓副部级、正厅级等之分，动机也未必是坏的，可能是为了帮助学校争取资源吧。但后果很不好，助长学校的官本位风气。政府部门有些上不去的官员，就去大学做校长、书记，还不是促使学校越来越官本位？院系一级的党委书记有的也高度职业化，都是外派的，不懂业务，就很难进入状态。这方面北大好一些，院系一级党政领导几乎全都是本院系的老师，不当这个"领导"了，就回去当老师。现在大学官场化，谁当领导谁就得到更多资源，以致有的教授也争着去当处长，有点可悲。不是处长不重要，是这种风气不适合学校。管理对于学校教学科研的运行不可或缺，非常重要，但管理不等于领导，而是服务教学科研（不是服务教师）。管理做好了应当很有成就感，但管理不应当是当官。我到过一些学校，看到有些院系支部书记的权力都很大，可以支配院长、系主任，一级一级官阶很鲜明，在各种场合会看到人们互称官衔，就好像在政府机关里面一样。我当中文系主任多年，系里很少称呼我"温主任"的，那样称呼会让我不舒服。许多大学的官本位已经到了非常严重的地步。只要有一官半职，地位就比教授、老师、学生要高，甚至动辄可以决定他们的命运。在这样一个体制下面，怎么可能会有"思想自由，兼容并包"的学风！更严重的是许多大学书记和校长职责分不清，说是党委领导下的校长负责制，可是"两个一把手"，党政不分，谁最终负责？往往就是谁强势谁就是真正的"一把手"，弄不好还彼此矛盾争斗，影响工作。这个问题好像很难解决，但总要想想办法，有所改进。官本位造成人身依附，造成知识分子丧失独立的思想和判断，失去头脑，失去灵魂。传统宗法制度和盘根错节的人际关系网的劣根滋长，腐蚀了近代以来形成的中国大学精神。

"五病"是"多动症"。

过去搞运动，反复折腾，是"多动"。现在也"多动"，是不断改革、创新，不断搞什么"战略""工程"之类，名堂、花样让人目不暇接。意图可能是好的，可是效果值得怀疑。教育有滞后性，不能老是变动。有些试验要跟踪多年才能下结论。比如北大搞实验班，搞了几轮，搞不下去了，也没有总结，我称之为"无疾而终"。接着又搞"元培学院"，也是着急出经验，弄到现在全国都在模仿。北大本科教育还是比较成功的吧，为什么要大动干戈？即使试验，也要有过程，有跟踪。我们都有点沉不住气，老想改革，就是不愿意下工夫。比如我们大学教师到底在本科教育上面下了多少力气，这才是大问题。上级主管部门往往为了显示政绩，搞"教育的GDP"，所以"多动"。但学校应当有自己的主心骨，尽量抑制"多动"。

我担任北大中文系主任9年，全国大学的中文系几乎全都"升级"为学院了，我说不必去跟风，即使要变学院，那也等全国的中文系都"升级"完了我们再升格吧。现在全都"升级"了，这里还是岿然不动。我不当系主任了，以后北大中文系是否升级为文学院，也就不可逆料了。我们大可不必在"名堂"上下工夫。针对"多动"，我们这些年提倡"守正创新"，在比较艰难的条件下，教学科研以及课程建设还是维持在较好的水平。这也得益于北大的宽容，校方没有逼着我们"多动"。"守正创新"也是针对浮躁的学风。

北大和其他许多大学都有好的传统需要守成，不要动不动就改变它，也不要急于创新，天天改革。在许多情况下，改良比改革更切实。办教育和办工厂不一样，教育需要积累，不宜变动太过频繁。我们把"守正"放在"创新"前面，是想说明继承优良学术传统的重要性，基础性，不赞成浮躁的教育"大跃进"。我们能做的不过是要坚守最基本的人文道德精神，并且将之付诸积极的建设。

信息时代的读书生活

　　每年到"读书日"，都在大张旗鼓提倡读书，实际状况如何？不能盲目乐观。随着数字化阅读提供方便，公民的阅读量的确在大幅度提升，但阅读的"量大而质低"，所谓增加的阅读量，主要是一些流行的、通俗的、娱乐的、碎片化的东西，纸质阅读在逐年减少，真正意义上的读书在减少。

　　这是有数据证明的。最近一份有关国民社交应用用户行为研究的报告表明，有近四成的用户平均每天上网时间达 6 小时。他们上网主要是使用微信，和熟人圈子联络，通过微信、微博获取信息。国民通过网络进行交流，比以前方便多了，但占用的时间也多了，读书和思考少了。有的朋友可能会说，网络阅读也是读书呀，方式不同罢了。但真正在网上读书是少的，即使读，也大都是消遣娱乐之类。应看到信息时代的到来，对读书提出了一些新的要求，也造成了某些困扰，这里我们就来讨论一下"信息时代的读书生活"。

如何看待网络阅读

互联网和数字化技术给阅读带来极大的便利，也带来前所未有的阅读体验：读者可以很方便很廉价地（甚至免费）获得阅读的材料，可以海量获取和储存阅读信息；可以随时随地利用各种空隙做短暂阅读，甚至还可以互动式阅读等等。这的确是全新的阅读方式，是人们至今尚未完全熟悉的新形态的阅读模式。另外，随着微信、微博等自媒体的普及，阅读的范围大大拓展，也更加日常化、平民化，极大地增加了信息量，加紧了社会人群特别是熟人圈之间的联通和交流。

年轻人青睐新媒体阅读，充分利用网络阅读方式，是完全应当理解和支持的。但是在肯定网络阅读的同时，我们也必然要面对一些新问题。现在人们不像过去缺少或没有书看，而是面对太多的信息太多的读物不知如何选择。

互联网出现是人类历史上的大事。互联网给人类太多便利，使得文化交流如此迅捷，但也带来意想不到的许多新问题，现在仍未尘埃落定。

很多人现在都迷恋于网络，我们已经不太可能较长时间集中精力去看一本书，写一篇文章，通常都是每隔一段时间就要打开计算机或者手机，看看有没有新的信息。大家很容易变得心不在焉，注意力不集中。如果记忆完全依赖互联网，记忆就可能技术化了，生物记忆变成物理记忆，这对人类的感情、性格、思维的形成会有什么影响？现在大学生研究生写论文大都依靠网络获取资讯，确实方便，不用像过去那样辛苦地收集数据资料了。很多人因此形成习惯，要找什么问题、线索、资料，不假思索就去打开搜索引擎。

这的确方便，可是网上的信息往往真假参半，不一定可靠的，怎么能不加考辨就当作研究的依据呢？再说，这种只有结果、没有过程的行为，并不助于思考力的提升，反而可能形成"偷懒"的惯性。人们理解某种事物，往往需要接触这些事物，逐步去了解和熟悉事物，这过程可能有许多感性的认知，是重要的积累。如果没有这个过程，过多依赖网上的结论，容易形成碎片式、拼贴式思维，一步到位，没有感觉。

互联网的利用对大脑是否会产生影响？答案是肯定的。人们如果被手机、邮件、微信、微博所捆绑，会造成时间的过多间隔和扰乱，注意力不断被转移，很难有完整时间思考问题，这就会形成思维的碎片化。在上班路上，在会议间隙，在候车时，甚至在和朋友亲人聚会时，很多"手机控"都在一切可能利用的碎片空间里，寻求一个"合适"的位置，将自身"寄存"于手机，任由各种信息摆弄，在虚拟世界里激活并积累自己的社交关系和社会资本。消费主义入侵阅读市场的趋势日趋明显，城市人由于巨大的生活和工作的压力，更希望从阅读中得到娱乐放松而非知识的增长。但应当警惕，"低头族"在享受移动设备带来阅读快感的同时，不知不觉就被抛弃到所谓资本与"注意力经济"的生产线上了。

通过移动设备进行阅读已经成为一种生活方式，但这很难说是一种良性的生活方式。国外有些高端的私立学校，是不让孩子们带手机进学校的。

现在的网络媒体传播是基本上没有把关的，而且多是匿名发表，难免就有许多文化垃圾、甚至人性阴暗的东西泛滥。这些无聊的信息时常大量冲刷着人们，会对人生观、心态和智商发生负面影响。

顺便说说数字化教学的利弊。现在从中小学到大学，上课都要求做课件，放 PPT。这固然一目了然，比较清晰好记，但学生都不会记笔记了，把 PPT 下载就是。上课用课件太多，学生目迷五色，反而可能妨碍阅读与思考。特别是文学课，语文课，文学主要是语言的艺术，要让学生读作品，体味文字魅力，用课件过多，是会有干扰的。

还要说说网络文学的阅读。这种阅读也是前所未有的，它突破了精英文化圈的局限，让大众都有机会参与。主要以故事性、娱乐性取胜的网络小说，是更适合快餐时代的跳跃式浏览的，而"狗血故事"和雷同情节也更多是为了吸引眼球，捆绑消费。网络文学阅读的读者群主要是高中生、大学生和毕业不久的"上班族"。这一类阅读虽然也满足了某种文化消费，但基本上属于"浅阅读"。

　　读者未必了解，网络小说写手无论是"屌丝"还是"天后"，他们第一看重的往往就是作品的商品属性，写作的目的主要就是为了吸引眼球，刺激消费，为了赚钱。对读者而言，阅读网上的作品，也已从传统的阅读者转变成粉丝或消费者，这种新的阅读方式很自然会影响其社交方式、审美方式以及想象的方式。对于习惯网络阅读的人来说，拿出大段的空闲，坐在书桌前读一本纸书，已经是很奢侈也不习惯的事情，碎片化阅读已经占用了他们大部分闲暇时间。

　　信息时代的阅读量的确大大增加了，但阅读的质量却未见得提升。阅读有三种：以娱乐为主的阅读，以获取信息为主的阅读，以理解思考为主的阅读。当然三者也可能互相重叠，这里说的是主要的阅读功能。现在的问题是，三种阅读中，娱乐性为主以及获取信息为主的阅读占据了我们阅读量的绝大部分，思考性的深度阅读越来越受到挤压，这是信息时代的新问题。

　　阅读方式在相当程度上能影响思维方式。互联网和手机等新媒体主导的阅读方式，有可能趋向思维的碎片化、平面化、同质化，而印刷时代形成的那种比较个性化的感知能力可能在降低。

　　信息时代的阅读很方便，有以往阅读方式所不具备的巨大的潜能，当然要充分利用。特别是进行科学研究，现在已经离不开网络资源。对于数字化的新的阅读形态，只能主动跟进，而不是消极抵制。但要注意，新的阅读形态可能有利有弊，不能完全取代传统的阅读方式。纸质阅读和数字化的阅读可以并存，既读书，也读网。不同的人，甚至中老年与青少年，对读书还是读网，可能爱好与侧重都不同。但无论如何，如果读网全部取代读书，那就可能失去很多读书的乐趣了。一般而言，读网比较适合"浅阅读"，了解新闻、信息，也是上网比较方便。但读纸质书更适合"深阅读"。要想读经典，最好还是读纸质书。因为上网阅读往往会受到其他推送信息的干扰，使这种本该"深阅读"的思维与感受变为"浅"。

传统的纸质书阅读本身就是一个审美过程，装帧、开本、版式、纸张，都可能含有独特的美学意蕴，令人玩味不尽。每本书的流传过程，它的来路，都可能带有文化记忆。我们常说的"坐拥书城""有书卷气"，是说一种令人羡慕的气质，这些恐怕在网络和电子设备上是得不到的。读书终究是一种生命体验，更是一种生活方式。所以无论现代信息科技如何发达，不能也不应当完全取代传统的阅读。信息时代既要适应和利用网络阅读，又要警惕和尽可能防止网络阅读带来的弊害。

抵御信息过量造成的焦虑

现在的社会心理比较浮躁焦虑，而焦虑似乎是莫名的，缺少稳定感和安全感。为何会普遍焦虑？可以有多种不同的解释，比如解释为"文化冲突""社会转型""市场化""两极分化"等等，还有就是我们大学生中表现突出的，如就业的焦虑。但不应当忽略，还有某些更深层的引起普遍焦虑的原因，那就是信息过量。

面对信息过量现象，要有自觉，那就是学习并让自己具备一点信息传媒素养，知道现代信息传播的规律。对信息时代带来阅读方式的一些重大的变化（比如传播渠道方式），既要接受它，又要"看穿"它，不是被动面对，不是被裹挟。对于网络信息，自媒体包括微博、微信的传播特点，都要有一定了解；尽量选择相对良性的信息渠道，适当减少信息量；对铺天盖地的信息，自己要有一些过滤分析。过去是一篇一篇地读，现在可能是一组一组地浏览，学会所谓"检索阅读"，学会处理"非连续文本"，也是必要的。

我为什么在这个讲读书的场合，讲信息过量以及焦虑感，因为这是信息时代带来的新的挑战。要培养自己有"定力"，这里说的"定力"，包括应对和过滤复杂过量信息的能力，实事求是的态度，尊重规律、以不变应万变的眼光，还有平常心。

在烦躁的"大气候"中，尽量让自己能心静，有什么办法？除了减少微信、微博的使用，减少对各种负面社会新闻的接受，还有一个好办法，就是用部分时间沉下心来用传统的方式读书，重新捡起纸质的书来读。反过来，读书可能是一种能让自己心静、有定力的办法。林语堂说，"读书的意义是使人较虚心，较通达，不固陋，不偏执"。的确，读书可以让你适当超越过量的浮躁的杂乱的信息环境，有定力，有眼光。

无论是网络阅读，还是纸质书的阅读，总之，是要营造一个"自己的园地"，养成读书和思考的习惯，把读书当作一种生活方式。

养成读书的良性生活方式

最近我在一篇文章中特别提到——"读书养性"。无论是网络阅读，还是纸质书的阅读，总之，都是要营造一个"自己的园地"，养成读书和思考的习惯，把读书当作一种生活方式。读书可以养性，可以练脑，这不仅是能力，也是涵养，是素质，是一种高雅的生活方式。阅读可以拓展视野，可以接触人类的智慧，可以不断提高自己的素质，可以让人在精神气质上超越庸常的环境。

读书、思考和表达是连在一起的，读书可以提升思维能力、创新能力。思维能力，包括发现问题、概括分析能力，审美能力和语言能力，都可以通过大量阅读得到锻炼与提升。这也是"养性"，通过"练脑"来"养性"。一个思维清晰、有创意的学生，往往读书比较多，底子比较厚。读书可以让我们的脑子更清晰，更有深度，更有创意。

"读书养性"和读书的实际目的不矛盾。读书为考试、为谋生谋职，都是必要的、合理的、实际的，但也要树立更高的"养性"的目标，让这个目标把考试、谋职等实际的目标带起来。现在这个社会比较势利和浮躁，家长也可能只是从很实际的目标去要求孩子，如果是有志向的青年，就会看得远些，会有自己的理想，做事也就会有高远的目标。"读书养性"这个目标定得高一些，是取法乎上。

"读书养性"其实是"大格局"，也可以从人生观、世界观培养的角度来看。人生观和世界观决定人对整个人生意义和世界价值的基本看法，包括人生的意义、真善美、生与死的本质、人与自然、人性与社会性、社会公平的准则、伦理道德的底线等等，这些问题都是本源性的，有的还富于哲学含义，属于终极关怀。对这些本源性的探讨与摸索，也就导向人生观、世界观的确立，可能从根本上决定人一生的追求及其思想行为模式。这种人生观、世界观的培养，甚至比知识获取更加重要。而读书，特别是在浮躁的信息时代培养起良好的阅读品味和习惯，对于建构健全的人生观、世界观是至关重要的。

下面再围绕如何读书，给大家一些建议。

读些基本的书，读经典

这里我顺便说说如今大学普遍实行的通识教育。所谓通识教育，应当包含这么几层含义：这是面对所有大学生的教育；又是相对专业教育而言，属于非专业、非职业性的教育，与专业教育可以互相补充；还有，这是全人教育或博雅教育，通过接触人类文化的精粹，在人文、社会、自然科学等领域获取通识，培养有教养、有能力、有责任的公民，最好是那种有通融识见、博雅精神和优美情感的人。这样来定位的通识教育，就不只是课程的调整补充，更不是来些拼盘点缀，而是实行一种更利于培养健全人格和博雅精神的教育理念。

通识教育最重要的还是读书，是引导学生接触人类文化经典。不要搞知识"拼盘"，要读一些相对公认的基本的书，而且要通读。在短短三四年宝贵的大学时光，与其浮光掠影地读许多"节选"或概论，东张西望地上各种"好听"的讲座，还真不如通读一二十种经典。各种"概论"或者"文学史""哲学史""艺术史"也有用，就是提供基本的知识背景和书目，但这不能取代原典的通读。想知道梨子的滋味，就要亲口尝一尝，阅读经典，要的就是那种了解、思考、涵养的过程，这是"养性"也就是精神成长的必须途径。

我主张各个大学减少一点"拼盘"的通识课，不能满足于开设那些有轰动效应能吸引听众的讲座，而应当多开设中外经典通读课程。比如一学期就让学生通读四五种经典。老师适当引导，不多讲，主要学生自己读。每学期都安排一些，在一定范围内规定学生选修。这不难做到。如果学校没有安排这方面的课，同学们可以自己来安排，给自己设计一份书单，比如，三四年时间，通读二三十种基本的书，也就是中外古今的经典，首先考虑是公认的那些经典，也适当考虑自己知识结构的需要。还应当读点伟人的传记和文学作品。在这个平面化、粗鄙化的空气中，这些传奇人物的事迹会让人感受到何谓英雄气概，何谓献身精神。二三十种书量不算大，大学几年能坚持读下来，就很不错了，一定大有获益。

无论是网络阅读，还是纸质书阅读，首先都要重视安排读经典。经典是经过历史筛选沉淀下来的，是人类智慧的结晶。年轻时多读一些经典，可以为精神成长打底子。或许，现在的青年人接触经典会有隔膜，包括语言形式上的隔膜，这是很自然的。阅读经典需要沉得下心来，需要"磨性子"，这也是"养性"，是涵养过程。有一份超越，有一份尊崇，尽可能调动自己的感觉与灵性去接近，去理解，就能深入堂奥，高雅的兴趣就会慢慢培养出来。

现在那种颠覆经典的东西太多，网络阅读的弊害之一，就是"文化快餐"的东西太多。一些学生对经典作品接触相当有限，即使有所接触，也不见得是经典原作，可能也就是上网读一些好玩的轻松的东西，包括"恶搞"的文字，这很容易受到价值消解、相对主义甚至游戏人生的思想影响，而且把阅读品位也败坏了，这真有"终生受损"的危险。

读书总不能抓到什么是什么。这一点特别要注意，网上阅读一般容易无计划，跟潮流。如果要"充电"，就必须有一定的计划性，还要注重经典性，多选适合"悦读"、又启迪心智的作品，而不能采取网上阅读的那种姿态，只跟随潮流，或者完全由着性子来读。

建议每人都有一份自己的书单，设定在几年内，应当读哪些书。要有计划，有整体考虑，让读书有些系统。书单要考虑时间的安排，有可行性，一般来说，可以包括三部分，是可以套在一起彼此交错的三个圆圈。

最外围的是通识的部分，这些书应当是最基本的，凡是上过大学受过良好教育的人，都应当读过的。主要是中外文化经典，是最基本的书。阅读的目的，是接触中外文化经典，感受人类智慧的结晶。这是一部分，最外围的一个大的阅读圈，量不一定很多，比如大学三四年能通读十来种中外经典，就很不错了。

第二部分，是与自己从事专业或者职业相关的部分。比如，学物理的，可以给自己安排读点化学、数学、生物，以及信息科学等方面的书，还有就是与物理学有关的邻近学科领域方面的书，也可以读点类似科技史、科技哲学以及教育类等领域的书。学文科的，也要读点理科的书。这样做的目的是打基础，拓展专业视野，触类旁通，活跃思维。

第三部分，实际上就是核心部分。这一部分的书目主要围绕自己的专业，或者自己特别感兴趣，希望有所研究、有所发展的那些专业的书。应当有比较明确的指向。倒过来看，最核心的那个部分，是专业和职业需要，当然最好不完全就是现炒现卖的书，要有自己培养保持兴趣的课题或者领域。

第四部分，可以是一些消遣的、娱乐的，但不应当是主体，也不必计划性太强，随意读一点，调节一下就可以了。

阅读经典的获益当然有深有浅，但可能会有这么几个层面。

一是知识了解的层面。比如在读柏拉图的《理想国》时，不好懂，可以先找相关的西方哲学史或有个希腊哲学的常识性的书来参考。读得粗一些不要紧，就知道大概吧。然后读完《理想国》，应当对西方文化某些本源性问题有大致的了解。

第二是启蒙思索的层面，在阅读中最好多一些"为什么"，甚至有些质疑，大胆思索某些问题。也可以结合某些相关的研究论著，进行初步的探究。比如读詹姆逊的《晚期资本主义的文化逻辑》，很自然会引起对当下互联网时代某些新的社会现象的批判性思考。

第三，也是最重要的，是感知层面，要在理性与感性交融的阅读中，适当超越出来思考经典的智慧与意义，思考自身与这个世界的关系，思考应该如何承担自己对这个世界的责任等等。这不是一般的知识掌握就能解决，必须沉浸在经典营造的精神世界中，通过自身感受、体验去达到，这也就是人文教育的特点吧。当然，三个层面可能互相叠合，不一定硬是分拆开来。

阅读方法也有多种。我比较主张读三遍。

第一遍粗读，可以结合相关的"概要"读物，对经典文本有大致印象即可，这一遍读得要快，可以是浏览。

第二遍比较细致地通读，基本掌握经典的精神脉络，能把一本厚书读成薄书，用自己的语言（其实是通过自己的思考）简要概说全书的精髓。

第三遍，带着问题读，有重点地读，如果是文学作品，更是要浸润式阅读。

当然，每个人读书习惯不同，完全可以各有各的读法。读完二三十本基本的书，还可能顺藤摸瓜，有兴趣选择某一方面做更深度的阅读，那么，有"点"有"面"，对中外文化和文明的了解与感悟，就有些"底气"了。在瞬息万变充满机会和诱惑的信息时代，读经典可以养成良好的阅读习惯与阅读口味，可以"养性"，也可以养成良性的生活方式，是为一生打底子的事情。

（《光明日报》2017 年 4 月 23 日第 07 版）

本科教育应是大学立校之本

这些年高等教育规模有很大发展，但是如何提高教学质量，让大学更好地为国家与社会的持续发展服务，是个现实问题。关键是有些大学对于教学不见得重视，特别是扩招后，更是顾不过来，工作重点就是上科研呀、申报博士点和项目呀、甚至"创收"上面。在这种情势下，老师们主要精力只好用在做自己的课题，写自己的文章，当上教授、博导之后，恐怕就很少过问本科教学了。看来大学本科教育质量的下滑是不争的事实。

我觉得这是不正常的。大学最重要的任务还是培养人才，本科教育最能体现一所大学的教学水平，而为大学生特别是低年级大学生打好学习基础，转变他们应试式的学习，对于他们整个学业发展和人格培养都至关重要。老北大、清华，都是非常重视本科教学的，这是立校之本。当年许多知名的教授都给本科生上基础课。针对本科教学投入不足的情况，我主持北大中文系工作近十年来，提出一个口号，叫"守正创新"，所谓"正"就是好的教学传统与风气，包括重视本科教学，以教学为本，在目前这样浮躁的情势下，就是要守住并发扬重视教学的好的传统，在这个前提下去创新。

北大中文系是北大的一个文科大系，科研任务重，硕士生、博士生培养也很花精力，但我们始终强调保证本科教学质量，以教学促进科研。我们这里本科低年级的基础课，大都是资深教授来上的。为了让大学一年级新生一进来就能领略名教授的风采，还采用一种"抬课"的方式，即让多位著名学者同时上一门课。很多"大牌"学者也要给大学一年级学生改作业。为了保证教师有足够的精力投放教学，我们改进科研管理办法，实施"代表作"评价制度，由单纯的量化管理变为注重质量。这就防止为了发表文章而耽误教学，我们鼓励把科研和教学结合起来。这就给老师们松绑了，也有精力投放教学了。这些年北大中文系本科7门基础课中，有5门获得"国家级精品课"奖励，其原因就是老师们都非常重视，舍得花大力气。

我本人长期担任系主任职务，又要带博士生和从事科研，的确事情很多，但始终坚持给本科生上基础课，推进本科教学改革，稳定和提高教学质量。我主持的现代文学基础课教学，充分考虑时代需求以及当今学生的特点，考虑课时减少以及教学资源变化等因素，强调基础性与能力培养，注重专业训练中情感态度价值观的自然熏陶，有助于学生整体素质的提升。这是我们教研室几代老师共同锻造的精品课，形成了一套比较适合学生的教学内容与方法，在全国本学科领域产生了良好的影响。这些年高校召开各种学术会议很多，但讨论本科教学的很少，心思好像不在这里。我担任全国现代文学研究会会长，特别提倡重视教学，以教学来推进科研，做研究成果往教学转化的工作。我还非常重视本科教材的研究编写，和钱理群、吴福辉合作的《中国现代文学三十年》，是目前全国本学科使用覆盖面最大的教材，已经27次印刷，印数达60多万。我联手全国30多所高校，邀请70多位顶级学者，为大学生素质教育编写了多学科的"名家通识讲座书系"（即"十五讲"系列，北大出版社出版），计划100种，已经出版40多种，推动了许多大学通识课的开设。抓本科教学同时也带动了硕士生、博士生教学，促进了科研，可以说是"三位一体"。我在博士生教育方面不追求数量，努力提高质量，所指导通过的 9 篇博士论文中，有 6 篇在评审答辩中被评为优秀，其中一篇入选全国百篇优秀博士论文，是所属学科入选的第一篇。

各个学校的情况很不一样，北大中文系的做法不见得可以通用。有些大学对教学不够重视，可能是因为别的方面压力太大。他们也很无奈。现在办学都朝着"综合性大学"和所谓科研水平的目标奔，各种名目的评比太多，排名太多，学术指标量化的要求太刚性，评博士点呀，基地呀，还有各种人才晋级呀，全都有非常具体的量化指标。这种僵化的管理办法可能就助长了浮夸的学风，也捆绑了老师，他们没有更多的精力投放到教学上。所以要重视教学，还得从管理等根本的问题上改善条件，为老师们创造宽松的学术空气。现在的学术生态和教学生态都有些问题。建议像研究工业、农业生态那样，能组织专门的力量调查研究，多做一些扎实的建设性的工作，逐步恢复与建设良好的学术和教学氛围，让更多的学校和老师都来重视教学。

我很荣幸能获得全国高校"教学名师"的奖励称号，但盛名之下，其实难副，又感到有些不安。前面所说的实绩大都是几代老师共同努力的结果，光荣应当属于北大中文系，我只是其中一分子，做得还很不够，需要向大家学习。记得几年前，我们系的同仁孟二冬教授过世之后，在人民大会堂有过一次纪念会，表彰孟老师全身心投入教学、教书育人的精神。我很受感动，当时也有过发言。其中一段话用在这里也许合适，那就作为我获奖的感言吧：

> 我觉得教学是值得用整个人生投入的事业，是我所痴迷的乐事，是一份完美的精神追求。育人是当老师的天职，是爱心的释放，是让自己踏实宽心的本分。老师能更多精力投入教学，用爱心做表率，培养出来的学生也才能充满爱心，我们的社会才会是真正和谐的社会。

通识教育的本义是什么？

现在很多高校都在开通识课，"培养人文精神"这句话也常挂在嘴上，大家都感到大学人文教育确有必要。但许多学校开设通识课的效果不见得好。常见的大都是一些知识拼盘课，老师因人设课，学生也凭一时兴趣选。一门课学完，什么琴棋书画、国学常识、影视欣赏、天文地理，等等，浮光掠影，蜻蜓点水，都知道一点，就是没有静心读书，也很难说得到了心性涵养。

大家为什么期盼通识教育？主要是对现行教育状况的失望。多年来，我们的教育被赋予太多政治、经济的功能，分科太细，满足于专业训练，思想教育取代了人格教育和人生教育，校园里缺少自由宽松的精神，加上拜金主义的干扰，急功近利，学风浮躁，别说出人才，就连培养正常的有道德的公民都有些困难了。正是这种严峻的现实，迫使我们对大学教育反思，希望能通过通识教育探寻一条新路。但浮光掠影的通识课也恐怕解决不了这个问题，因为这并不符合通识教育的本义。

通识教育的本义是什么？参照一下世界上一流大学的经验，通识教育应当包含这么几层涵义：这是面对所有大学生的教育；又是相对专业教育而言，属于非专业、非职业性的教育，与专业教育可以互相补充；还有，这是全人教育或博雅教育，通过接触人类文化的精粹，在人文、社会、自然科学等领域获取通识，培养有教养、有能力、有责任的公民，最好是那种有通融识见、博雅精神和优美情感的人。这样来定位的通识教育，就不能满足于课程的调整补充，更不是来些知识拼盘点缀，而是实行一种更利于培养健全人格和博雅精神的教育理念。

如果承认通识教育是面对所有大学生的全人教育或博雅教育，那么课程设置就要往这方面靠拢。其实许多著名的大学在通识教育方面都有好的做法，值得借鉴。例如，美国哈佛大学设立通识核心课程，注重文理交叉，包括外国文化、历史、文学与艺术、道德修养、自然科学、社会分析等6个领域，要求选课所占学分达到毕业要求总学分的四分之一。还有一点特别值得借鉴：像哈佛等名校的通识课，大都比较看重读书，主要时间就是让学生去读一些经典，接触人类智慧的源泉，通过读书和思考，去逐步建立健全的人生观和世界观。

"对路"的通识课应当是什么样子？我看就是重视读书，引导读书，张扬博雅教育的精神。通识课就是读书课和思考课，是精神涵养的课。选修通识课的同学也应当抱着这样的目的：让自己接触经典，喜欢读书和思考，让自己兼备人文素养与科学素养，成为有通融识见、博雅精神和优美情感的人。

现在的大学都办得"很着急"，希望马上多拿项目，多出成果，赶上"一流"。天天喊"创新"，投几个钱就希望立竿见影，其实还是工具性思维。许多大学的决策者对科学表面上是尊重的，其实还是"实用为先"，所谓"尊重"也只限于工具与实证的领域。受制于这种工具性思维，大学很难成为精神高地，所培养的人才也就难免视野褊狭、缺少创新能力。我们的大学和世界上一流大学的主要差距在哪里？不一定是在"硬件"，往往是在"软件"——我们的大学难以起到为社会发展不断提供灵感和动力的效能。这就可以解释，为什么中国经济三十多年有飞速的发展，可是大学所培养的科技顶尖人才却凤毛麟角，人文社科方面那就更惨，在国际上几乎没有什么话语权。这些状况逼迫我们换一个思路：无论什么大学，都注重全人教育，博雅教育，然后才是专业教育，而且专业教育过程仍然不忘通识教育，让专业教育和通识教育水乳交融地结合起来。我想浙江理工大学开设"名著导读"的通识课，让全校本科新生一进大学校门，先上这门课，正是朝这方面努力的。

大学和中学有些不同，就是学生学习应当更加主动，更有个性化的选择。我想提醒同学们的，是尽快把中学应试教育的"敲门砖"扔掉，摆脱那种僵硬的思维及套路，重新养成读书和思考的习惯。读书要多读经典，读人人知道却又未必读过的那些"大书"，最好别只读选本，要读就读整本的。这部教材已选用了一些经典的章节，还不够，不妨顺藤摸瓜找原书来读。读得粗一点没关系，但总要完整地读。其实真正称得上人类文化经典的书不很多，大学时期能完整地读十本二十本，就不简单，也就有"底气"。经典和我们有隔阂，不会好读，读经典是"磨性子"，又如同思想爬坡，虽然有些难和累，但每上一个高度，都可能风景独占。读书不满足于掌握知识，更要启发思考，思索某些本源性的问题，特别是有关人生意义及信仰的问题。这种浸透着自己感受、体验的本源性思索，是青少年成长的营养素，是一般知识传授所不能取代的。

大学四年将在很大程度上决定同学们未来的一生。对那种一上大学就苦心经营如何找个好工作、如何赚钱的做法，可以理解。现在就业也不容易，同学们想如何能找到好点的工作，是必须的。但我们又还必须从长计议，不能太过"近视"。只要有本事，不愁没有机会。有志向的学生总是有理想引导，努力锻造自己，在人格、人生观、体魄与专业几个方面奠定健全坚实的基础。他们的人生目标不会拘泥于谋取职业和金钱。在这个意义上我也很赞成同学们多接触和阅读经典。和人类最聪明的智者一起思考，我们会由此变得睿智，更重要的是心可以安放，也就有可能超越平庸，精神飞扬，更坚实而有力地面对未来。

2014 年 12 月 5 日，根据一篇书序改写

辑四 治学之路

谈谈我学术与教学的生活①
——答记者问

问：今年是改革开放 30 周年，这 30 年也是现代文学研究复苏与转型的 30 年。您作为新时期首届研究生，是这段历史的重要参与者，能否首先就您个人的学术道路谈些感受？

答：时间过得真快，一晃，都 30 年了。说到现代文学研究，的确受惠于改革开放与 80 年代的思想解放。作为一个学科，虽然在此之前已经奠定了基础，但真正具有学术独立性，而且形成规范，还是从这一时期开始的。回头看，80 年代的现代文学研究可能有这样那样的不足，甚至有些幼稚，但无可否认，那是一个学科自觉的时期，是富于理想、自信和激情的时期。时代突变带来的那种"精神松绑"的快感，知识分子的使命感、事业心，以及对久违了的学术的向往与尊崇，都在现代文学学科的重建上得以痛快淋漓的表现。80 年代的学者突然变得那样成熟和自信。他们在历史提供的舞台上痛快而尽情地表演，比

---

① 本文为笔者接受记者张晓玥的采访答问，原题"坚持本义　守正创新"，刊于上海《学术月刊》2008 年第 11 期。

较充分地做完了当时条件下可以完成的工作。他们的思考与努力促使80年代后期诞生了一批可观的成果，包括当代文学研究成果。作为过来人，我是很感激那个时代的，我们这一代学者很多人都有过艰难的岁月，但又真的很幸运。最近我出版了一本随笔《书香五院》（北大出版社2008年5月版），其中部分回忆了80年代的北大生活，多少呈现了当时的氛围。不一定说是在"见证"那段历史，而是勾起对自己学术历程的回顾，有些念旧了吧。

问：那就说说您年轻时的读书生活？

答：我1978年考上北大中文系研究生，才开始接触专业，那一年我32岁，是个老"童生"了。那一届还有钱理群、吴福辉等师兄，比我还要大五六岁。我大学本科二年级就碰上"文革"，没有学到什么东西，但当时"停课闹革命"，还是有"逍遥派"的缝隙，加上曾有两年我到天安门东侧的历史博物馆参加"毛主席去安源"展览工作，东冲西撞地"杂览"群书，读各种中外文史著作，积蓄了一些思考，这对后来治学是个铺垫。"文革"毁灭文化，但也不是完全没有个人阅读思考的空间。你们可能不知道，"文革"时期系统整理出版了二十四史，还有许多西方现代作品都组织同步翻译，说是内部发行，可是发行量也在五六万以上。像《麦田守望者》《多雪的冬天》《第三帝国的灭亡》《拿破仑传》《西方哲学史》等等，那时我都想办法找来读过了。和那种目的性非常强的"职业性阅读"比起来，当初这种"漫羡而无所归心"的"杂览"，似乎更能积淀下来，形成自己的思维与写作的能力。这种习惯延续到后来上研究生，专业指向性较强了，但读书的面仍然很宽，数量很大。很多"理论刺激"可能都是来自这些"偏旁"的读书。现在我指导研究生，除去专业训练，也主张有些"杂览"，知识面尽量宽一些为好。一上来就直奔主题，想着如何考试，如何拿学分与完成论文，或者就是顺着导师的路子走，关注面太窄，是不利于积累后劲的。

问：你们这一代的生活历练都是比较丰富的。

答：的确如此。我们这一代如果说有"优势"，那就是人生历练多一些，与学问比较紧密联系，不是两张皮。我大学毕业后曾经在广东韶关地委机关工作过8年，大多数时间都下乡下厂，当过"生产队长"，耙田、插秧什么活儿都干过，对"国情"和"民情"是有切身体验的。这种切身体验别人代替不了，书本也难以提供。如今我在北京生活几十年了，一到变天，几乎本能的就会惦念南方农村是否受灾。我知道理论与实践会有距离，某些"可爱"的设想落实到社会生活中就可能是"不可行"的。这种人生历练与体验，对自己做学问肯定有影响。作为知识分子，自然以脑力劳动为主，一般都比较自信与偏至，如果有过较多的人生阅历，特别是基层的生活经验，就可能会"调和"一点，有时会反躬自问，怀疑自己的角色定位可能遮蔽什么，思索自己的学问是否脱离实际。我觉得人文学者最好还是有些社会实践经历，经过自己体验的东西和只是书本上得来的会有某些比较与交融。我们那一代学者，一般都不是毛主席批评过的所谓"三门干部"（即从家门到学校门再到机关门），他们比较接触社会，是带着浓重的人生体验进入学术研究的，做学问往往有自己生命的投入，不全是为稻粱谋，事业心和使命感也比较强。我知道自己的局限，外语水平不够，传统之学的底子不厚，和新一代学者比，又可能方法比较单一，眼界不够开阔，等等。我自知不可能在学问上成就大手笔，不过顺着自己的路子来做，尽量做好就是了。

问：你们是改革开放之后入学的第一届研究生，后来你们之中出了许多有成就的学者。能说说你们当时是怎样进入学术之门的吗？

答：80年代思想解放，各种思潮汹涌，打开了我们的眼界，但作为研究生学习，我们是比较扎实的，也比较静心，外界没有很多干扰，是一生非常难得的一心问学的好时光。那时课不多，不用攒学分，不用考虑什么核心期刊发表几篇文章，主要就是自己看书，寻找各自的兴趣点与可能的发展方位。那时也较少考虑毕业后找什么样的工作，起码不像现在那么焦虑，不会刚入学就打赚钱的算盘。这种自由宽松的空气，很适合个性化的学习。老师要求我们主要就是读书，熟悉基本材料，对现代文学史轮廓和重要的文学现象有大致的了解。也没有指定书目，现代文学三十年，大部分作家代表作以及相关评论，都要广泛涉猎。我们把王瑶文学史注释中所列举的许多作品和书目抄下来，顺藤摸瓜，一本一本地看。我被推为研究生班的班长，主要任务就是到图书馆借书。可以直接进入书库，一借就是几十本，有时库本也可以拿出来，大家轮着看。研究生阶段我们的读书量非常大，我采取浏览与精读结合，起码看过一千多种书。许多书虽然只是过过眼，有个大致了解，主轴就是感受文学史氛围。看来所谓打基础，读书没有足够的量是不行的。书读得多了，旧期刊翻阅多了，历史感和分寸感就逐步形成了。

读书报告制度那时就有了，不过我们更多的是"小班讲习"，有点类似西方大学的 Seminar，每位同学隔一段时间就要准备一次专题读书报告，拿到班上"开讲"。大家围绕所讲内容展开讨论，然后王瑶、严家炎等老师评讲总结。老师看重的是有没有问题意识，以及材料是否足以支持论点，等等。如果是比较有见地的论点，就可能得到老师的鼓励与指引，形成论文。这种"集体会诊"办法，教会我们如何寻找课题，写好文章，并逐步发现自己，确定治学的理路。记得当时钱理群讲过周作人、胡风和路翎，吴福辉讲过张天翼与沙汀，凌宇讲过沈从文和抒情小说，赵园讲过俄罗斯文学与中国，陈山讲过新月派，我讲过郁达夫与老舍等等。后来每位报告者都根据讲习写出论文发表，各人的学术发展，可以从当初的"小班讲习"中找到源头。

导师的影响很大。我们的导师王瑶先生的指导表面上很随性自由，其实是讲究因材施教的。我上研究生第一年想找到一个切入点，就注意到郁达夫。那时这些领域研究刚刚起步，一切都要从头摸起，我查阅大量资料，把郁达夫所有作品都找来看，居然编写了一本二十多万字的《郁达夫年谱》。这在当时是第一部郁达夫年谱。我的第一篇比较正式的学术论文《论郁达夫的小说创作》，也发表于王瑶先生主编的《中国现代文学研究丛刊》。研究郁达夫这个作家，以点带面，也就熟悉了许多现代文学的史实。王先生对我这种注重第一手材料、注重文学史现象，以及以点带面的治学方式，是肯定的。当《郁达夫年谱》打算在香港出版时，王先生还亲自写了序言。

硕士论文写作那时很看重选题，因为这是一种综合训练，可能预示着学生今后的发展。我对郁达夫比较熟悉了，打算就写郁达夫，可是王先生不同意。他看了我的一些读书笔记，认为我应当选鲁迅为题目。我说鲁迅研究多了，很难进入。王先生就说，鲁迅研究比较重要，而且难的课题只要有一点推进，也就是成绩，总比老是做熟悉又容易的题目要锻炼人。后来我就选择了《鲁迅的前期美学思想与厨川白村》做毕业论文。这个选题的确拓展了我的学术视野，对我后来的发展有开启的作用。研究生几年，我还先后发表过《试评〈怀旧〉》《外国文学对鲁迅〈狂人日记〉的影响》等多篇论文，在当时也算是前沿性的探讨，都和王先生的指导有关。

新中国成立以来，各种政治运动不断，"土改"呀、"四清"呀、"文革"呀等等，大学很少能完整学完的，到现在，自由度大了，可是物欲膨胀，竞争加剧，干扰也不比以前少。倒是 70 年代末到 80 年代初，是能够比较静心学习的难得的时期，我们幸运赶上了。应当说研究生三年，加上后来做博士论文的几年，是很专心问学的，为我后来的学术发展打下了比较好的基础。

问：您的著作不是很多，但几乎每一种出来都有很大影响，特别是批评史和学科史的研究，受到学界的推重。您能谈谈几种主要著作的写作情况吗？

答：我学问做得比较杂，面也比较广，早年还关注过比较文学，因为这是"交通之学"，我自感外语不灵，后来"洗手不干"了。多年来我的用力主要在文学思潮与文学批评，然后就是学科史和语文教育研究。硕士论文写的是鲁迅，那个阶段还研究过郁达夫等作家，偏重于作家作品个案探讨。留校任教后发现鲁迅、小说、诗歌、戏剧等都有老师在做，那我就"填补空白"吧，选择做思潮与理论批评。这也是工作需要。我的博士论文《新文学现实主义的流变》，就是研究思潮的。那是 1985 年，论文选题还举棋不定呢，我一开始并不打算做思潮，想往鲁迅靠。但那时我对比较文学有些兴趣，为参加全国首届比较文学会议，写了一篇关于"五四"现实主义与欧洲思潮关系的论文，在《中国社会科学》上发表了。王瑶先生认为还可以，也适合我的理路，就建议我还是写现实主义思潮。这可是个大题目。当时文坛正在呼唤回归现实主义，许多文章都在说这个问题，但是它的来龙去脉不见得很清楚，梳理一下是必要的。我就选择了这个难题。如果铺开写，等于是半部文学史了，很难把握。于是决定先"清理地基"，把现实主义思潮发生、发展与变化的基本事实呈现出来。我找到一个当时还较少使用的词叫"流变"，一下子把思路点亮了。接下来的工作就是大量收集整理材料，然后以史述为主，从繁复的文学史现象中选择一些最突出的"点"，去把握数十年间现实主义思潮衍变的轨迹，其成为主流的原因，以及它对新文学所起的推进或制约作用。现在看来这篇论文写的还是平，但那时关于思潮流派系统研究的专著还很少，这是第一部叙写现实主义思潮史的著作，等于开了风气之先，颇受学界的注意，很快被翻译到韩国出版，还被日本某些大学选作教材。80 年代后期许多博士论文大抵顺着这个趋向，以思潮流派的梳理作为题目，出了一批殷实的作品，比如研究浪漫主义、象征主义、现代派、左翼文学思潮，等等。

我的第二本专著是《中国现代文学批评史》（1993 年）。如果说前一本博士论文的写作还有些顾忌，要考虑如何通过答辩，那么这本批评史倒是比较放得开，也比较精心的。那是 1990 年前后，我给学生开批评史的课，意在接续古代文学批评史。当时北大搞古文论的有三四位专家，可是没有人关注现代文论，现代文论给人的印象似乎学术"含金量"不高。别的大学大抵如此，当时各种文体与作家研究专题课都有人讲，就是很少有人专门研究现代批评。我心想古代文论研究当然重要，但是现代文论也已经形成新的传统，对当今文学生活有弥漫性的影响，所以清理现代文学的理论批评，也应当是重要的课题。我上现代批评史这门课，带有些草创的性质。为了实际的教学效果，我另辟蹊径，不面面俱到地总结所谓规律，也不注重系统性，而是选择了十多个比较重要的批评家做深入探究，让学生领略不同的理路方法，观千剑而识器，提高文学评论的能力。当时批评史研究的基础研究还那样薄弱，我讲授每一位批评家，都要从头做起，进行"打井"式的研究，非常费功夫的。不过一两轮教课下来，我积累了大量第一手材料，更重要的，是研究的现实感强了，问题意识突出了。我的批评史研究也许并不全面，但现实的指向性明显。我意识到在现代文学研究格局中，理论批评是非常重要的，是贯串性的，置身于当代文学批评的氛围，仍然能强烈地感受到以往那些批评家根须的伸展，我们要是认识当今所讨论的许多文学命题，也能从以往的批评家那里获得某种批评传统的连续感。后来花了两三年时间，才在讲稿基础上写成了这本批评史。讲课时论涉的批评家比现在书中多一些，包括鲁迅、钱钟书、闻一多都曾讲到，但出书时只集中论述了 14 家。和前一本专著一样，"论"的成分比较多。那时我很痴迷于韦勒克的文学理论，受他的影响，不刻意勾勒历史链条或者什么规律，而是重点论说最有理论个性和实际影响的批评家代表，注意他们对文学认知活动的历程，以及各种文学认知在批评史上所构成的"合力"。这本书的确下了"笨功夫"，也提出一些新的看法，至今仍然是现代批评史研究中引用率最高的一本。

至于《中国现当代文学学科概要》（2005年），也是我多年来给研究生讲课的产物，我带着一些年轻学者共同完成了这本书。目的是为现当代文学研究的历史做一回顾评说，后来发现有些吃力不讨好，因为距离还不可能充分拉开，要品评学术，难免顾此失彼，甚至"得失人情"。但这个工作还是很有意思，对于学生的学术训练尤为必要。让学生能尽快入门，获得更专业、更有学术自觉的眼光，就要领略各个阶段种种不同的方法理路，从学科评论的高度，了解现代文学研究发生发展的历史、现状、热点、难点以及前沿性课题。这等于在展示一张学术"地图"，研究者可以从中了解和测定自己的方位，起码可以从中获取某种学科史评价的信息。该书原是给研究生写的，因为论涉整个学科的历史与现状，并引发诸多新鲜的话题，也引起研究者的广泛关注。值得欣慰的是，一些大学现在也开设学科史这类选修课了。迄今我出版了八九本书，比较尽力的也就是这两三种。不过有些论文集如《文学史的视野》《文学课堂》《语文课改与文学教育》等，收录了我专著之外的许多论文，也呈现了我多年来问学燕园的脚印。

问：您参与写作的《中国现代文学三十年》是新时期以来影响巨大的著作。很多学校选作教材，大家对它的写作过程可能有兴趣，能说说吗？

答：《中国现代文学三十年》是我和钱理群、吴福辉学兄合作的，因为用作教材，大家都比较熟悉。说来有点意思，这本书成稿于1985年前后，是王瑶先生建议我们合作编写的，当时参加者还有王超冰。初稿在并不起眼的杂志《陕西教育》上连载，并没有多少影响。后来我们认真修改过一遍，准备正式出书。我就代表4位作者和北大出版社联系，很遗憾，没有通过，退稿了。想来那时我们几个都还只是讲师，写教材似乎不够资格的，而出版教材的确又是非常慎重的事，怪不得出版社拒绝。我们又另找门路，就找到上海文艺出版社。上海方面接纳了稿子，出版了，居然还印刷了五六次，颇有些影响。1997年我就任北大出版社总编辑后，打算大力扶持教材，就想到这本《中国现代文学三十年》，提议加以修订，拿回北大来出版。我们在香山宾馆住了一个星期，拟定了修改框架，然后三个人分工，用了两个多月时间，对原书做了很大修改，几乎就是重写了。我们是考虑作为教材来写的，保持文学史知识的某些稳定性，但也很放得开，充分吸收学术界新的成果，加上我们自己的研究心得，所以"论"的色彩也是比较浓，每个人的写作风格还不尽相同，人称是专著式教材。它在史述中引发的话题很多，留给读者思考的空间也比较大，不是本科生一看就懂的那种教科书，不过，有些"张力"反而会好些，老师讲课自然可以发挥，除了本科教学，不少学校还指定它为研究生考试参考。1998年该书修订本出版后，被教育部指定为"九五"全国重点教材，至今已28次印刷，印数近70万，还获得行内看好的"王瑶学术奖"。这本教材出版10年了，有些明显的不足，比如某些章节安排不太平衡，也有一些错漏，应该修订了。

问：您认为现代文学研究有哪些今天特别值得珍视的经验与传统？

答：你这个题目很大。前年召开第九届现代文学学会的年会上，我提交的论文是《谈谈困扰现代文学研究的几个问题》（发表于《文学评论》2007年第2期），其中谈到对当前研究中出现的某些趋向与问题的看法，包括学科的"边缘化"与"汉学心态"，文学史研究中的"思想史热"，"泛文化"研究的缺失，以及"现代性"的"过度阐释"问题，等等，也有你说的如何看待过去研究的"经验与传统"，这里就不再展开来说了。我只想特别提到，现代文学这个学科有两个特点很突出，一是和现实结合紧密，二是和教学结合也紧密。在五六十年代，为革命"修史"，现代文学自然受到重视，地位很高。80 年代拨乱反正，思想解放，现代文学又成为人们关注的热点，几乎成为"显学"。好处是每一阶段都受到格外重视，集合了一批实力强的学者，对社会影响也大。这形成了现代文学研究富于现实感的特色。现代文学也从社会的格外关注中获得理论资源与学术冲动，使这门学科能够和时代息息相关，始终比较有生气。当然，过去这门学科和政治关联太过密切，甚至受政治的过分支配，丧失了学术的自主性，给学科发展造成很大伤害。直到 80 年代之后，才逐步恢复了学术自主及规范。我觉得关注现实是现代文学研究的特色，也是重要传统，是学科发展的动力，这些年多少丢掉了传统，变得越来越拘泥、小气了。实在有些可惜。另外一个传统是和教学的结合。王瑶的《中国新文学史稿》奠定了学科基础，这本书就是教材，是教学的产物。80 年代学科复苏，首先出现有分量的成果也大都是教材，是教学在不断推动这门学科发展，而且教学的需要也影响到学科的格局。但是这些年来我们对于现代文学教学的关注是很少的。每年召开各种类型的学术会议很多，关注教学的能有几次？这也无奈。现在几乎多数学校都奔着"研究型"方向发展，老师晋升和考评都主要看发表文章，很少有精力放在教学上了。这是很大的问题。

问：您提出要警惕文学研究中的"汉学心态"，在学界反响较大，也有一些争论。您能否就这个问题再发表一些看法？

答：我的主要观点都在《文学研究中的"汉学心态"》（原载《文艺争鸣》2007 年第 7 期，同年《新华文摘》第 20 期转载）那篇文章中表述了。后来有些反响，也有不同的意见。首先我不是针对海外汉学来说的，我一直认为汉学很重要，汉学家一般都做得深入专注，往往"穷尽"某一课题。汉学家的研究主要是面向西方读者的，这是他们共同的特点，也就成为外国人了解中国文化的窗口。而以西方为拟想读者的汉学，也可以作为我们观察研究本土文化的"他者"，是可供本土学科发展借鉴的重要的学术资源。但借鉴不是套用，对汉学盲目崇拜，甚至要当作本土的学术标准或者摹本，这种心态并不利于学科的健康发展。我提出警惕所谓"汉学心态"，主要是针对文学研究中空泛的学风，并非指向汉学。千万不要理解成我是在"反击"海外汉学。我们完全可以也应当与海外汉学同道们开展平等对话。我主政北大中文系这些年，每学期都邀请几十位汉学家来北大讲学，就是为了交流与对话。

我说的所谓"汉学心态"主要表现在盲目地"跟风"。这些年来，有些现当代文学研究者和评论家，甚至包括某些颇有名气的学者，对汉学、特别是美国汉学有些过分崇拜，他们对汉学的"跟进"，真是亦步亦趋。他们有些人已经不是一般的借鉴，而是把汉学作为追赶的学术标准，形成了一种乐此不疲的风尚。所以说这是一种"心态"。人文学科包括文学研究中民族性、个别性、差异性的东西可能很重要，如果完全不考虑这些，把西方汉学成果拿来就用，甚至就以此为标准，为时尚，为风气，心态和姿态都和海外汉学家差不多了，"身份"问题也出现了。许多"仿汉学"的文章，看上去很新鲜、别致，再琢磨则有共同的一个毛病，就是"隔"，缺少分寸感，缺少对历史的同情之理解。而可笑的是有些"仿汉学"的文章并不掩饰其"仿"，连语气格调都很像是翻译过来的，可以称之为"仿译体"。汉学的套路并非不可借用，但总还要有自己的理解与投入，有自主创新，而不是简单克隆。所谓"汉学心态"，不一定说它就是崇洋媚外，但起码没有过滤与选择，是一种盲目的"逐新"。我主要是针对学风而言，带有学术反思的意思。有些学者没有领会我的本意，以为我是搞"闭关锁国"，排斥外来的东西，这就把我的观点拧了。我主张尊重汉学，引进汉学，研究汉学，但不宜把汉学当成本土的学术标准。我们可以借鉴外来的学问，但是问题的发现、问题的建构和方法的选择，应该建立在自己扎实研究的基础之上。现在有所谓"汉学心态"，其实是缺乏学术自信的表现。

问：您在不止一篇文章中提到要重视文学研究的本义，重视文学教育和审美教育，并对文学研究远离审美表示焦虑。您到底怎样认识现在这种趋势？有什么深层的背景吗？

答：现在文学研究不太注重文学自身，存在以思想史、文化史研究取替文学研究的趋向，所以我提出要重视文学研究的本义。那么本义是什么？可能有不同的解析。我认为起码审美的研究是比较核心的，创作的个性、独特性，也是文学研究所要重点关注的，或者说，是其他学科研究所不能代替的。文学创作是非常个人化的，是独特的想象力和语言创造力造就了各式各样的艺术世界，所以文学研究，特别是作家作品研究，在许多情况下都必须发现艺术个性，也必须以经验性审美性的分析为前提，而不能停留于大的思想背景的考察或所谓时代精神同一性的阐析。尽管具体到某一篇文章，不同的研究对象和不同的学者可能会各有侧重，但文学研究的基本特质是不应当忘记的。我这样提出问题，也是有针对性。现在常看到有些着眼于文化研究的文章，对于过去的文学史写作基本上是否定的，其中设定的观念就大都立足于批判，不承认有所谓历史的真实，认为历史都是后设的。这当然也是一种研究的角度。不过有时是先入为主，理论早就摆在那里，要做的工作不过是找到一些能够证明的文本材料，难免就大而化之。大概因为这样观点加例子的理路比较好操作，容易"出活"，所以也就比较流行。这样的风气当然也就越来越远离文学研究的本义了。

更大的问题是影响到教学。学生读了几年中文系，知道一些文学史知识，也学会用一些理论套式分析文学，但没有文学的感悟力，甚至没有文学的爱好。如果我们办的中文系没有"文气"，培养学生也没有"文气"，甚至写作都不过关，那就满足不了社会的需求。现在中文系文学教育用心最多的就是文学研究，学会如何分析处理问题，以及如何写出像样的规范的文章。但"文学"的味道似乎越来越淡了。概论、文学史和各种理论展示的课程太多，作家作品与专书选读太少，结果呢，学生刚上大学可能还挺有灵气，学了几年后，理论条条有了，文章也会操作了，但悟性与感受力反而差了。的确有不少文学专业的学生，书越读审美感觉就越是弱化。翻阅这些年各个大学的本科生、研究生的论文，有多少是着眼于文本分析与审美研究的？大家一窝蜂都在做"思想史研究"与"文化研究"。其实，术业有专攻，要进入文化史研究领域，总要有些社会学等相关学科的训练，然而中文系出身的人在这些方面又是弱项，结果就难免邯郸学步，"文学"不见了，"文化"又不到位，未能真正进入研究的境界。所以我担心现在的文学教育不能改变文学审美失落的趋向。

问：过去学术研究主要受政治意识形态的限制，后来又遭受物质消费潮流的冲击，而目前似乎又面临越来越严密的学术体制的约束，如核心期刊、项目申报、各种评比指标量化要求，等等。这也是新一代年轻学者面临的困境。您对此怎样看？

答：现有的学术生产体制，很不利于做学问，对于人文学科伤害更大。学术泡沫的出现跟学术生产体制是有关的。现在常见的评什么博士点呀、重点学科呀、基地呀，还有这个奖那个奖的，也许初衷是为了促进学术竞争与发展，教育和科研的规模大了，有些量化也是一种必要的管理手段。问题是如果一刀切，用理科的规范来约束文科，学术评价全都主要看量化指标，就一定出偏差。尤其是跟个人利益密切相关的各类职称和岗位等级评定，大家都被迫疲于奔命去争各种学术量化的指标，都被所谓"创新"的要求所追赶，学术泡沫就这样大量涌现了。泡沫化、平面化已经消释了学术的庄严，败坏了做学问的感觉。对此要有思想准备，这种状况短时期是难以好转的。我们要正视这种情况，就当成是一种我们还难以摆脱的生存环境，要与之共存，而又尽量减少精神上受其困扰，也许这样才能在日益商业化功利化的环境中保留一份学术的尊严。不为某些时尚的标准或实利化的风气所左右，能够沉下心来做学问，与拜金主义保持必要的距离，这就是一种学者的定力。当然，对于学术量化要求，年轻学者不可能不面对，这是非常现实的，关系到许多实际利益。我们有些无奈，必须应对，只是千万不要形成习惯，以为这就是学术之正道了。不断牢骚，又不断参与，就守不住底线了。最好能保持一点平衡，给自己留一点"自留地"，也就是真正自己喜欢做的，能作为"志业"来追求的那些研究。在这个浮躁的年代，谁能潜心学问，只要方法对路，多年后可能就有结实的成果出来，终究会得到社会的欢迎的。

问：您很关注中学和小学语文教育，在北大领衔成立了语文教育研究所，对基础教育有过许多发言。请问您为何要花许多精力做这些本来是师范院校的工作？有什么设想吗？

答：我这些年关于语文教育的一些文章，大都汇集在《语文课改与文学教育》（江苏教育出版社 2007 年版）这本书里边了。语文教育是各个层次教学系统中最重要的组成部分之一。面对社会转型与时代的需求，中小学语文教学正围绕新的课程标准推行变革，特别是高考内容方式的改革正在引起全社会的关注，大学语文和成人教育语文的改革也势在必行。而作为语文教育"制高点"的大学中文系，无论如何也不能对这种改革熟视无睹。教师的主要职责是教学，而学术研究的功能之一，是要联系实际解决问题。我们在大学教中文的老师应当关注中学与大学的语文教学，中文系在整个社会的语文教育方面应当承担重要的责任。特别是现在各个大学办学的目标比较趋同，许多师范院校都力图脱去师范的特色，往研究型发展，对于社会广泛关心而又关系到民族未来的基础教育，反而缺少认真的研究。我想，自己可以利用北大的条件来做点实事。出于这种思考，2004 年我主持成立了北大语文教育研究所，随后做了三件事：一是组织北大教授参与"新课标"高中语文教科书的编写出版工作，我担任执行主编（与人民教育出版社合作）；二是推动在全国课题招标，组织关于语文教育的十多个专题调查研究，我称之为"非指向性研究"，主要是调查和数据分析，不是常见的那种经验介绍；三是由我主持编写新型的大学语文教材《高等语文》，引发关于大学语文改革的相关讨论。这些工作不见得有多大成就，再说我们毕竟不是这些方面的专家，也就是敲敲边鼓吧，许多方面还不尽如人意，但其意义在于"参与"。我们的工作也有一些影响，在我们推动下，原来总想削弱"师范性"的师范院校，也回头强化师范教育了，最近好几个大学相继成立了语文教育研究机构。

这几年我还被教育部指定为国家义务教育语文课程标准修订专家组的召集人，接触中小学语文教育就更多了。我还到许多边远地区中小学听课。现在中学语文改革的争论太多，谁都在抱怨，谁都插得上嘴，但建设性可行性的意见往往得不到重视。经验总结太多，科学分析研究太少。我主张还是务实一点，回到朴素的立场，多一些调查研究，看到底社会上多数人首先要求从语文课学习中得到什么，这个定位清楚了，再来讨论教学方法和教学模式的改革。针对目前课改中出现的某些问题，我提出步子稳一些为好，要考虑国情，考虑大多数学生的需要，不能只盯着大城市的重点中学，应当更多地关注多数学校包括农村一般中学的教学资源和条件。这些观点也许显得有些"守成"，但本意还是支持教学改革，希望有比较务实的姿态，改革毕竟不是目标，而只是手段和过程。

问：您最近在研究什么课题？

答：这些年我把许多精力放在清理现代文学新的传统。近百年来形成的现代文学传统，已经渗透到了当代社会生活的各个方面，影响和制约着人们的思维和审美方式，成为当代文学／文化发展的规范性力量。必须重视研究这个"新传统"。近些年许多关于文化转型与困扰的讨论，包括那些试图颠覆"五四"与新文学的挑战，迫使人们重新思考现代文学传统的问题。这种研究既是学科自身发展的需要，也是对当下的"发言"，其重要性在于通过对传统资源的发掘、认识与阐释，参与价值重建。我理解的现代文学传统不是完整的、固定的、同质性的，而是包含着多元、复杂和矛盾的因子的。因此我的研究力求走出"本质论"，特别注意现代文学传统延传过程中可能存在的变异、断裂和非连续性。我采纳了一个概念叫"阐释变体链"，就是要包括新传统的形成、生长、传播，以及不同时期的各种选择、提炼、释放、发挥、塑造等等。我认为"现在"和"历史"总是构成不断的"对话"关系，正是这种"对话"使传统能持续得到更新。现在这个课题已经大抵完成，除了我之外，还有一些年轻学者如陈晓明、高旭东、贺桂梅，等等，也参加了这一课题。我这些年关心的另一研究方向就是语文教育，包括语文教育的历史清理，以及当下语文教育碰到的各种主要问题。我所指导的博士生与博士后，已经有几位在做这方面的研究。

问：北大中文系在全国文科领域影响很大，而您担任北大中文系主任多年，工作一定不会轻松，请问您执掌这样一个文科大系有何秘诀？

答：谈不上有什么"秘诀"，北大中文系自有其"系格"，是比较人和、也比较正气的系，这是传统，尽量保持就是正道。学术单位最重要的是人才，而真正能吸引人才、并且让大家安心做学问的，是自由思想的空气。我当系主任想方设法就是营造自由。现在学术管理对我们也有许多要求，但我们不会管得太死。我们比较看重的是"代表作"，是真本事，是学术生长的潜力。当然，系里也有少数学问不那么出色，或者不怎么出活的，你总不能为了限制这少数人，而特别制定一个死板的条例，把整个气氛都搞得紧张吧。那就不值得了。现在全国大多数中文系都"翻牌"叫"某某学院",当然也可能是发展的需要。按说以北大中文系现有的规模,也不是一个小学院的格局了,至今没"翻牌",因为我们很看重"北京大学中文系"这个名字连在一起的"文脉"。我们讲文脉,讲传统,不是摆先前阔,而是要让文脉来滋养我们当前的教学研究,我提出了"守正创新"。现在,人文学科越来越受到挤压,北大中文系还能取得一点成绩,在全国同一学科仍能整体领先,我想还是靠"老本钱",在"守正"上下了些功夫,所谓创新仍然是要有"守正"作为基础的。我从 1999 年开始担任北大中文系主任,至今快 10 年了,很快就要交班,北大中文系有自己的传统和良好风气,相信今后一定还能再接再厉,守正创新,冠冕芳林。

我讲现代文学基础课

从20世纪80年代初开始，我就在北大讲"中国现代文学"基础课。中文系对本科教育历来很重视，要求基础课必须有经验的老师来讲，年轻教员一般还没有资格上本系的基础课。那时我刚毕业留校几年，是先给外系（如几个外语系、图书馆学系、中南海干部学校等等）上课，到80年代末，才给本系讲基础课，每隔一两年讲一轮，至今已经讲过十多轮了。今年春季学期我又给中文系本科（包括外系选修）讲了一轮。毕竟年岁大了，这可能是我给本科最后一次讲基础课了。前天课刚结束，按照规定，需要做个小结。刚好今年又有几位博士生毕业到高校工作，还没报到，就给安排课了。他们也很想知道我怎样给本科生上课的。我干脆就把这些年来讲课的甘苦得失都好好想一想，说一说，也许可以给这些新教师作参考，同时也是与同行专家交流。我想从五个方面来谈。

首先想说的是，基础课应当注重"基础"。什么是现代文学课的基础？就是了解现代文学史轮廓，掌握相关的知识，初步学习运用文学史眼光观察分析文学现象，尝试对作家作品的鉴赏评论。这些都属于"入门"，是进入研究前最基本的学术训练。所以课程内容安排不要太深，密度不宜过大，应考虑大学低年级学生普遍的接受水平，有相对的稳定性。记得刚上讲台那时，总想把自己接触到的各种新观点新概念都搬到课上，显示有学术深度，一次课讲稿就写两三万字，结果老是讲不完，内容太挤太深，学生听来天花乱坠，消化不了，结果吃力不讨好。课程内容的深浅程度、梯度与密度，都是要讲究的。一开始可以浅一点，注意一般分析过程与方法运用的展示，学生逐步掌握方法之后，就可以放开一点讲，多引导发现问题与探究问题。一门课如果从开头到结束每次讲法"程序"都差不多，没有"梯度"，不循序渐进，会很死板。我每次课的要点不太多，课量是要充分考虑可接受性的。比如讲"五四"散文，周作人是必定要讲到的。因为身份问题，坊间所见各种文学史给周作人的篇幅都不多。考虑到周氏散文方面的贡献大，用多一点时间来讲也是可以的。但主要也就是讲周作人的一两篇代表性作品、那种独特的风格，以及他对现代散文理论的贡献。基础课大致讲这个范围就差不多了。如果超出范围，把当今很多关于周作人研究与争议的问题也搬到课堂上，甚至花了许多时间去讲"周氏兄弟"失和原因，或者讨论周作人散文的思想根由，学生可能会好奇，但终究弄不太清楚，反而冲淡了基础的内容。我有意让每次课的"程序"有些变化，或适当发挥，能放能收，气氛会比较好。但不会为了追求课堂效果，吸引学生，离开教学计划，任意发挥，天马行空，那样学生即使捧场，终究学不到东西。老师都有自己的专长，讲到自己有研究的部分发挥多一些，是正常的，而且每位老师的讲授风格不一样，不必求同。但本科基础课毕竟不同于专题选修课，更不等于学术讲演，还是要有一些相对稳定的基础性的东西，在这个前提下，再去发挥各自讲授的个性，增减内容。

当然，学校层次与学生情况不一样，要求也会有差异。这门课现在多数学校都是安排讲一个学期，每周四学时；有些学校选修课开得少，必修课课时就多一些，有的甚至讲两个学期；也有些是一边开"现代文学史"，一边开"现代文学作品选读"；还有的把现代文学与当代文学合为一门课来讲，等等。课时有多寡，内容安排也就随之变通。但无论如何，有一点是共同的：基础课是"入门"课，必须照顾到低年级学生的接受度，要讲相对稳定的基本的内容，必须和专题选修课有区别。

所谓"相对稳定的基本的内容"，我理解主要指那些已经沉淀下来、学术界有大致共识的文学史知识，以及对代表性作家作品的评价。这些评价与结论还可能会有变化，甚至有争议，但对于低年级学生来说，最好不要一下子扎到某一课题上，或者陷进某些争议之中，而是先让他们读一些基本的书，感受历史氛围，对文学史有知识性、轮廓性的了解，初步学会文学阅读与评论的方法。就如同旅游到了一个陌生的地方，先看一张粗略的地图，感觉一下方位，然后再一点点深入考察，才不至于身在庐山而不识庐山真面目。"相对稳定的基本的内容"可以给学生"第一印象"，在不断触摸历史的过程中去体验、思考，学会用文学史的眼光分析问题。文学史是"文学"的历史，学习者必须要有自己的感受积累，这也是打基础。基础课不应当一步到位、把学生扔进课题研究中。这得慢慢来，过程很重要。例如对于茅盾《子夜》的评价，目前学界有不同的看法。有的认为《子夜》艺术上不可取，等于是一部"高级的社会学文献"。还有的干脆否认茅盾作为现代文学一流作家的历史地位。这些都是可以继续探讨的。但基础课怎样讲茅盾？恐怕不宜标新立异，随意采纳那些惊人之论，或径直让学生进入学术争论，因为他们还不具备相应的基本知识，也没有文学史的感觉，如果急于进入，反而可能给弄糊涂了。我讲茅盾这一章，还是要采纳相对稳定的结论，把茅盾作为开创社会分析派小说的杰出大家来处理，而《子夜》对现代长篇小说的贡献，也是这一章的重点。《子夜》篇幅较长，有些闷，对现在的年轻学生来说，读下来不容易。我还是尽量要求大家读，读了才有发言权。在讲授完主干内容之后，再把前面提到的那些不同的声音或者新异的观点，以存疑探究的方式介绍给学生，谁有兴趣可以进一步探究。我这样是考虑应有主次之分，主干部分必须相对稳定。茅盾这一章在授课计划中比较靠前，越往后，学生分析能力逐步提高了，那些探究性的问题就可以适当增加，老师的理论发挥多一些，"相对稳定"的范围也在拓宽。这就需要根据学生接受水平来调适。比如张爱玲一章，比较靠后了，学生普遍都读过其作品，也比较感兴趣，那么讲法就会比茅盾那一章更加放开。我的主要精力还是用在分析张爱玲《金锁记》等小说的艺术特色，由此引申对张爱玲"既先锋又通俗"的那种写作姿态及风格的了解。这是比较基础性的。然后用大约三分之一课时联系实际，讨论学生感兴趣的问题。比如，张爱玲对人性的阴暗险峻多有深入表现，这样一位作家为何20世纪90年代以来能长时成为"热点"？这中间是否存在复杂的社会心理原因？我还联系新近出版的《小团圆》，对传媒过分的抬高和炒作有所批评，并从中提醒注意"传媒时代"的文学命运问题。类似这样的拓展性内容，几乎每一课都有一些，但都没有取代主干部分的基础性内容，只是引而不发，点到即止，学生可能会由此引起思索，但现在他们还不可能深入探究，他们不断"积累"思索，就是为日后的研究做准备。

这里可能牵涉到教学应当如何体现学科研究的"前沿成果"。基础课是打基础的，目的是要培养学生创新能力，毫无疑问，教学内容与方法应当不断融入新的研究成果，不断更新。一本讲稿翻来覆去多年不变的讲法，与学术研究脱节，是不可取的，学生也不欢迎。但体现学科发展前沿，不等于一味逐新，不能凡是新的吸引人的就照搬到课堂上。基础课和一般学术讲座不太一样，讲座可以更多地体现学术前沿，有更多的研究心得；基础课也要不断更新，融入前沿成果，这种融入是有限度的，要考虑学生接受能力，讲求认知规律，照顾到学科训练的体系性。

一节课下来，必须留下一些"干货"，让学生有把握得住的基本的东西。不过文科教学和理科有些不同，理科一是一，二是二，必须充分

我讲现代文学基础课

理解，新的研究成果出来了，旧的东西很可能就被取代了；而文科特别是文学研究，很难说新的必定能代替旧的，可能只是角度方法不同。学习文学必须让学生了解精神现象的复杂与分析文学的多种可能性，不一定非得掌握什么标准答案，也就不必要求通透理解。讲课有时留下某些一时仍不太懂、需要进一步探究的空间，也是必要的。我们指定的教材是《中国现代文学三十年》，我讲课就不全照这教材，但要求学生要通读。学生反映说教材有些论述部分太深，不容易理解。我说这也正常。这本教材偏重研究型，对本科低年级学生，要求他们大致掌握文学史轮廓，以及对主要作家作品有基本评价认识也就可以了，有些比较难的问题可以作为"留白"，让学生自己去探究。至于所谓贴近学术前沿，我通常是在课上采取介绍不同学术观点与参考书目的办法，让有兴趣的学生课外去自由探究，就是保持一点"张力"吧，对激发学习兴趣很有好处。基础课是打"基础"为主，不可能一步到位，学术训练的过程很重要，内容深浅程度以及密度还是要认真设计，不宜完全顺着"研究型"专题课的路数来讲。

第二，说到这里，不妨介绍一下我的授课计划与课程框架设计。我在北大上现代文学基础课十多轮，授课计划几乎每讲一轮都有些调整更新。最近几年我根据教学改革需要以及学生的情况，又重新设计了授课计划。按照一学期18周安排，每周2次，有36次，72课时。除去复习考试和节假日，实际上课32至33次，也就是64课时左右。课时是大大减少了。记得80年代各种基础课的分量都比较重，选修课相对较少，也很精，大都围绕学生培养的计划而开设，4年下来，可以结结实实学到的一些基本的课。这些年情况大变，高等教育趋向平民化，加上淡化专业，提倡通识教育，各种公共课、平台课增加，基础课必然减少。北大目前现代文学课就只剩下72课时，加上当代52课时，共124课时，各讲一个学期，约等于过去的一半。我们只能正视这个现实，现代文学这门课的格局、内容、讲法也必须有所变革。

变化最大的是淡化"史"的线索，突出作家作品与文学现象的分析。以往这门课很注重"史"的勾勒，强调文学史"规律"的掌握以及对文学性质的判定，思潮、论争讲得很多。那时思想观念的灌输远比文学审美能力的训练更要受到重视。现在倒过来，把后者提升到突出的位置。这可能也比较适合低年级大学生的接受能力，同时又适合时代的需求。我在80年代中期讲现代文学史课，大概三分之一的课时讲思潮、论争和文学史知识，三分之一讲流派与各种文体的发展变化，三分之一讲重点作家。现在则变为用二分之一课时讲代表性作家，其中有10位作家专章讲述，即分别用2个课时，他们是：鲁迅、郭沫若、茅盾、巴金、老舍、曹禺、沈从文、艾青、张爱玲、赵树理；另外还有大约15位比较著名的作家也分别用1个左右课时来讲述，包括周作人、郁达夫、徐志摩、丁玲、张恨水、萧红、冯至、林语堂、钱钟书、孙犁、穆旦等等。这样，作家作品的讲释就用了全部课时的一多半。剩下的课时中又还有小一半讲流派和文体，也还离不开作家作品分析。除了"五四"新文学运动、左翼文学思潮和延安文艺座谈会讲话等内容用几个专门的课时讲述，其他文学史现象、知识大都穿插结合到各个作家作品的讲析中。这样，虽然课时已经大为减少，但内容仍然比较集中，重点突出，一个学期下来，学生对主要作家的特色、贡献和地位有较深入的了解，对现代文学发生、发展和嬗变的线索有一个"史"的印象。

第三，接下来，我要着重说说关于转变"应试式"学习方式的问题。这些年中学实施课程改革，主要针对"应试式"教学的弊病，大大压缩了必修课，增加选修课，同时改变教学观念与方法，试图让学生学习更主动，有自己选择的空间。可是在高考"指挥棒"之下，课改美好的设想很难落实，真正能开设选修课、让学生自由选课的中学极少，学生的负担反而普遍加重了。拿语文课来说，多数中学现在还是采用那种处处面对考试的很死板的教学方式，大量标准化的习题把学生弄得趣味索然。这种方式培养的学生很会考试也很重视分数，但思路较狭窄僵化。比如接触一篇作品，习惯的就是摆开架势，追求思想主题"通过什么反映了什么"之类，而且很迷信标准答案。所谓艺术分析，也多停留于篇章修辞分类的层面，很琐碎，缺少个性化的体验与整体感悟。目前我们的基础课的讲授对象就是这种教育模式"生产"出来的学生。现代文学课一般在一年级上，如果不考虑学生这种状态，上来就按照老师自己的研究习惯开讲，学生接受是有困难的。我的办法是开课伊始，先给学生"卸包袱"，声明考试不是目的，也不会拿考试来限制学生，重要的是学会如何读作品，如何看待文学现象，以及培养艺术感悟力和思想力。我还有意强调中学语文教学的目标和大学中文系教学是不同的，中学要面对高考，对中学语文教学中存在的问题应有"同情理解"，又有所超越与省思；上了大学就要有一种自觉，摆脱过去那种"应试式"学习习惯，转向个性化的、富于创新意识的研究性学习。我上基础课一开始就注意帮助学生实现这种"转化"，把这种"转化"贯串整个课程。

"转化"的措施之一，就是把文学感受与分析能力的培养放到重要位置。首先是读书。现在学生的阅读面与阅读量普遍都少得可怜，相当多的学生在中学时期没有完整读过几本名著，他们大量读的就是教材与教辅。基础课就必须来补救，承担引导阅读、培养阅读兴趣的任务。特别是文学课，主要依赖阅读，不读作品怎么讲？作业主要就是布置读作品。给学生开课之前，我会为学生开一份"最低限量必读书目"，其中大部分是作品，少量是研究论作。我为学生编写了一本《"中国现代文学三十年"学习指导》（北大出版社出版），其中辑录了对作家作品及文学史现象的各种评价观点，也可以当作书目，让学生顺藤摸瓜，自己去找书来读。教学中注意结合学生阅读印象和问题来分析作品，处处强调发掘与培育对文学的想象力、感受力和分析评判能力。现当代文学虽然不像古典文学那样，有大量经过历史沉淀的非常精美耐读的作品，而与时代变迁又紧密相关，但也不能不重视文学分析，特别是现代特点的审美分析，我不会把现当代文学史讲成文化史、思想史。将中学语文与现代文学衔接比较，是个"转化"的办法。比如，学生在中学已经学过多篇鲁迅的作品，当时那种讲法比较注重社会意义分析，而且容易把鲁迅"神化"，结果很多同学知道鲁迅伟大，又敬而远之，甚至有些"反感"。中学生和经典是隔膜的，他们当中流行一种说法就是"一怕文言文，二怕写作文，三怕周树人"。而鲁迅是现代文学课的主要内容，怎么才能让学生真正进入鲁迅的世界，变得能比较理解并珍惜鲁迅这份文学资源呢？课上我除了讲鲁迅小说在题材、写作意向、结构与叙事角度、艺术手法等方面，如何突破传统，开启现代小说创作，等等，还特别注意让学生去体味感受鲁迅作品那种"忧愤深广"的总体风格，加深了对鲁迅作为一个思想敏锐作家与先觉者那种叛逆的、批判性写作心理的理解，并对他那种不重复自己的多种表现手法有所领略。比如讲《阿Q正传》，中学时期主要理解阿Q这个形象的社会内涵，现在则加上引导理解其心理内涵；讲《狂人日记》，中学阶段偏重解释其反封建象征意义，现在则加上对小说反讽结构的解释；还有散文诗《秋夜》，开头那句"一株是枣树，还有一株也是枣树"，中学生往往不容易理解为何这样"重复"，甚至常拿这句话开玩笑，现在引导学生感受鲁迅写作时那种寂寞的心境，就较好地体会《秋夜》所包含的复杂意味，以及那种诗意的表达。这样的讲解使学生逐步摆脱中学阶段形成的似乎不太好的鲁迅印象，他们重新体验鲁迅作品，认识鲁迅作为经典的意义与价值，欣赏鲁迅作品特有的艺术魅力。

我们大学老师都很专业，对中学情况可能不太了解。讲基础课恐怕还是要多少了解这些应试教育环境中出来的学生的思维习惯与爱好、想法。怎样将中学课程与大学的基础课衔接起来，把学生被"应试式"教育败坏了的胃口调试过来，是个难题，但大有文章可做。关键是重新激发学习兴趣，尊重学生的学习主动性，包括他们的想象力与感悟力，鼓励不断拓展思路，开阔视野。可以再举个例子。比如讲30年代散文，会涉及郁达夫名篇《故都的秋》，这篇散文中学是学过的。不过中学语文的讲法有它的套式，往往就是介绍作者与写作背景，段落分析，主题归纳，写法鉴赏等等；布置学生思考练习的则是诸如"北国之秋为何要以南国对比""写秋为何不写秋天风景"，还有就是比喻有多少种，语法修辞的方法多少种，等等。这的确比较琐碎，技术化，缺少整体审美的引导。郁达夫这篇散文所唤起的独特感觉到底在哪里？反而不甚明了。设身处地为学生想想，那种面对考试的思维框架，老是这一套，的确很烦很累，兴趣、灵感、创意都没了。所以我讲郁达夫散文时有意让学生获取对《故都的秋》的整体感觉，提醒注意该文"没有刻意雕琢"，以及那种名士风度、洒脱的笔致；要求多读几遍，"揣摩"文字中的感情，"品味"大自然之美，感受地域文化之美。我还让学生想想这样和中学语文学习有哪些区别，意在转化学习方式，提升审美判断力。有的同学说，阅读同一篇作品，过去只是停留于"赏叶"，而今则有几分"观秋"感觉了（2007级李璇的课后小结）。

当代学生受网络文化影响太大，动不动就是"搞笑"，就是"颠覆"，一般不太能欣赏清纯优美的作品了。如冰心散文那样天真典雅的风格，同学们就不见得喜欢。课上讲到冰心，我让大家重新阅读、冥想、体验，并结合"五四"时期那种富于青春情怀的时代精神去解释与鉴赏。这就有了历史感，而且触动了年轻学生心灵深处。有的学生课后就说，"人的内心深处总是渴求一些干净优雅的东西的，特别是年轻的时候"。这就达到教学效果了。再举个例子，朱自清的名篇《荷塘月色》，历来都是中学语文课选文，几代国人都很熟悉的。我讲"五四"散文时也提到这篇作品，用的时间并不多，并没有细讲，也就提醒不再循着中学语文那种思路，而是从文学史角度，去重新阅读、体味与思考。有些学生这样试着做了，就有了比较深入的个性化的认识。他们认为《荷塘月色》的描写显示了朱自清那种清雅、敦厚、温和的风格，一些描写诗意葱茏，画面浓丽，但过于细腻，用字太甜。朱自清的文笔有时会让人感到"腻"，跟这种着墨甚重可能有关。学生能有这样的感悟与评论，说明开始摆脱应试式思维模式了。引导同学们有意识转变应试式学习习惯，转到个性化的、注重审美的而又有一定文学史眼光的路子上来，是这门课重要的收获。课后总结时有的学生就写道："通过现代文学课的学习，逐步摆脱了追求标准答案的思维模式，学会从多种角度对文学现象做深入思考，并从不断的质疑与探究中树立自己的观点。"（2007级索芳放的课后小结）"一个学期最重要的收获就是开阔了视野，学会用文学史的思维方法阅读评价作品。"（2008级迟文卉的课后小结）

第四，这些年来我讲基础课，可以说是很注意改进教学方式的。课讲的效果如何，主要看是否调动了学生读作品的兴趣和探究问题的主动性。你站在讲台上，从学生的眼光就可以判断课的效果。当然，课上与课外都要有通盘考虑。我一般在课前布置阅读相关的作品和参考材料，同时布置一些可以引发兴趣的思考题。上课的重点不放在讲授文学史知识，有关知识学生自己去阅读教科书就大致可以获得了。重点是展示各种分析鉴赏作品的方法。例如讲到郭沫若，现在一般年轻读者可能不太感兴趣，认为郭沫若的诗歌就是狂呼乱叫、没有什么艺术性的，而且受到社会上某些传闻的影响，对郭沫若的为人也可能有偏见。怎样让学生既对《女神》暴躁凌厉的时代风格及特殊之美有所领略，又能理解郭沫若重要的文学史贡献？我提出了"三步阅读法"。以《女神》中的《天狗》为阅读个案，第一步，要求"直观感受"，赤手空拳去获取阅读的第一印象，相信和尊重自己的体验。第二步，"设身处地"理解其表达方式，想象感受"五四"时代的氛围，以及当时普遍的读者接受状态，有一些历史现场感。了解郭沫若"热"，《女神》"热"，是"五四"当年形成的那种"阅读场"产物，《女神》和郭沫若的公众形象是在读者的阅读接受中树立起来的。引导设身处地了解了这些，能更好地理解郭沫若诗歌的艺术个性。最后，进行"名理分析"，从文学史角度体会解释郭沫若特殊的艺术魅力，对《女神》的艺术想象力、形象特征与形式，对郭沫若浪漫主义及其审美定位，做比较深入的讲析。这种阅读和分析的方法对同学们来说很新鲜，也很"管用"，兴趣就来了。他们中学阶段学过许多诗歌，通常的解读程式是主题、思想、感情，然后讲一点修辞和表现技巧。现在学文学史，通过讲析郭沫若，让学生不要忘了，主题、思想应该是诗性的，即是想象的、体验的、个性的，这一切构成了诗的意境和韵味。我有意让大家知道，阅读文学经典，只是归纳主题思想是不够的，甚至不是最重要的，而许多评论只是做了这一步，这也是造成我们对经典不感兴趣的原因之一。几乎所有作品，包括古代文学，都说它"反封建"，其实可能很多个性化的东西，这是同学们要逐步学会鉴赏，尤其是诗歌的阅读要很重视的问题。这种讲课方法注重感受提升，学生确实能借此进入作品的氛围，进而比较恰当地评价。几乎每次课上，我都会引出一些方法论的问题，让学生去体会、试用，提高分析评论的能力。比如在课上我让大家讨论，接触一首诗，如何判断其好坏？大家结合学习郭沫若一章，举一反三，掌握了欣赏评论诗歌的要旨：那就是直观感受的第一印象非常重要。一定要相信自己的感受，尊重自己的印象。一首诗能否给人某种感官触动或者冲击？阅读一遍是否会有一些感动、一些新的体验？如果有，那就可能是好诗。没有，就基本上可以判定不是好诗。有的同学说，这样学习评判诗歌，超越了过去习惯的"佳句摘抄"阶段，掌握了"整体感受"以及注重"陌生化效果"的欣赏途经，诗歌欣赏水平明显提高了。（2008 级黄君子课后小结）

我讲课一般不重复教科书的内容，每次课的"程序"不太一样，一般比较重视以作品分析中形成的问题来带动和组织教学，让活跃的课堂气氛吸引和带动同学们的学习。我认为课堂气氛的熏染这本身就是一种教学"内容"，对于文学课尤其重要。例如学习"曹禺话剧"这一课之前，我就要求学生细读《雷雨》，并布置几个相关的思考题。题目的设计尽可能和同学们的阅读体验结合，让大家有兴趣，又能带动对相关文学理论知识的探究。其中一道题就是："《雷雨》的主人公是谁？说说你的理由。"这样的题目是没有现成答案的，但又能引发对作品的兴趣，以及对文学鉴赏不同角度的理解。如果不读作品，是不可能进入类似这样的问题的。实际上是"问题"在逼着学生读作品，主动去寻找相关材料，同时也以"问题"带动学生的探究性思考。课堂上则用提问的方式，让大家发表各种不同的意见，形成热烈讨论的气氛，然后我再做总结。课后很多学生意犹未尽，把各自的观点用小论文的形式写下来，继续讨论。这种讨论式的教学可以把阅读作品的要求落实，让同学尽可能带着阅读体验和问题来上课，充分调动学生的兴趣与思考。同学们说，中学阶段对于经典和名家往往有隔阂，对名家名作甚至常常有意做"批判"，通过现代文学课学习，发现这是自己"修炼"不够导致的误解，对经典就重新有了尊崇感，也有了更多切身的理解。

第五，最后，还要说说写作训练问题。我曾经提出，现代文学课程教学目标应当落实在"三种能力"的提升上，一是文学审美感悟能力，二是文学史现象分析能力，三是评论写作能力。三种能力是综合的，但在不同教学环节中可以有不同侧重。说到写作能力训练，现在中学语文课程改革因为强调个性化学习，好像连"训练"都很少提了。其实语文学习实践性强，离不开训练。训练与个性化学习也并不矛盾。我曾经为大学生写作练习编了一本教材，书名就叫《中文学科论文写作训练》（北京大学出版社出版）。大学中文系的基础课也应当很重视写作训练。中文系的学生培养有什么特点？就是"语言文学"的能力，包括文学感受力和评判力，而这一切还要落实到写作的综合能力训练上。我多次说过，中文系不一定能培养作家，但应当能培养"写家"，就是"笔杆子"。所以，作为基础课的现代文学教学，也一定要与写作训练结合起来。这样也可以防止蹈空，让能力培养更踏实一些。我的做法是开课之初就布置一次小论文，比如《我观鲁迅》《中学语文中的现代文学印象》等等，可以从中了解学生的能力水平，有针对性地转变中学应试式学习方式，逐步往文学课以及论文训练的方面转。学期中间还要写一两次小论文，一般要求千百字，问题必须集中，不是一般的鉴赏文，而多少要带有学术探究的性质。从发现问题，收集材料，形成观点，到文字的表达，让学生开始模仿和体会"做学问"的一般途径，获得初步的学术感觉。我会尽量为学生批阅文章，针对性地写出意见。给一百多位学生批改论文，要花上好几天时间，但这很重要，学生会很看重老师的批阅，有些意见会影响他们的学习。所以花时间为学生改文章是值得的。小论文的写作其实也能提高学生对课程的兴趣，深化这门课的教学。

由于多数大学扩招，措施跟不上，教学质量下降。特别是很多学校都向所谓"研究型"靠拢，彼此竞争无序，成天去争这个项目那个基地的，导致本科教学被冷落。我外出开会，总有人问我在忙什么，我说给本科生上课，他们会很惊讶。原来不少老师当上教授，就不用上本科的课，尤其是基础课了。现在上基础课的大都是刚毕业的年轻教员。这种状况是不正常的。一所大学办得好不好，最终还得看它培养的人才，特别是本科培养的人才。哪所大学哪一年发表多少文章？有几个项目？也许过不了多久大家就都忘记了，但哪所大学本科培养了哪些人才？是会被人深刻记忆的。即使从争取学校利益与声誉的角度，也要重视本科教育，重视基础课教学。而现当代文学学科的诞生与发展本来就和教学息息相关，当今现代文学课程面临的问题与困扰，其实也和学科的研究状况有关联，课程的改革必然会影响学科的前景。所以我建议大家要重视现代文学这门基础课。以上我谈到自己多年来上现代文学基础课的体会，其中有得失，也有困扰，经验说不上，权当一次教学交流吧。

附

录

办教育要"守正创新"①

舒　心

　　"我觉得教学是值得用整个人生投入的事业，是我所痴迷的乐事，是一份完美的精神追求。"十年前，北大教授温儒敏获得教育部授予的"全国高校教学名师"称号，这一简洁凝练的获奖感言，是他几十年教育生涯的总结，他享受这追求与奉献的过程。

　　温儒敏曾历经许多学术要职：北京大学中文系主任、北大出版社总编辑、山东大学文科一级教授、北大语文教育研究所所长，兼任过中国现代文学研究会会长、《中国现代文学研究丛刊》主编、国务院学位委员会学科评议组成员、义务教育语文课程标准修订组召集人、"部编本"中小学语文教科书总主编……除了文学史研究，温儒敏将很大一部分精力用于语文教育的研究与组织工作，希望带动大家回到教育的本义上去理解语文教学，"把学生被'应试式'教育败坏了的胃口调试过来"。

---

① 载《光明日报》2017年10月18日，记者舒心。

一、"漫羡而无所归心"的杂览

1946 年，温儒敏出生于广东省紫金县中坝乡乐平村。父亲十六七岁就外出谋生，曾在香港东华医院当学徒，后来回到紫金龙窝圩开设西医诊所，是当地最早的西医之一。母亲是虔诚的基督徒，知书达理，常常给温儒敏讲圣经故事以及各种民间谚语传说，教他背诵《增广贤文》等蒙学书籍。

小学四五年级，温儒敏开始读《西游记》《三侠五义》《七侠五义》，很多字都不认识，就跳着读、猜着读。这也是后来温儒敏提倡的阅读法。如果不认识的字就要查字典，大概阅读也会趣味索然。就在这种"连滚带爬"的海量阅读中，温儒敏爱上了读书，甚至模仿过艾青、裴多菲写诗，还给自己起了个洋气的笔名"艾琳"。

1964 年，温儒敏考入中国人民大学语文系。尽管在大二时遭遇"文革"，他还是乱中取静，见缝插针地读了大量古今中外的文学、历史、哲学经典和各种杂书闲书。这种"漫羡而无所归心"的"杂览"，为温儒敏后来的学术研究打下了丰厚的基础，他很多题目与研究的"理论刺激"可能就来自某些"杂览"。后来他指导研究生，除去专业训练，也主张有些"杂览"，知识面尽量拓宽，而不是一上来就直奔主题。

大学毕业后，温儒敏被分配到粤北的韶关地委办公室担任秘书。8年时间，经常都下乡下厂，当过生产队驻队干部，耙田、插秧什么活儿都干过。温儒敏说，这种对国情民情的切身体验，是别人代替不了、书本也难以提供的。几十年过去了，一到变天，他几乎本能的就会惦念南方农民是否受灾。知识分子各有专攻，比较自信与偏至，如果有过较多的人生阅历，特别是基层的生活经验，就可能会"调和"一点，有时会怀疑自己的角色定位可能遮蔽什么，学问是否脱离实际。温儒敏认为人文学者最好还是有些社会实践经历。他们那一代学者不是

"三门干部"（即从家门到学校门再到机关门），丰富的人生历练，使学问与社会紧密相连，不全是为稻粱谋，事业心和使命感也比较强。

在机关当秘书，接触领导多，写东西快，温儒敏备受重视，如果走仕途，可能会有前景。但他喜欢安静，不爱交往，自觉不适应官场。1977 年的一天，在粤北的浈江河畔，温儒敏听到中央广播电台播送恢复高考和研究生制度的消息，决定报考研究生。他的命运由此改变。

二、理想的大学学习是"从游"

1978 年，北京大学现代文学专业有 600 多人报考，原计划招 6 人，后来增加到 8 人，11 人参加复试，温儒敏排在第 15 名。但他却意外地接到了复试通知。他后来才知道，导师王瑶先生看了他的文章，大概觉得还有潜力，特别提出让破格参加复试。这让温儒敏终生难忘。他当老师之后，也常效法此道，考察学生除了看考分，更看重实际能力。

那时课不多，不用攒学分，不用考虑什么核心期刊发表文章，就是自己看书，寻找各自的兴趣点与发展方位。这种自由宽松的空气，很适合个性化的学习。研究生阶段温儒敏的读书量非常大，他采取浏览与精读结合，起码看过一千多种书。许多书只是过过眼，有个印象，读得多了，历史感和分寸感就形成了。1981 年温儒敏留校任教，三年后又继续师从王瑶读博士生，当了王瑶先生两届"入室弟子"。当时是北大中文系第一次招博士生，全系读博的只有他和陈平原两人。王瑶先生没有给他们正式开过课，主要还是自己读书，隔一段和导师交谈。王瑶先生抽着烟斗静静地听，不时点评一两句。温儒敏用"奢侈"形容这种教学方式。

"有一种说法，认为理想的大学学习是'从游'，如同大鱼带小鱼，有那么一些有学问的教授带领一群群小鱼，在学海中自由地游来游去，长成本事。当年就有这种味道。"温儒敏在回忆王瑶先生对自己的影响时这样感慨。他总看到先生在读报，辅导学生时也喜欢联系现实，议论时政，品藻人物。"先生是有些魏晋风度的，把学问做活了，可以知人论世，可贵的是那种犀利的批判眼光。先生的名言是'不说白不说，说了也白说，白说也要说'，其意是知识分子总要有独特的功能。"导师的这种入世和批判的精神，在温儒敏身上留下很深的影响。

温儒敏受惠于 20 世纪 80 年代，也感激那个时代，那是富于理想、自信和激情的时期。时代突变带来的那种"精神松绑"的快感，知识分子的使命感、事业心，以及对久违了的学术的向往与尊崇，都在学术的重建上得于痛快淋漓的表现。温儒敏说，我们这一代学者很多人都有过艰难的岁月，但又真的很幸运能在 80 年代投身学术。温儒敏在随笔《书香五院》中写到 80 年代的北大生活图景，他是那样留恋那种特别的氛围。

三、用最"笨"的办法做学问

做学问，温儒敏下的是笨功夫。他恪守王瑶先生"板凳要坐十年冷，文章不写一句空"的师训，不趋时，不取巧，追求一种沉稳扎实的学术风格。

温儒敏的博士论文《新文学现实主义的流变》是研究思潮的。当时文坛正在呼唤回归现实主义，许多文章都在说这个词，对它的来龙去脉却不见得清楚，梳理一下是必要的。他就选择了这个难题。温儒敏说这是"清理地基"，要用"史述"的办法，把现实主义思潮发生、发展与变化的轨迹清理出来，对于现实主义在新文学发展过程中所起的推进或制约作用，做出客观的评说。温儒敏找到一个当时还较少使用的词叫"流变"，一下子就把思路点亮了。回过头看这部著作，温儒敏有些不满意，认为写得有点平。但那时关于思潮流派的系统研究还很少，这是第一部叙写现实主义思潮史的著作，开了风气之先，颇受学界的注意。

不过温儒敏更看重《中国现代文学批评史》，这是他的代表作。1990 年前后，他给学生开现代文学批评史的课，意在把批评史古今贯通。现代文论给人的印象似乎"含金量"不高，当时北大研究古代文论的有三四位专家，可是没有人关注现代。别的大学也大抵如此。温儒敏认为现代文论也已经形成新的传统，对当今文学生活有弥漫性的影响，不可忽视。他率先在北大开设现代批评史这门课，由于当时这方面的基础研究薄弱，他几乎要从头做起，非常费功夫。一两轮课下来，积累了大量第一手材料，问题意识也突出了。后来花了两三年时间，在讲稿基础上写成了这本批评史。温儒敏认为他的批评史研究并不全面，但现实的指向性明显。他强调从以往批评家那里获得的某种批评传统的连续感。温儒敏把重点放在论说最有理论个性和实际影响的批评家代表，注意他们对文学认知活动的历程，以及各种文学认知在批评史上所构成的"合力"。文学史界高度评价这种"合力说"，认为有方法论的启示。至今这本书仍然是现代批评史领域引用率最高的。

还有一本书在文学界几乎无人不晓，那就是温儒敏和钱理群、吴福辉两位老同学合作的《中国现代文学三十年》。最初这本书是为自学考试编写的，发表于 1983—1984 年的《陕西教育》。随后做了修改扩充，结集出版。该书和其他同类文学史很不一样，这是用专著的力度写就的教材，带有强烈的理论个性，引发的话题很多，留给读者思考的空间也很大，不是本科生一看就懂的那种教科书。如今这部书已经是许多大学中文系指定的基本用书。但当初此书也曾遭遇退稿。著名的评论家黄子平那时是北大出版社的小编辑。温儒敏去找他，希望在北大出，黄说没问题。半个月后黄子平无奈地告诉温儒敏：领导说你们还只是讲师，写教材欠点资格。这本书后来由上海文艺出版社出版，

90 年代末才回到北大出版社修订再版。最近又修订了一次，增加了新的研究成果，变动也不小。《中国现代文学三十年》出版 30 年来，已 48 次印刷，印数 130 多万册，其影响之大是温儒敏未曾料及的。

温儒敏至今出版过 17 种著作，其中很多都是在文学史的教学中"提升与结晶"的，和教学关系密切，如《中国现当代文学专题研究》《中国现当代文学学科概要》，一直被许多大学中文系列为研究生教材，很受同行师生欢迎。温儒敏在现代文学研究方面成就显著，但他对自己的研究并不满意，对人文学界研究日趋泡沫化的状况也很担心。这"不满意"也许就酝酿着某种突破的内力吧。

四、提出"守正创新"办学理念

从 1999 年到 2008 年，温儒敏担任北京大学中文系主任，极少有人称他"温主任"。在学校称呼"官职"他会感觉不自在。在一次演讲中，温儒敏直指现今大学"五病"，其一就是"官场化"。他说，拿官场那一套来管理学校，怎么谈得上"思想自由，兼容并包"？

温儒敏担任北大中文系主任 9 年，老师们印象最深的是他提出"守正创新"的办学理念。其含义是既坚守中文系长期以来形成的传统，又在新的时代环境下有所发展和创造。他尽量给老师们创造自由宽松的学术环境，不能因为有少数人懒散或违纪，就规定过多的限定，管得很死。"对学术之树来讲，自由就是空气、水分与土壤。"

温儒敏很反感浮泛的学风。担任中文系主任时期，全国的大学正在扩招，多数中文系"翻牌"改为"学院"。校方也曾征求意见希望把中文系改为文学院。温儒敏说没有必要，等全国都"升格"完了再说。温儒敏认为办教育还是要求实守正，不要改来改去太多"动作"。特别是像北大这样的老校，要看重"文脉"。温儒敏说："我们讲文脉，讲传统，不是摆先前阔，而是要让文脉来滋养我们当前的教学研究，现在，人文学科越来越受到挤压，北大中文系还能取得一点成绩，在全国同一学科仍能整体领先，我想还是靠'老本钱'，在'守正'上下了些功夫，所谓创新仍然是要有'守正'作为基础的。"他出台了多项措施改进和规范本科生与研究生教学管理工作，在全国率先提出博士论文匿名评审和导师回避制度，以及教师业绩评定中的"代表作"制度，引起广泛注意，有些制度已被一些大学采用。

表面上，温儒敏温文尔雅，但是无论担任北京大学出版社总编辑，还是接掌北京大学中文系主任，他都有一套有效的管理方式。用他自己的话说，是真"有点'冲'，好像并不符合自己的个性"。正是这股"冲"劲儿，温儒敏带领团队全力以赴，半年多的时间出版五六十种校庆图书，为当时北大百年校庆交上一份完美的答卷；也正是这股"冲"劲儿，温儒敏以"不睡觉也要干出来"的豪情带领出版社编辑快速高质地推出 72 卷本大型古籍整理项目《全宋诗》，获得 1999 年度国家图书奖，至今仍是北大出版社首屈一指的标志性出版物。

1998 年，北大出版社在香港组织了书展，引起轰动。而温儒敏为展销会设计的主题条幅"学术的尊严，精神的魅力"，后来成为北大出版社的"社训"。

"我 1999 年担任北大中文系主任时，提出'守正创新'的办学思路，后来做学问、编教材，都努力这样去做。看到最近北大校长林建华发表文章，讨论如何建设一流大学，也认可并采用了'守正创新'这个提法，北大一些学院开会也打出这一'口号'。"温儒敏对记者这样说，显然他感到欣慰。

五、为语文教育"敲边鼓"

2003 年 12 月 25 日，在温儒敏的努力下，北京大学语文教育研究所成立，林焘、袁行霈、徐中玉、陆俭明、刘中树、巢宗祺、蒋绍愚、王宁、钱理群等一批著名学者加盟。其实这只是一个虚体机构，却做了很多实体也未见得能做的实事，包括：组织对全国中小学语文教育状况的 9 项田野调查，参与修订国家语文课程标准，参与高考语文改革的研究，举办"国培"连续多年培训二十多万中小学教师，组织编写中小学和大学的语文教材，培养语文教育的硕士生、博士生和博士后，等等。语文所三次被北大社科部评为优秀科研单位。温儒敏说："人文学科其实花不了太多钱，有时钱多了要老想着怎么花钱，反而误事。北大语文很穷，连办公室也没有，但享有北大多学科的资源，为高校服务基础教育提供了一个平台。"

温儒敏把介入基础教育说成是"敲边鼓"："如同观看比赛，看运动员竞跑，旁边来些鼓噪，以为可助一臂之力。这是责任使然，也是北大传统使然。"2002 年，他邀集十多位北大教授，包括陈平原、曹文轩、何怀宏等著名学者，跟人教社合作编写高中语文教材，现在仍然有 60% 的中学在用这套教材。2008 年，他又担任义务教育语文课程标准修订组召集人，修改制定一部指导中小学语文教学的国家文件。这些工作需要协调各方面的意见，是很烦琐、很费功夫的，一做就是几年，还不算自己在单位的业绩。但温儒敏和他组建的团队希望能实心实意为国家做点事，帮一帮基础教育。

更值得一提的是最近引起社会关注的统编教材。2012 年，教育部聘任温儒敏为中小学语文教材的总主编，从全国调集数十位专家和特级教师，历时 5 年，编撰一套全新的教材。目前，这套中央直接过问的"部编本"语文教材已在全国投入使用，今后数年将成为全国统编的教材。

"编教材太难了，比自己写书难得多。几十位专家和老师，编了5年，历经30轮评审，终于熬过来了。"温儒敏感慨地说，用了一个"熬"字，可见其中艰辛。这套新教材投入使用后，得到一线教师普遍的认可，认为"有新意又好用"。这又是温儒敏感到"很有成就感"的。他说，有什么样的教材，就有什么样的国民，教材太重要了。编教材是功德之事，也是"大学问"，值得投入。但教材是公共知识产品，社会关注度高，动辄还引起炒作，难免要带着镣铐跳舞。有难度又有意思的，就是争取利用可能的空间好好"跳舞"，贯彻先进的教育理念，实施自己的学术理想，又能回馈社会。

温儒敏把语文教材编写说成是"风口浪尖上的工作"。因为教材几乎是不容许出错的，而选文又特别容易引起社会议论，一篇课文是上还是下，可能牵动许多人的感情。温儒敏说，其实语文课本并不只是美文的汇编，需要照顾方方面面，还得讲科学性。新教材有很多改革，都要有调查研究和论证，讲学理根据。比如过去小学生一上学首先就学汉语拼音，而统编语文教材改为先认识一些字，再学拼音，而且拼音学习的难度也降低了。其可行性是预先做过专题的调查论证的。又如一年级最先学习300字，这些字的选定，要考虑字理、字结构是否可以最大程度帮助孩子认字，还要考虑儿童字频。这方面也采纳了北师大关于儿童字频研究的成果。

统编语文教材渗透了温儒敏的语文教育思想。他认为语文教不好，不能全怪应试教育大环境，也有教学本身的问题。最大问题就是读书太少。一本语文教材也就十多课十几篇文章，如果只扣课文，不读课外书，无论怎么操练，也是无法提高语文素养的。温儒敏提出语文教学的"牛鼻子"就是培养读书兴趣。新编的小学初中语文教材在激发阅读兴趣和拓展课外阅读方面下了功夫，想办法让学生不要过早陷于流俗文化。比如增加古诗文诵读和名著导读，在小学一年级安排了"和大人一起读"。他希望通过中小学生的多读书来促进国民的良性生活方式，多少能带动社会风气的改善。

近几年，《温儒敏论语文教育》有 3 集陆续出版，封底都写上这样一段话："我深感在中国喊喊口号或者写些痛快文章容易，要推进改革就比想象难得多，在教育领域哪怕是一寸的改革，往往都要付出巨大的代价。我们这些读书人受惠于社会，现在有些地位，有些发言权，更应当回馈社会。光是批评抱怨不行，还是要了解社会，多做建设性工作。"温儒敏深知，有些改革不是光靠批评就能奏效的，还是要想办法寻找可行性的空间，一点一点地改良。

六、学术研究也要"接地气"

温儒敏是文学史家，现代文学研究是他的主业。2006 年之后，温儒敏担任现代文学研究会会长 8 年，写过多篇文章，呼吁现代文学研究能积极回应社会的需求，参与当代文化建设，找回自己的"魂"。他批评从以往"过分意识形态化"到如今的"项目化生存"，学问的尊严、使命感和批判精神正日渐被抽空，现代文学研究很难说真的已经"回归学术"，可是对社会反应的敏感度弱了，发出的声音少了。现在许多大学的中文系缺少"文气"，大量的研究论文要么做死板琐碎的考证，要么就是游谈无根，即使有一点文学，也成了填充某种既定理论的材料。他还批评现在"仿汉学"成风，有所谓"汉学心态"，其实是缺乏学术自信的表现。这些文章和建言在学术界产生很大的反响。

2011 年 9 月，刚刚从北大退休的温儒敏来到济南，被山东大学特聘为"文科一级教授"。在与山大的黄万华、贺仲明、郑春等教授谈起现代文学的研究状况时，针对文学研究"陈陈相因"等问题，温儒敏提出"文学生活"的概念。这是源于温儒敏对现有的研究状况的不满足。现下的文学研究陈陈相因，缺少活力。很多文学评论或者文学史研究、理论研究，大都是"兜圈子"，在作家作品——批评家、文学史家这个圈子里打转，很少关注圈子之外普通读者的反应，成为"内循环"式研究。

"不是说那种重在作家作品评价的研究不重要，这也许始终是研究的主体；而是说几乎所有研究全都落脚于此，未免单调。忽略了普通读者的接受情况，对一个作家的评价来说，肯定是不全面的。"温儒敏认为，所谓"理想读者"，并非专业评论家，而是普通的读者。在许多情况下，最能反映某个作家作品的实际效应的，还是普通读者。正是众多普通读者的反应，构成了真实的社会"文学生活"，这理所当然要进入文学研究的视野。

这个提法得到学界的普遍关注。温儒敏和山大、北大五六十位老师、研究生联手，用三年多时间做了大量的社会调查，弄清楚国民基本的文学生活情况，比如农民工读书的情况，城市白领的文学生活，新媒体对于阅读的影响，移动阅读的发展趋势，网络文学生态，等等。今年，这项国家社科基金重大项目的成果，已经以《当前社会"文学生活"调查研究》论集的形式出版。

温儒敏说："很多学者的研究很专，几乎是打井式研究，也有必要，是学术文化积累。但我觉得光是这样不太过瘾，人文学者可以有部分精力做点现实的课题。学者要有现实关怀，否则就可能缺少气度与格局。"

北京圆明园附近，温儒敏的寓所，书架上放有一块小小的精致牌匾，上书"澹泊敬诚"四个字，是他在外地寻得的，一见就心生喜欢，大概能寄托他的追求。他总是默默地以自己的方式关注和回馈社会，几十年来兢兢业业。书架上不见有什么奖状奖杯之类，其实温儒敏获奖很多，稍加罗列就有：全国高校优秀教学成果奖、国家级精品课奖、全国优秀博士生论文指导教师奖、国家社会科学优秀成果奖、国家级教学名师奖，北大方正奖、王瑶学术奖等等。

温儒敏：澹泊敬诚的问学之道 ①

王　彬

　　北京，圆明园附近一个小区，温儒敏教授的书房。书架上摆着一块小的牌匾，上书"澹泊敬诚"四个遒劲的大字。温老师说："那是我多年前在承德避暑山庄买来的，一看就心生欢喜，不时观摩玩味，也当作自己治学的精神督导吧——做学术不能太功利，要淡泊一点，多些尊崇和敬畏。"

　　"澹泊敬诚"，也许能用来概括温儒敏的学术人生。

　　先看看温儒敏的简历：1964 年广东紫金中学毕业，考入中国人民大学语文系读书，期间经历了"文革"。延至 1970 年毕业，分配到广东韶关地委当秘书，曾长期到农村工作和劳动。他不属于毛泽东所说的"三门干部"，青少年动荡而艰难的生活，以及大学毕业后基层工作的经历，对温儒敏后来的治学是有潜在影响的。转向学术的契机出现在 1978 年，温儒敏通过"文革"后第一次研究生考试，考入北京大学中文系，师从著名学者王瑶先生读硕士生和博士生。从 1981 年起，温儒敏在北大中文系任教，直到 2011 年退休，刚好 30 年。实际上退而

① 《传记文学》2017 年第 4—5 期连载，作者王彬。

不休，仍然担任北大语文教育研究所所长，同时又受聘为山东大学文科一级教授。这也是个显要的职务，至今全国大学的文科极少有"一级教授"的头衔。此前温儒敏还历经许多学术要职：北大中文系主任、北大出版社总编辑、北大中文系学术委员会主席、兼任过中国现代文学研究会会长、《中国现代文学研究丛刊》主编、国务院学位委员会学科评议组成员、义务教育语文课程标准修订组召集人、"部编本"中小学语文教科书总主编、国家级高校教学名师……这众多职务和称誉，拿出任何一个都会被人们视为"牛人"。但温儒敏却一点也不"牛"，他低调做人，务实行事，努力践行"澹泊敬诚"。在温儒敏这里，学问与人生融为一体，不是"两张皮"。

家世与少年时期

1946 年，战乱频仍，温儒敏出生于广东省紫金县中坝乡乐平村。紫金是粤东的一块贫瘠之地，多山岭和丘陵。由于位处偏僻，交通不便，资源短缺，紫金的经济发展至今仍然缓慢。这里是所谓"纯客住县"，绝大多数居民都是客家人，民风淳朴，讲求气骨观念，推崇文墨体面，即使贫穷，也总要让子弟读书传家。据说温儒敏的远祖是古代从山西、福建辗转迁移过来的。温儒敏在北京住了数十年，讲话还带有客家口音，不过他似乎有些"自豪"，说那保留有"中原音韵"。

温儒敏没有见过祖父，打小就听说祖父温恩荣出身贫寒，家徒四壁，当过"崇真会教士"，属于级别较低的乡村牧师。祖父膝下三子一女，小儿子温鹏飞（望生）是温儒敏的父亲。因为家里穷，父亲十六七岁就外出漂泊谋生，在香港东华医院当学徒，多年苦练掌握了一些医术，后来回到紫金龙窝圩开设西医诊所，是当地最早的西医之一。父亲聪明好学，医术不错，待人和善，还能写一手漂亮的字，在龙窝一带颇有名气。晚年"下放"到一家铁锅厂当厂医，独自一人用煤油炉做饭。温儒敏出生在老家中坝，童年大部分时间是在龙窝圩度过的。家里算是小康，但他从小就目睹中国底层民众生活之艰辛。

对温儒敏人格影响更深的是母亲。他管母亲叫"阿嬷"，那是古音，客家人特殊的称呼。"阿嬷"名黄恩灵，1917 年生于广东紫金一个基督教家庭，幼时颇受父母宠爱，上过教会学校，读到初中毕业。在二三十年代，女孩子读书是非常奢侈的事。温儒敏的外祖父也是个牧师，在粤东几个县传道，在当地有很高的威望。在幼小的温儒敏眼中，当牧师的"外公"是很有学问的，几个舅舅也都上过大学，一家出了好几个医生。"阿嬷"生养过 9 个子女（养活 7 个），体弱多病，性格倔强，有"男女平等"的想法，总希望能相对独立，有一份自己的工作，这也许和她受过的教育有关。可是"阿嬷"一辈子都待在家里相夫教子，只是 50 年代曾经有半年在一家诊所当了药剂师，每天上班穿着白大褂给病人拿药。那是她最舒坦的日子，后来常常要提起的。其实"阿嬷"养育子女也是很大的贡献，她不自觉罢了，这是温儒敏后来常念叨的。"阿嬷"是虔诚的基督徒，知书达理，幼小的温儒敏常常听"阿嬷"讲圣经故事，以及各种民间谚语传说，背诵《增广贤文》等蒙学书籍中的名言警句。可见 50 年代虽然全社会处于政治化的旋涡中，但也依然有私人生活的缝隙。多年后温儒敏常常和妻子提到："阿嬷"真"有才"，是个"语言学家"。

温儒敏的兄弟姐妹多，加上表兄表姐，十几个孩子，经常在一起聚会玩耍，家里也不太管束，童年是热闹而快乐的。上小学了，温儒敏是十足的"淘气包"，捉迷藏、看把戏、爬山、远足、游戏打仗，常常玩得昏天黑地，甚至旷课缺席。温儒敏心性好奇，常异想天开，搞个小的发明探索。比如用棉线和纸盒制作"电话"，从一楼到三楼闹着玩（那时电话还是个稀罕物件）；把闹钟拆了看个究竟；自己动手做矿石收音机，等等。他的个性和爱好无拘无束地发展，但功课却受到妨碍，成绩不好，小学毕业考试居然没有及格（虽然那时没有小升初考试），父亲决定让他休学一年，再上初中。当了中学生的温儒敏令人惊奇地发生"突变"，学习突然变得自觉，而且有了目标，希望长大了成为一名作家。那是受到上中学的哥哥姐姐的影响，哥姐那时都在县城读高中，喜欢文学，温儒敏最高兴的事就是哥姐回家时带来的文学课本和书籍。后来温儒敏还记得，1956年的高中语文教材分为语言和文学两本，文学编得很厚，中外作品都有，温儒敏读了真是大开眼界。文学的魔力让淘气的温儒敏变得安静，从此爱上读书，甚至开始模仿写作。

一次偶然的机会，温儒敏被老师推选为当地一家专区报纸的小通讯员，这让年少的温儒敏颇感意外，兴奋得差点儿跳起来。温儒敏知道自己并不是老师眼中的"好学生"，但可能是因为平时喜欢写点山歌或者街头剧什么的，老师就想到了他，给他安排点"重要任务"，鼓励一下。没想到"无心插柳柳成荫"，这让温儒敏更加爱上文学，喜欢上写作。他甚至模仿过艾青、裴多菲写诗，还给自己起了笔名叫"艾琳"。

温儒敏写作的热情被点燃了，一发不可收。他利用课余时间创作了许多诗歌和曲艺作品，其中不少发表在报纸和一些少年期刊上，他甚至还利用一个假期的时间，创作出一篇中篇小说《悠扬的笛声》，写大革命时期老区的革命斗争。这篇粗糙、稚嫩的仿作，连温儒敏自己也不甚满意，但它却凝聚着一个懵懂少年的文学梦。

1961年，温儒敏升入县城紫金中学高中部。因为离家远，上学不便，他便在学校附近租了一间狭小潮湿的屋子住下。这一年，正是三年自然灾害最严重的时候，吃饱饭不是容易的事。温儒敏已经十五岁了，正在长身体，对一个"半大"小伙子来说，政府每个月配给的十几斤粮食和一二两食油怎么够填饱肚子呢？至于荤菜，那更是连半点儿味也闻不到。那时，每天蒸一钵米饭，就着咸鱼，分早中晚三餐，每顿吃三分之一。经常都是早上吃了三分之一，上午课间太饿了，又回去吃掉三分之一，午餐再吃最后的三分之一，晚餐就没得吃了，硬挺着到天亮。

那时，学校为了保证学生伙食，开展生产自救，学生一边读书，一边养猪种菜，为了减少体力消耗，甚至连体育课也停掉了。不少学生因为饥饿或者营养不良而生病，无法继续学业，而温儒敏却坚持了下来。文学梦成为支撑他的强大动力，生活虽然清苦，但他对未来的希望和理想却从未动摇。他坚信，国家总会好起来，而物质生活的艰苦是对心性的磨炼，能让精神变得充实。为了实现自己的文学梦，高中阶段温儒敏更有计划有目地阅读书籍。那时高考录取率极低，学生却不会像现在这样压力大。温儒敏的阅读是自由的，涉猎的范围相当广，哲学、历史、逻辑学、修辞学、古代汉语，甚至天文地理等各方面的书都找来读，兴趣最大的则是中外文学名著，从但丁、莎士比亚到李白、杜甫，再到现代的鲁迅、郭沫若，他都读得饶有兴味，手不释卷，常常超额超前完成阅读计划。当然，也有浮躁懈怠的时候，为了鞭策自己，他还给自己写了一首小诗，其中的一句"无志者常立志"，时刻提醒他要把握住自己，好好珍惜时光。高中三年的发奋苦读，使温儒敏积累了丰富的知识，为以后的学业打下了坚实的基础，而且，此时养成的良好的阅读习惯让他的大学并没有因为时代原因而荒废。

后来成为语文教育专家的温儒敏经常和老师说："中小学语文课的'牛鼻子'是激发读书兴趣，让孩子养成好读书的生活方式，这是为一生打底子。"他说的是自己深切的体会。

从大学生到基层干部

1964年，温儒敏考入中国人民大学语文系。初到北京的温儒敏完全是个乡巴佬，连看到电车都有些惊奇。天凉了，这位南方孩子领到政府补助的一条棉裤，还有每个月 9 块钱的助学金。那时温儒敏有个姐姐在部队文工团，每月再给他 15 元，基本生活费就解决了。多年后温儒敏还常说起那条棉裤和 9 块钱，他说是人民供养自己读完大学的，不能忘本。在班上，温儒敏的学习基础不是最好的，但他有志向，发奋学习。有一回上写作课，老师把温儒敏的文章抄在黑板上，作为有毛病的例证来分析，温儒敏简直无地自容，但这反而促使他下决心好好学习，学会写文章。到大二，温儒敏的一篇文学评论便发表在《光明日报》上。当他到食堂吃饭听到学校广播台播送这篇文章时，有一种特别的自豪感。温儒敏后来回忆说，那时的大学课程受到时代的影响，太过追求配合"大批判"，其实学不到什么东西，但有些基础课如古代汉语，却让自己受益匪浅。每次古代汉语课都要背诵古文，因此积累了一些底子。温儒敏很注重书面语的简洁，那种语感和认真学过古汉语是有关的。

可惜到大二时，"文革"便爆发了。温儒敏也参加过红卫兵，当过"人大三红"小报的主笔，但他很快厌倦了那种狂乱的氛围和派别争斗，当起了"逍遥派"，在读书中寻得内心的平静。

他说："历史是有缝隙的，有心总能寻到。"

1968—1969 年，温儒敏到天安门东侧的历史博物馆参加制作"毛泽东思想光辉照耀安源"的展览（"安展"），负责文稿撰写工作。这也是一段读书的好时光，正如他自己所言，是"漫羡而无所归心"的"杂览"，古今中外文史政经无所不包。许多内部发行的作品，他都想方设法弄到手来看，其中既有《二十四史》《论语》《孟子》《左传》《红楼梦》《世说新语》等这样的古代经典，也包括大量翻译过来的西方作品，如《麦田守望者》《第三帝国的灭亡》《多雪的冬天》《拿破仑传》等，甚至连艰深晦涩的政治经济学他也不放过。对马恩经典的系统阅读正始于此，马恩四卷集他通读过几遍。在那个躁动的年代，"忙里偷闲"的阅读为温儒敏开启了一扇窗户，他的精力和能量并没有因为运动的席卷而耗尽，而是在书本的海洋中，积蓄着某种隐忍待发的精神力量。在"安展"两年，等于又上学两年，这是他愉快的时光。值得一提的是，在"安展"他认识了当讲解员的女孩王文英，当时还是北京女子二中的高中生，一个聪慧端庄的姑娘。后来她成了温儒敏的妻子。

1969 年，大学毕业的温儒敏未能走上工作岗位，由于"备战备荒"和清理阶级队伍，分配工作一直拖到 1970 年夏天。温儒敏被分配到粤北的韶关地委办公室，担任秘书一职，一待就是八年。这八年，温儒敏跑遍了韶关十多个县的山山水水，还在英德蹲点半年多，与农民同吃同住同劳动，催耕催种，犁地插秧，等于当生产队长。当时很多政策是脱离实际、剥夺农民的，温儒敏在贯彻上头指示时常常感到无奈与尴尬。这段经历让温儒敏对中国农村的生活有了真切的体验，也打掉了不切实际的书生气。他开始意识到批评写文章往往比做实事容易，而社会改造要比纸上谈兵复杂得多，知识分子在面对现实时所构想的乌托邦"美好愿望"，在"残酷的现实"面前多是行不通的。在韶关的八年虽然暂时远离学术，但也是在调整思路、积累经验与感觉，对于一个从事人文社会科学研究的学者来说，类似的"积累"是非常切要的。

温儒敏在韶关地委受重用，在仕途上会有不错的发展。但在他的内心深处，官场这块"地"却并不适合他"扎根"，他不想从政，不喜欢交际应酬，渴望安静的读书生活。

1977 年 10 月，温儒敏在广播中听到全国恢复高考制度和研究生制度的消息，心中犹如平静的湖面投下了一颗石子，泛起层层涟漪，沉积在心底多年的文学梦重新被勾起了。他意识到，这是改变命运的一个绝好机会，一定要好好把握，于是他决定报考北京大学研究生。妻子是北京人，也希望返京，极力支持考研。温儒敏只有个把月的复习准备时间，但他的人生篇章却就此改写了。

北大研究生生活

"人生的路可能很长，要紧处常常只有几步，特别在年轻的时候。也许就那几步，改变或确定了你的生活轨道。"[①] 这是多年后温儒敏回忆研究生生活的感慨。

1978年秋，温儒敏考入北大中文系读研究生，做了著名学者王瑶的学生。他坦言，北大研究生三年是他一生"最要紧、最值得回味的三年"。事实上，温儒敏被北大录取的过程颇有些"惊险"，如果不是有幸遇到"伯乐"，恐怕他就要与这宝贵的学习机会擦肩而过了。

那是"文革"后首次招考研究生，报考现代文学专业有600多人，规定参加复试的名额是11人，而温儒敏笔试的成绩排到第15名，按理说"没戏"了。但北大居然还让他参加复试，努把劲就考到了前6名。后来才知道，容许破格复试是因为导师王瑶和严家炎在考前收到温儒敏"投石问路"的信，附有两篇评论鲁迅和刘心武的文章。导师认为其他入围的考生几乎全都是当中学老师的，多少还有时间接触文学，而温儒敏在基层的机关工作，能腾出手来写评论就很不错了，所以"网开一面"，特别给予考虑。温儒敏说：这就是北大，不拘一格降人才。

1978年10月9日，温儒敏来到北大，成为"文革"后第一批研究生，主攻中国现代文学专业，同一年被录取的还有钱理群、吴福辉、赵园、凌宇、陈山等，他们日后都成为中国现代文学研究领域有影响的学者。

读研时温儒敏已过而立之年，时间的紧迫感和对学术的追求，让他发奋读书。每天早晨在食堂吃过馒头、玉米糊，他就去图书馆，常常在图书馆里一待就是一天。被推选为研究生班班长的温儒敏，不时帮大家从图书馆借书，一借就是几十本，甚至有些库本都借来了，大

---

① 温儒敏：《难忘的北大研究生三年》，《书香五院》，北京大学出版社2008年版，第45页。

家轮着看。看完就一起讨论，展开思想交锋，有时这种辩论还会从课堂研讨延伸成宿舍"卧谈"。

温儒敏采用细读和浏览结合的办法，每天的阅读量很大。三年下来，他读了上千种书，而此时的读书已不同于大学时代的"杂览"，而是有明确目的性的阅读，旨在"感受文学史氛围"。

那时不像现在实行学分制，规定选修的课不多，主要是自己读书，隔段时间写个读书报告。导师一两个月找学生开讨论会，由某一人围绕某一专题主讲自己读书和思考的心得，大家展开议论，最后是导师从研究方法上去总结和引导。这种几近于"放养"式的培养方式，恰恰给温儒敏他们提供了自由选择的开阔空间，各自寻找适合自己的研究方向与路子。为了夯实研究基础，打开思路，温儒敏还选修过现代文学之外的各种课程，包括吴组缃的红楼梦研究、金开诚的文艺心理学，甚至还旁听过历史系的课。他一开始就注意超越学科壁垒，不拘泥于现代文学这个领域，这对他后来学术的发展是大有帮助的。

在导师的指导下，温儒敏很注重对自己实行严格的学术训练，掌握文学史研究必须具备的文学与历史的眼光。他的办法是从最基本的作家评论开始，通过阅读作品、搜集史料，深入了解研究对象，聚焦具有文学史意义的"现象"，给予历史的和文学的理论解释。温儒敏在读研究生期间的第一个课题是研究郁达夫，当时还认为是比较复杂的作家，研究的论作也比较少，甚至有多少作品都还不清楚，研究是有难度的。温儒敏必须首先广泛搜集郁达夫的全部作品，以及有关郁达夫的评论资料，工作量极大。温儒敏翻阅了大量史料，编撰了二十多万字的《郁达夫年谱》，并通过分析论证，写成论文《论郁达夫的小说创作》，发表在刚创办不久的《中国现代文学研究丛刊》[①]上。虽然是温儒敏的学术"首秀"，但文章不是从定义出发，而是从创作实际出发，

---

① 载《中国现代文学研究丛刊》1980年第2辑。

考察作家作品的文学史价值，写得十分老练，对郁达夫笔下的"零余者"形象、病态描写以及自叙传形式的分析深入透辟，是当年作家作品研究的代表性论作。完成于 1981 年的研究生论文《鲁迅前期美学思想与厨川白村》①是温儒敏的又一篇重要论作。该文选择了当时人们谈论不多、而对鲁迅影响甚大的日本理论家厨川白村作为研究对象，比较清晰地梳理了鲁迅文论思想的一个重要来源，被誉为比较文学中影响研究的殷实之作。讲究文学史料的分析，注重历史和文学眼光的配合，这种风格在温儒敏最初的论作中已初露端倪。

教学与科研相辅相成

1981 年夏天，温儒敏研究生毕业，留校任教。他先是教外系的现代文学史，担任中南海干部学校的课，还做过 1983 级文学班的班主任。他亦师亦友，和同学"混"得很熟，这个班出了一批杰出的校友，温儒敏为之自豪。初留校那几年，在教学之余，温儒敏陆续发表了《试论〈怀旧〉》②《略论郁达夫的散文》③《外国文学对鲁迅〈狂人日记〉的影响》④《〈朝花夕拾〉风格论》⑤《欧洲现实主义的传入与五四时期的现实主义文学》⑥等论文，逐渐取得在学科领域的"发言权"。

在 80 年代初，温儒敏曾经涉足比较文学，在季羡林、杨周翰、乐黛云等著名学者带领下，参与组建北大比较文学研究会，这是全国第

---

① 载《北京大学学报》1985 年第 2 期。

② 载《鲁迅研究丛刊》1980 年第 3 辑。

③ 载《读书》1981 年第 3 期。

④ 载《国外文学》1982 年第 4 期。

⑤ 载《北大研究生学刊》1985 年创刊号。

⑥ 载《中国社会科学》1986 年第 3 期。

一个比较文学研究机构。温儒敏还和张龙溪联手编过《比较文学论文集》[1]和《中西比较文学论集》[2]，翻译过美籍理论家叶维廉的比较文学论文，这些工作对于推动比较文学这门学科的建立有过实质性的影响。

但那时生活条件很是艰苦。温儒敏一家三口挤住在10平方米的集体宿舍，屋里摆不下书桌，做饭只能在楼道，经常为借人家的煤气本犯愁，生活的确艰难。1983年温儒敏得到了一个奖学金名额，有机会到美国留学；也曾想过不如去广东发展，生活条件都会比北大好得多，但最终都很犹疑，没有离开北大。温儒敏说，早上起来呼吸到校园那特别的自由的空气，就舍不得离开了。这样在北大一待就是几十年。多年后温儒敏说，在人生有些关键时刻，命运就掌握在自己手上，当年要是离开北大，去了美国或者南方，也许那就是完全不同的道路。

1984年，温儒敏又做了个决定——考取北大中文系第一届博士研究生，继续跟随王瑶先生学习。能成为王瑶先生的两届入室弟子，温儒敏一直视为"人生的福气"。温儒敏学习很刻苦。进入论文写作时，家里房子小，挤不开，每晚只能到五院办公室用功。"夜深了，窗外皓月当空，树影婆娑，附近果园不时传来几声鸟叫虫鸣，整个五院就我一人在面壁苦读，是那样寂寞而又不无充实。"[3]温儒敏选择的是一个颇具挑战性的博士论文题目：《新文学现实主义的流变》。当时"现实主义"已经被人们"谈腻"了，成为一个司空见惯的话题，温儒敏却靠着他敏锐的学术洞察力发现现实主义被"丑化""异化""泛化"的问题。在西方理论"满天飞"的时候，他静下心来做这个比较"笨"、其实又非常厚重、切要的题目，他把这看作是为文学史研究"清理地基"的工作。博士论文的材料准备是比较充分的，写起来很顺利，只用了大半年时间，就拉出了初稿，然后反复检讨、调整，几次地来回"折

书
香
五
院
（
增
订
本
）

---

① 张龙溪、温儒敏编：《比较文学论文集》，北京大学出版社1984年版。

② 温儒敏编：《中西比较文学论集》，北京大学出版社1987年版。

③ 温儒敏：《书香五院》，北京大学出版社2008年版，第11页。

腾"。温儒敏总结说，论文要讲究气势，有了基本立论和论述的轮廓，就要一气呵成，哪怕粗糙，也不能步步为营。有了初稿才好打磨完善。这部论文就"一气呵成"，第一次完整地勾勒出新文学三十年现实主义作为一种思潮发生、发展、流变的轨迹。1987年温儒敏的博士论文通过答辩并得到较高的评价，第二年正式出版。这是第一本系统研究新文学现实主义的专著，以史带论、史论结合的写作风格，尤其是新颖的比较文学视野，受到学界的关注与好评，1990年获得首届全国比较文学书籍一等奖。这一时期温儒敏还发表过几篇作品细读的论文，如《〈围城〉的三层意蕴》① 《〈肥皂〉的精神分析读解》② 《成仿吾的文学批评》③ 《胡风"主观战斗精神说"平议》④ 《周作人的散文理论与批评》⑤ 《王国维文学批评的现代性》⑥，观点比较新颖，引用率很高。

这里还要专门提到的是温儒敏和钱理群、吴福辉、王超冰合作编著的《中国现代文学三十年》（后简称《三十年》）。这部影响巨大的学术性教材，其编写、出版和修订多少带点"传奇"。⑦ 1982年，电大、函授大学最"火"的时候，一家名不见经传的刊物《陕西教育》邀请王瑶先生编一部现代文学史，作为成人进修的教材。王瑶先生接受邀请，但把这任务转交给他的几个研究生，也是希望给学生一个"锻炼"机会，于是温儒敏就和钱理群、吴福辉，还有王超冰接受了编写任务。大家是分工写作，温儒敏分到的是三个十年每一段的文学思潮与发展概况，还有散文部分，以及老舍、巴金等多位重点作家，大约十多万字。稿子完成后，先是在《陕西教育》连载，从1983年10月，连载到

---

① 载《中国现代文学研究丛刊》1989年第2辑。

② 载《鲁迅研究动态》1989年第2期。

③ 载《文学评论》1992年第2期。

④ 载《北京大学学报》1992年第5期。

⑤ 载《上海文论》1992年第5期。

⑥ 载《中国社会科学》1992年第3期。

⑦ 参考温儒敏：《中国现代文学三十年出版往事》，《中华读书报》2016年6月30日。

1984 年底。当时他们都是初出茅庐，总想超越一般教材的写法，放手往"深"和"新"里写，使教材带点专著性质，但又较有生气，反而受到欢迎。刊物连载后，他们又做了许多修改，希望北大出版社能出版，但因为温儒敏他们当时还是讲师，资历浅，被退稿了。于是就转投给上海文艺出版社出版，未想到竟印刷数次，得到出乎意料的好评。1997 年，温儒敏就任北大出版社总编辑，大力推进教材出版，就把上海出的《三十年》版权拿回北大出版社。他们几人在香山住了个把星期，认真讨论好修改的框架，然后分头写作。经过几乎是"重写"的修订，1998 年全新的北大版《三十年》面世。该书陆续被推举为"九五""十一五"重点教材，还获得行业内看好的"王瑶学术奖"。2016 年 9 月这本书第二次修订，又做了不小的修改。至此，《三十年》已经印刷 50 多次，印数达 130 万册。温儒敏后来回忆说，最初写这本书时，思想解放刚刚启动，现代文学研究非常活跃，但基础性的研究还不够深入，很多史料都要重新去寻找、核实和梳理，论述的观点也需要拿捏，许多章节等于是写一篇论文，费力不小，但也等于是把整个现代文学史认真"过"了一遍，对他们后来的研究开展是有莫大帮助的。

1988 年冬，温儒敏一家住进了未名湖北畔的镜春园 82 号，是原燕京大学教授宿舍，一个老式小四合院。这一年他 42 岁，终于熬到有一个"有厕所的家"。他很感恩。在这个院落，他一住就是 13 年。天道酬勤，厚积薄发，经过十多年的积累，温儒敏的学术爆发期也到来了。博士毕业后的十年间，他先后在《中国社会科学》《文学评论》《中国现代文学研究丛刊》等权威刊物发表论文十余篇。1993 年，学术专著《中国现代文学批评史》问世，标志着温儒敏学术研究达到一个新的高度。该书以点带面，选取了十四位有代表性的批评家，通过对其批评理论及批评个性的展现，及其所代表的不同的批评倾向对文学运动、文学活动的影响，勾勒出中国现代批评的历史轮廓，考察不同派系的批评之间的冲突、互补与制衡关系。在评价不同批评流派的历史地位时，温儒敏首次提出"合力说"，即现代文学批评的发展是各种批评流派共同作用的结果，在多元竞存互补的格局中不应当简单否定某一部分制衡的力，不能以肯定主流，贬抑支流，否定逆流的方式对现代文学批评的认识简单化。这种方法论的自觉对文学史研究有启示意义。《中国现代文学批评史》字数不多，却写得很殷实，出版后被誉为"一部垦拓性的专著"，"大大提高了现代文学批评史的学术水准"。该书获得全国社会科学研究成果二等奖，其中一些章节如《王国维文学批评的现代性》等，被当作主要论作选进一些版本中，引用率很高。温儒敏说，当初住在未名湖北畔的镜春园 82 号，每晚写到深夜，这本书的确是下过一些功夫的。

温儒敏后来陆续写了另外一些著作，也在学界产生很好的影响。如《中国现当代文学专题研究》（与人合作）[①] 对现当代十多位代表作家逐一做深入讨论，回应学界的相关研究结论，从不同的角度与方法层面呈现新的视点。《中国现当代文学学科概要》[②]（与人合作）从学科史角度梳理既有的研究，引发许多新的问题与研究的生长点。这两种书都被各个大学中文系指定为考研的用书。稍后出版的还有《现代文学"新传统"及其当代阐释》[③]（与人合作）一书，提出近百年来形成的现代文学传统，已经渗透到了当代社会生活的各个方面，影响和制约着人们的思维和审美方式，成为当代文学／文化发展的规范性力量，必须重视研究这个"小传统"。近些年许多关于文化转型与困扰的讨论，包括那些试图颠覆"五四"与新文学的挑战，迫使人们重新思考现代文学传统的问题。这种研究既是学科自身发展的需要，也是对当下的"发言"，其重要性在于通过对传统资源的发掘、认识与阐释，参与价值重建。

---

① 北京大学出版社 2002 年初版，2013 年修订版。

② 北京大学出版社 2005 年版。

③ 北京大学出版社 2010 年版。

总编辑与系主任

在学术研究上投入极大精力的同时，温儒敏的行政事务也多了起来，1996 年，温儒敏开始担任北大中文系副主任，分管研究生工作，大刀阔斧开展改革。为了打破学术壁垒，充分发挥北大多学科的综合实力，提升博士生培养质量，他主持创办了《子民学术论坛》，专门邀请校内外各个学科领域顶尖的学者讲学，让博士生开拓眼界。在他的极力推动下，北大中文系在全国率先实行博士论文匿名评审制度，现在这个制度已经在各校普遍实行。此外，温儒敏还和南京大学同仁发起全国重点大学中文系发展论坛，为院长系主任交流经验提供平台，每年召开一次，轮流坐庄，这个"生产队长会议"制度持续到现今，对全国中文系的学科建设起到很好的推动作用。

1997 年 7 月，温儒敏接受学校委任到北京大学出版社担任总编辑，两年后，又回到北大中文系，就任系主任。他一边教书做研究，一边从事教学管理工作，在这个岗位上兢兢业业做了 9 年。中文系是个文科大系，也是老系，学术渊源深厚，学术"大腕"多，有良好的学风，但也有不少这样那样的矛盾。而外部环境又比较浮躁，教育界患了所谓"多动症"，动不动就"改革"，花样很多，受益甚少，还不断挫伤教师教学科研的积极性。针对这种情况，温儒敏鲜明地提出以"守正创新"作为中文系的宗旨，强调中文系的基本格局不能大动，特别是几个古字号的"王牌"学科，要保持特色，在这个基础上适当增加一些学科分支。在到处都扩招和改名的情势下，学校领导曾经问温儒敏要不要把中文系改为文学院。温回答：全国大学中文系都改为学院了，我们再考虑吧。现在全国大学中文绝大多数都改学院了，北大中文系依然故我，顶住了虚浮的改名风。当然，不改名并不等于拒绝改革，温儒敏的意思是"守正创新"，在努力继承和发扬优良的学风及办学传统、保持学术品格的基础上，围绕教学科研，去推进一些切要的改良措施。

一是完善研究生培养管理制度，鼓励开设专门为研究生设计的学科概论、方法论、专题研究等系列课程，采取多种措施活跃研究生学习氛围，严格实施学位论文（主要是博士论文）匿名评审制度，严格答辩和评议。每年都有几篇虽然答辩通过、却因为有硬伤或其他重大缺失而被系学术委员会"卡住"的论文。这些措施保证了研究生培养的质量，在温儒敏担任系主任期间，有 5 篇论文摘取了全国百篇优秀博士论文的大奖，其中包括温儒敏指导的姜涛的论文。

二是认真抓本科教学质量。温儒敏当时提出，本科阶段很难要求有多少创新，但基本训练非常重要。在他的带领下，重新梳理和设立了专门面向本科生的选修课，打破因人设课的格局；重视写作训练，要求主干课每学期布置学生 2 次以上小论文，还规定本科生阅读一些基本的书。此外，还要求教授上好本科生基础课。温儒敏以身作则，始终坚持给本科生上课。

三是在全国率先实行"代表作"制度，即在教师职称晋升中，学术评价格外看重"代表作"，而不是数量。这一举措使教师的科研"减负"，教学质量与之相应提高了。在温儒敏担任系主任期间，北大中文系有 5 个学科被评为全国重点学科，7 门基础课中，有 5 门被评为"国家级精品课程"，稳居全国大学中文系之首，而温儒敏所在教研室的《中国现代文学史》名列精品课之榜首。

2010 年北京大学中文系迎来建系 100 周年，温儒敏主编《北大中文系百年图史》，给这个学术重镇献上了一份厚礼，这是北大中文系的第一本系史。其实在北大中文系 90 诞辰时，温儒敏就领衔编撰过《百年学术：北大中文系名家学术文存》①《北大风》②（北大历史上的学生社团刊物作品选）等书，汇集先贤的代表性论作，展示学术流脉。温儒

---

① 北京大学出版社与江西教育出版社 1998 年版。

② 北京大学出版社 1998 年版。

敏还写过《书香五院》①一书，用散文笔触回忆和描画北大中文系的历史。温儒敏如此重视对中文系历史的总结，也是出于"守正创新"的理念。如今，"守正创新"已经成为北大中文系办学的宗旨，深深植根于广大师生的心中。最近，北大校长在《人民日报》发文谈如何向一流大学迈进，其中标题就采用了温儒敏当年提出的"守正创新"。②

这里还要专门回顾一下温儒敏出任北京大学出版社总编辑的经历。那是他担任中文系主任前的事，1997年7月到1999年7月。

出版社的工作不限于学术把关，还要参与管理和经营，对温儒敏来说都是新课题。他虚心学习，不怕担责任，不怕得罪人，雷厉风行，他依靠总编室建立起严格的选题、审稿和出版制度，在社里很快树立起威信。

温儒敏到北大出版社后第一项主要任务是筹备出版北大百年校庆的画册、藏书票和几十种纪念书籍，时间紧迫，工作量大，温儒敏带领团队每天加班加点，同心协力，圆满完成了任务。初战告捷，温儒敏在行政方面显露出他的热情与才能。

温儒敏到出版社的"第二战"，是主持出版大型古籍《全宋诗》。这是当时北大、也是全国古籍整理的重大成果，共72卷，上千万字。可是因为这套大书不赚钱，又投入巨大，出版社并不积极对待，在温儒敏到出版社之前，拖拖拉拉才出版了六七卷。温儒敏虽然以现代文学为专业，但对于古典文化研究和积累有天然的尊崇感，他意识到《全宋诗》的价值和意义。经过调查和筹备，温儒敏决心用一年多时间把《全宋诗》72卷全部出完。当时困难很多，有一位老编辑说：要一两年出齐，不睡觉也难做到。但温儒敏调动全社力量，连续苦战，真的用一年多就让《全宋诗》整体面世，成为当年出版界的大事，获得最

---

① 北京大学出版社 2008 年版。

② 林建华：《守正创新，引领未来》，载《人民日报》2016 年 3 月 11 日。

高级别的国家出版奖。与此同时，温儒敏还主持出版了《十三经注疏》（整理本），也是当年古籍出版界的一个亮点。

面对市场化的猛烈冲击，温儒敏认为北大出版社不应以营利为第一目的，而应当既立足市场，又保持独立的学术品格，他提出"以学术为本，以教材出版为中心"的方针，将北大出版社作为展示北大学术成果的窗口。经过温儒敏沟通，这一宗旨最终获得领导班子的支持。温儒敏担任总编辑期间和随后一段时间里，北大社出版了多种既有学术含量又市场见好的丛书，其中包括《口述传记丛书》《名家通识讲座书系（十五讲系列）》等等，另外，上百种大学教材也陆续启动。这些书大都是一版再版，有的成为常销书，在学界和教育界赢得良好的声誉。1998 年，北大出版社在香港举办书展时，温儒敏为展销会设计主题条幅："学术的尊严，精神的魅力"，其中蕴含着这位总编辑对北大出版社很高的期望，后来成为北大出版社的社训。

上课是"第一义"的

1981 年留校到 2011 年退休，温儒敏始终坚持上课，在他看来，大学老师当然要做科研，但教学应当是"第一义"的。教学工作，尤其是本科生教学在一所大学中的地位是举足轻重的，他不止一次地提到"本科教育应是大学立校之本"。

即使在他出任北大出版社总编辑和中文系主任时，不论行政工作如何繁忙，他依然坚持带博士生、硕士生，给本科生上基础课。有许多大学老师当上教授后，主要精力便放在做课题写文章，顶多上点研究生的课，本科生的课能不讲就不讲了，而温儒敏却喜欢给本科生上课，每隔一年就要给大一学生上一轮基础课。从北大到山大，温儒敏被聘为文科一级教授，年岁大了，他仍然主动要求给本科生上课。

在学生眼中，温老师温和慈祥，平易近人，说话慢条斯理，学生私下亲切地称呼他"温爷爷"。温儒敏说他自己不属于口才好的老师，但他的课很受学生欢迎，被认为有"干货"，不止于"授人以鱼"，而更强调"授人以渔"。在课堂上，除了廓清中国现代文学的发展脉络以外，更加注重学生审美分析能力和艺术感悟力的培养。他每次课都有新的"套式"，常常通过分析文学作品过程中所形成的问题来调动学生探究学术的积极性。在学习曹禺话剧时，他会提出"《雷雨》的主人公是谁？"这样的开放式问题来激发学生的思考，通过引导式地带领学生分析文学作品和文学现象，逐渐培养学生发现问题、分析问题、解决问题的能力。对于给学生们布置的"小论文"作业，温儒敏总是尽量抽时间亲自批阅，并且给出中肯的意见。他说："这很重要，学生会很看重老师的批阅，有些意见会影响他们的学习。所以花时间为学生改文章是值得的。"

温儒敏指导过 31 名博士生和 38 名硕士生[①]。他的办法是给学生充分的自由去读书和思考，发现自己的潜力，寻找自己的研究方向，以学问之道来历练和充实自己。他不希望博士生完全顺着导师的路数来选题，拒绝学生"克隆"老师，温儒敏带出来的博士生选题大都比较"野"，不拘一格，能出新意。

作为一名教师，温儒敏除了传道、授业、解惑，更多的是通过言传身教让学生感悟做人的道理，他对学生的关爱浸润在课堂内外。上课时，他会让学生站在讲台上作报告，自己坐在学生中间认真倾听；日常生活中，温儒敏家的大门永远为学生们敞开着，每当学生有学术上的疑问，生活中的困惑，只要轻轻叩响温老师家门，离开时就会得到些许开悟……

---

① 至 2017 年 1 月，温儒敏指导过 31 名博士生，其中包括北京大学的 26 名，山东大学的 5 名，已经毕业获得学位的 22 名；硕士生 38 名，其中包括北京大学的 30 名，山东大学的 8 名，已经毕业获得学位的 33 名。

在温儒敏看来，教学与科研是相辅相成的，教师应该在教学上投入更多精力，以教学来推进科研，并将科研成果转化到自己的教学中。这是温儒敏亲身践行的经验，他的许多学术成果，如《中国现代文学批评史》《中国现当代文学学科概要》《中文学科论文写作训练》等，都是在课堂讲稿的基础上修改完成的。

"一分耕耘，一分收获"，温儒敏的辛勤付出也得到了认可。2008年，温儒敏获得教育部授予的"全国高校教学名师"称号，在发表获奖感言时，他道出了自己的心声："我觉得教学是值得用整个人生投入的事业，是我所痴迷的乐事，是一份完美的精神追求。"他享受这种追求与奉献的过程，会让自己感到充实。

为语文教育"敲边鼓"

最近十多年，温儒敏除了专业研究，把相当部分精力用在语文教育的研究与组织工作上。他首先注重抓好大学语文。这是一块"鸡肋"，都说重要，可是又都几乎上成"高四"语文，学生不感兴趣，教学效果不佳，很多大学干脆不再设这门课。温儒敏认为必须对大学语文的课程定位做些调整，变成一种引发读书兴趣的课，"把学生被'应试式'教育败坏了的胃口调试过来"。① 2003 年，由温儒敏牵头，朱寿桐、王宁、欧阳光等全国十余所大学学者合作编写的《高等语文》② 教材出版，打破了以往单纯的文学作品加讲解的结构模式，而是选取 25个涉及文史哲及自然科学的专题，通过引导阅读、思考、写作的"三部曲"给授课老师和学生提供充分的发挥空间，教材出版后在教育界

---

① 温儒敏：《大学语文：把"败坏"了的胃口调试过来》，2005 年 12 月 6 日《人民日报》第 11 版。
② 江苏教育出版社 2003 年版。

反响强烈，引起过关于大学语文"命运与出路"的讨论。之后，温儒敏亲力亲为，又编写了《大学语文》①《中国语文》②《大学语文读本》③《中外文学作品导读》④等五六种大学语文教材，在版本繁多的大学语文之中，总显示出某些独特气质，很受一些大学师生欢迎。

为了整合资源，更好地开展语文教育研究，2004年，北京大学语文教育研究所成立，温儒敏任所长。虽然这是个虚体科研机构，但又是可以整合校内外科研力量的一个平台，如徐中玉、刘中树、陆俭明、蒋绍愚、钱理群等一批著名学者，都加盟这个平台。温儒敏在语文所成立大会上说，北大来做语文教育研究，是要推动师范大学的老师重视师范类的语文教育，他做的是"敲边鼓"的工作，什么时候大家重视师范教育了，北大语文所也就可以"撤了"。果然，语文所成立后影响很大，全国各师范大学陆续成立了六七所研究语文的机构。

北大语文教育研究所曾三次获得北大校方的奖励，因为它是做实事的。温儒敏说，语文教育研究就是要本着实事求是的态度，面对现实普遍存在而解决不了的问题，找出原因并寻求解决的办法。2002年，温儒敏担任人民教育出版社新课标高中语文教材的执行主编，并以语文所名义，组织北大十多位教授参与编写这套在全国覆盖面最大的教材。2006年，温儒敏受聘教育部，担任召集人，主持国家义务教育语文课程标准修订工作，历时4年，新课标终于在2011年正式颁布。此外，温儒敏还花费3年时间，带领北大、人大、首师大等校十多位青年才俊，编写了《语文素养读本》⑤，从小学到高中，每学年2册，共24

① 该书由温儒敏和陈庆元共同主编，北京师范大学出版社2005年出版，系全国高校网络教育公共基础课统一考试指定用书。
② 《中国语文》，温儒敏总主编，重庆出版社2007年出版，有文科版、理科版、艺术版、高职版、应用版等5种。后转北京大学出版社出版。
③ 《大学语文读本》（分大学版与高职高专版2种），温儒敏主编，西安交通大学出版社2010年出版。
④ 该书由外语教学与研究出版社2012年出版。系全国高等教育自学考试指定教材。
⑤ 《语文素养读本》由人民教育出版社出版。

册，与各年级教学有所呼应，是目前坊间很受欢迎的一套课外读物。

更加值得提到的是新的语文统编教材的编写。2012 年，教育部聘任温儒敏为中小学语文教材的总主编，以人教社编辑为主，从全国调集数十位专家和特级教师，历时 4 年，编撰一套全新的教材。目前，这套中央直接过问的"部编本"教材已部分在全国投入使用，今后数年将成为全国统编的语文教材。温儒敏为此投入大量精力，一遍一遍地改，可谓呕心沥血。温儒敏说，教材是公共文化产品，既要体现先进的教育理念，又要照顾一线的需求，还得应对各方面的批评，没完没了的审查更把人搞得筋疲力尽，有时还得违心做些妥协。这的确是非常"吃力不讨好"的事，但想到编教材意义重大，再难也总有改进的空间，也就竭尽全力去做，比写自己的文章重视多了。

作为一个学者，十多年间，温儒敏腾出手来，为基础教育做大量的事情，这是为什么？

他在《语文课改与文学教育》[①] 的序言中曾这样写道："我觉得所有大学中文系，包括像北大这样的综合大学的中文系，都应当适当关注中学语文课程改革，这是我们学科的'题中应有之义'。"对中小学语文教育改革，温儒敏有很多独到而深刻的见解，但依然坚持"守正创新"的宗旨，认为课改要与以往的教学衔接，在遵循基本教学规律的前提下进行，而不可激进地彻底否定，一刀切。他明确语文教学的目标不是培养文人作家，而旨在提高学生的人文素养，让学生学会熟练准确地使用汉语；课改要认清实际，关注国情，在高考不可能完全取消的前提下，课改应当在高考的框架下逐步推进；阅读教学应当激发学生的好奇心、求知欲和想象力，把培养读书习惯放在首位，读书可以"不求甚解"，可以跳读、猜读，"连滚带爬"式地读；作文教学应当训练学生的文字表达能力，培养思维的逻辑性，不能只看重文笔……

---

① 江苏教育出版社 2007 年版。

他的思考涉及高考、语文教学、课程改革等的方方面面。

　　为了从根本上改变中小学教育的现状，提升教学水平，2009年，温儒敏带领北京大学语文教育研究所团队与继续教育部及相关培训机构合作，开展教育部"国培"计划，通过面授、网络培训、集体研讨研修等方式，让中小学教师在教学理念、教学方法以及职业规划等方面得到提升。到目前为止，全国已有二十多万中小学教师在北大"国培"中获益。

　　温儒敏有关语文教育的思考是务实而又有建设性的。他说，近年关于课程改革树立了很多标准，观念也很先进，但要贯彻实施时，在现实中却遇到很大的阻碍，因此改革要面对现实解决问题，在应试教育无法废除的情况下，好的观念贯彻必须面向应试教育，在教育部门、教师、家长等方面求得发展空间。面对课改过程中出现的阻力与压力，他呼吁"对课改应当补台，而不是拆台"。温儒敏提出的一系列观点并非知识分子理想主义下的空想，他经常到基层中小学听课调研，参加教师培训，深入边远地区和农村了解一线教师的工作和生活情况，通过大量的跟踪调查，在掌握大量数据基础上发现问题，提出观点，找出解决办法。很多一线教师问："温老师，您怎么这么了解情况？"温儒敏也颇感意外，细思其中缘由，就是因为他常用"平常心"探究教学中存在的普遍性问题。

　　2014年，温儒敏主持的《语文课改调研报告》出版，其中汇集了北大语文所面向全国招标的8个课题的调研报告，涉及师资队伍、教材编写、课程实施、阅读情况等方面，通过大量数据分析，真实反映了当下的教育现状。温儒敏还发表大量文章探讨语文教学的趋向与问题，提出切实的解决之道。有些文章在语文老师中流传甚广，如《"不要输在起跑线上"是误导》[①]《语文教学中常见的五种偏向》[②]《高考作文

----

① 载《人民日报》2010年6月4日。

② 载《课程教材教法》2011年第1期。

命题不妨往理性思维靠一靠》[①]《忽视课外阅读，语文课就只是半截子的》[②]《语文教科书编写（修订）的十二个问题》[③]《高考语文改革的走向分析与建议》[④]《培养读书兴趣是语文教学的"牛鼻子"》[⑤]等，发表后在语文教师中引起过广泛的关注，有些观念如提倡在应试与素质教育之间取得某些平衡、让学生"连滚带爬地读书"、用 1 加 X 办法拓展阅读面、让高考"指挥棒"朝正面指挥，等等，已经对一线教学产生实质性的影响。

温儒敏说："对语文教育的关注，其实是'五四'的传统，也是北大的传统。"而我们更多看到的是一个有良知的知识分子的责无旁贷。"我们这些读书人受惠于社会，现在有些地位，有些发言权，更应当回馈社会。光是批评抱怨不行，还是要了解社会，多做建设性工作。"对于语文教育改革所面临的阻力与困难，他有着清醒的认识，他知道在中国要进行改革的阻力之大，"我深感在中国喊喊口号或者写些痛快文章容易，要推进改革就比想象难得多，现在教育领域哪怕是一寸的改革，往往都要付出巨大的代价"。因此他提出中小学课改应当"从长计议"，稳步改革，量力而行。他多次谦虚地说自己现在做的事情是"敲边鼓"，不追求什么核心思想，也不刻意营造什么语文体系，或是发明一种新鲜的语文理论，只想利用空间做点实事，"能做多少是多少"。实际上，他的许多努力已经取得显著的实绩，目前，全国许多大学已经相继成立了类似的研究机构，语文课程改革引起了政府、研究机构和越来越多人的重视，许多新的教育理念也逐渐被人们了解和接受。敲了十余年"边鼓"，温儒敏对课改的探讨不断深入，他的点滴思考业

温儒敏：澹泊敬诚的问学之道

[①] 《人民日报》2011 年 6 月 8 日。

[②] 《课程教材教法》2012 年第 1 期。

[③] 《语文教学通讯》2013 年第 11 期。

[④] 《光明日报》2014 年 3 月 18 日。

[⑤] 《课程教材教法》2016 年第 6 期。

已结集为《语文课改与文学教育》^①《温儒敏论语文教育》（一二三集）^②等论集出版。

"接地气"的学问家

2006 到 2014 年，温儒敏接任中国现代文学学会会长。在任 8 年，中国现代文学学科发展研究空间得到拓展，但也碰到许多困扰。为了加强学术对话，鼓励学术创新，期间召开了多次专题学术研讨会，并组织了"王瑶学术奖""唐弢学术奖"等多个评奖活动，同时由他主编（该刊物实行双主编制）的会刊《中国现代文学研究丛刊》由季刊改为月刊。他非常关注研究的趋向与学科发展，发表《谈谈困扰现代文学研究的几个问题》^③《文学研究中的"汉学心态"》^④《现代文学的阐释链与"新传统"的生成》^⑤《现代文学研究的"边界"与价值尺度问题》^⑥ 等文，对学术发展中某些趋向性的问题及困扰提出看法，在学界产生很大反响。其中《现代文学研究的"边界"与价值尺度问题》一文还获得"王瑶学术奖"。

温儒敏针对多年来现代文学研究日趋"边缘化"困境、"仿汉学"心态、"思想史"取代"文学史""泛文化"研究等现象，进行分析和批评，大胆指出现代文学学科存在着"自我解构的危险"，应当做做"瘦身运动"，找回现代文学研究的"魂"。同时提醒研究者，一方面应当

① 江苏教育出版社 2007 年版。

② 《温儒敏论语文教育》一、二、三集，先后在 2010、2012 和 2016 年由北京大学出版社出版。

③ 载《文学评论》2007 年第 2 期。

④ 载《文艺争鸣》2007 年第 7 期。

⑤ 载上海《学术月刊》2008 年第 10 期。

⑥ 载《华中师大学报》2011 年第 1 期。

对本土研究保持相当的自信，另一方面，文学研究应当有人文关怀，与现实对话，"学术工作应更贴近社会"。

温儒敏就是这样一位"接地气"的学问家，他说："我们那一代学者，一般都不是毛主席批评过的所谓'三门干部'（即从家门到学校门再到机关门），他们比较接触社会，是带着浓重的人生体验进入学术研究的，做学问往往有自己生命的投入，不全是为稻粱谋，事业心和使命感也比较强。"学术与人生的融合让他思索更多的是如何让文学研究打破画地为牢的局面，走出书斋，走入生活。

2011 年 9 月，刚刚从北大退休的温儒敏来到泉城济南，被山东大学特聘为"文科一级教授"。温儒敏以前的生活轨迹中并没有济南，之所以选择山大，他坦言，一是离北京近，二是山大学风淳厚，是学术重镇，他想利用这个平台再做点事情。在与山大的黄万华、贺仲明、郑春等教授谈起现代文学的研究状况时，针对文学研究"陈陈相因"等问题，温儒敏提出"文学生活"的概念，希望将普通读者的文学接受与消费纳入研究视野，为学科建设拓展一个新生面。他的提议得到山大同仁的认同与支持。

"文学生活"提倡关注文学的"民生"，拓展了新的研究唯独，是有学术突破意义的概念，一经提出，就引起学界的注意。2012 年，温儒敏为首席专家、以山大文学院为主体的学术团队申报的课题《当前社会"文学生活"调查研究》被批准为国家社科基金重大项目。温儒敏先后在《人民日报》《光明日报》《求是》《现代文学研究丛刊》《北京大学学报》等报刊发表系列文章，阐释"文学生活"的概念，探讨学术生长的可能性。[①] 温儒敏认为文学研究不能只在作家作品、和批评家之

---

① 这些文章包括：《关注我们的文学生活》（《人民日报》2012 年 1 月 17 日）、《"文学生活"：新的学术生长点》（《中国现代文学研究丛刊》2012 年第 8 期）、《"文学生活"概念与文学史写作》（《北京大学学报》2013 年第 3 期）、《文学研究也要"接地气"》（《求是》2013 年第 23 期）、《提倡文学生活研究》（《人民日报》2016 年 8 月 30 日）。

间"兜圈子"，应打破这种"内循环"，将文学生产、传播、接受、消费等纳入研究视野，特别要关注普通读者的接受情况。在温儒敏带领下，课题组对多省市的"文学生活"状况进行了多项调查，撰写了五十多万字的调查报告。调查中将文学社会学、传播学、历史学、心理学等多门学科知识进行交叉综合，以"田野调查"的方式，通过实证、量化归纳和数据分析，得出了许多令人"出乎意料"的结论，如农民工的文学阅读量高于普通国民的平均阅读量，大学生的文学阅读状况不如小学生等。这些结论的得出依托大量的调查问卷和数据分析，使我们对当代人的文学阅读和文学接受情况有了更为直观的认识。新的研究视角，新的学术生长点，引起了学界广泛的关注。

为了支持这一课题研究，2013 年 10 月，山东大学成立了当代中国文学生活研究中心，温儒敏任主任。为了扩大调查范围，普及文学经典，直观地了解普通国民对文学经典的接受情况，同年 12 月，又开设了"文学生活馆"。这是一个公益性的文学经典阅读平台，以周末讲座的方式面向普通民众推广文学经典的阅读。到目前为止，参加者已近万人次。2015 年《当前社会"文学生活"调查研究》这一重大项目如期完成，在验收时得到专家一致好评。紧接着，在温儒敏的建议下，山大文学院又开始了有关"20 世纪文学生活史"的系列课题研究，关注最近 100 年中国人的文学生活，关注普通人对文学的"自然反应"。2017 年 1 月 24 日，春节前夕，《人民日报》发表专访，报道"文学生活"的成果，标题就叫《温儒敏：生活在"文学生活"中》。

温儒敏年逾七旬，桃李遍天下，依然在教育的第一线耕耘。他对现当代文学的悉心研究，对语文教育的理性探索，所发出的声音常引起学界和社会的关注。但温儒敏不是"学术明星"，他始终看重"澹泊敬诚"四个字，希望扎扎实实做学问，不蹈空，最好还有些建设性，能与人生社会紧密关连。